Diana Palmer
Antes del amanecer

Editado por Harlequin Ibérica.
Una división de HarperCollins Ibérica, S.A.
Núñez de Balboa, 56
28001 Madrid

© 2005 Diana Palmer. Todos los derechos reservados.
ANTES DEL AMANECER, Nº 23
Título original: Before Sunrise
Publicada originalmente por HQN Books
Traducido por Victoria Horrillo Ledesma

Todos los derechos están reservados incluidos los de reproducción, total o parcial. Esta edición ha sido publicada con permiso de Harlequin Enterprises II BV.
Todos los personajes de este libro son ficticios. Cualquier parecido con alguna persona, viva o muerta, es pura coincidencia.
™ TOP NOVEL es marca registrada por Harlequin Enterprises Ltd.

®™ son marcas registradas por Harlequin Enterprises Limited y sus filiales, utilizadas con licencia. Las marcas que lleven ™ están registradas en la Oficina Española de Patentes y Marcas y en otros países.

I.S.B.N.: 84-671-3921-8

Para Doris Hunter Samson
(14 de junio de 1941-13 de junio de 2004),
mi amiga

Knoxville, Tennessee, mayo de 1994

Había un denso gentío, pero él llamaba la atención. Era más alto que la mayoría de los espectadores y ofrecía un aspecto elegante, con su costoso y bien cortado traje de chaleco gris. Tenía un rostro atezado y flaco, levemente surcado de cicatrices, de grandes ojos negros y almendrados y cortas pestañas. Su boca era ancha y de labios finos; su mentón, obstinado y prominente. Llevaba el pelo, denso y negro como el azabache, recogido en una pulcra coleta que le caía por la espalda casi hasta la cintura. Algunos otros hombres sentados en las gradas llevaban el pelo igual. Pero eran blancos. Cortez era comanche. Había, tras aquel peinado tan poco convencional, un pasado ancestral. En él parecía sensual, salvaje y hasta un poco amenazante.

Otro hombre con coleta, un pelirrojo con entradas y gruesas gafas, sonrió y le hizo el signo de la victoria.

Cortez se encogió de hombros con indiferencia y fijó su atención en la ceremonia de graduación. Estaba allí contra su voluntad, y no le apetecía mostrarse cordial. De haberse dejado llevar por sus impulsos, estaría aún en Washington, repasando los casos federales que debía presentar en los tribunales. El decano de la universidad iba recitando los nombres de los graduados. Había llegado a la *K* y, según decía el programa, Phoebe Margaret Keller era el segundo nombre de aquella letra.

Era un hermoso día de primavera en la Universidad de Tennessee en Knoxville. De ahí que la ceremonia inaugural tuviera lugar al aire libre. A Phoebe era fácil distinguirla por la larga trenza rubia que colgaba sobre la espalda de su túnica negra cuando recogió el diploma con una mano mientras con la otra estrechaba la del decano. Pasó delante del estrado y se echó la borla al otro lado del birrete. Cortez podía ver su sonrisa desde donde estaba.

Había conocido a Phoebe un año antes, mientras investigaba un caso de contaminación ambiental en Charleston, Carolina del Sur. Phoebe, que por entonces estudiaba antropología, lo había ayudado a localizar un vertedero ilegal de productos tóxicos. A Cortez le había parecido entonces no poco atractiva, pese a su apariencia algo hombruna, pero el tiempo y la presión del trabajo habían jugado en su contra. Él había prometido ir a verla graduarse, y allí estaba. Pero la diferencia de edad seguía siendo formidable: él tenía treinta y seis, y ella apenas veintitrés.

Cortez conocía a Derrie, la tía de Phoebe, por haber trabajado con ella en el caso de contaminación de Kane Lombard. Si necesitaba una razón para presentarse en la ceremonia de graduación, Phoebe era la hija del hermano mayor de Derrie, y él era casi un amigo de la familia.

El decano siguió recitando con voz monótona, y los graduados fueron, uno tras otro, recogiendo el diploma. Al poco tiempo acabó el desfile y los gritos de júbilo y las felicitaciones resonaron en el límpido aire de Tennessee.

Cortez, que ya no llamaba la atención entre la bulliciosa multitud que se acercaba a los graduados, se quedó atrás, observando. Sus ojos negros se entornaron al asaltarlo una idea: a Phoebe no le gustaban las multitudes. Era, igual que él, una solitaria. Si intentaba encontrar a su tía Derrie, lo haría lejos del gentío. Así pues, Cortez comenzó a buscar rutas alternativas para ir del estadio al aparcamiento. Unos minutos después la encontró caminando por uno de los lados del edificio. Iba bregando con la larga bata, que casi le hacía perder el equilibrio, y refunfuñando en voz baja sobre la gente que no sabía tomar medidas para las túnicas.

—Veo que sigues hablando sola —dijo él, apoyándose contra la pared con los brazos cruzados sobre el pecho.

Phoebe levantó la mirada y lo vio. Sin tiempo para prepararse, la alegría inundó su rostro de rasgos regulares con una luminosidad que dejó a Cortez sin aliento. Sus ojos azules, muy claros, brillaron y su boca, desprovista de maquillaje, se abrió en una brusca inhalación.

—¡Cortez! —exclamó.

Parecía dispuesta a arrojarse en sus brazos a la mínima invitación, y él sonrió con indulgencia al ofrecérsela. Se apartó de la pared y abrió los brazos.

Phoebe se lanzó a ellos sin vacilar y se apretó contra él mientras Cortez la abrazaba con fuerza.

—Has venido —murmuró alegremente contra su hombro.

—Te dije que vendría —le recordó él, y, sintiendo su irrefrenable entusiasmo, se echó a reír. Levantó con mano enjuta la barbilla de Phoebe para escudriñarle los ojos—. Veo que cuatro años de trabajo duro han dado fruto.

—Sí. Ya soy graduada —dijo ella sonriendo.

—Y con un diploma que lo acredita —repuso él. Su mirada se posó en los labios rosados y suaves y se ensombreció de pronto. Deseaba salvar los pocos centímetros que lo separaban de ella y besarla, pero había muchas razones por las que no debía hacerlo. Tenía la mano apoyada sobre su brazo y, a fuerza de luchar contra sus instintos, comenzó a apretarla.

Ella se apartó un poco.

—Me estás haciendo daño —protestó suavemente.

—Perdona —Cortez la soltó con una sonrisa de disculpa—. El entrenamiento en Quantico no perdona —añadió en tono ligero, aludiendo a su trabajo en el FBI.

—Así que no hay beso, ¿eh? —bromeó ella con un suspiro mientras escrutaba sus ojos negros.

Él los entornó, divertido.

—Eres licenciada en antropología. Dime por qué no voy a besarte —la retó.

—Los nativos americanos —comenzó a decir ella con orgullo—, sobre todo los hombres, rara vez muestran sus sentimientos en público. Besarme en público te parecería de tan mal gusto como desnudarte delante de una multitud.

La mirada de Cortez se suavizó mientras contemplaba su cara.

—Los que te han enseñado antropología han hecho un buen trabajo.

Ella suspiró.

—Demasiado bueno. ¿De qué me va a servir en Charleston? Acabaré dando clases...

—No, nada de eso —contestó él—. Una de las razones por las que he venido es hablarte de un empleo.

A ella se le agrandaron y se le iluminaron los ojos.

—¿Un empleo?

—Sí, en Washington —añadió Cortez—. ¿Te interesa?

—¡Pues claro! —un movimiento llamó su atención—. ¡Ah, ahí está la tía Derrie! —dijo, y llamó a su tía—. ¡Tía

Derrie! ¡Mira! Me he graduado. ¡Tengo pruebas! —levantó su diploma mientras corría a abrazar a su tía, y a continuación le estrechó la mano al senador Clayton Seymour, que durante años había sido el jefe de su tía antes de convertirse en su prometido.

—Nos alegramos mucho por ti —dijo Derrie calurosamente—. ¡Hola, Cortez! —sonrió—. Conoces a Clayton, ¿no?

—No directamente —dijo Cortez, pero le estrechó la mano de todos modos.

Los labios firmes de Clayton se estiraron en una sonrisa.

—Mi cuñado, Kane Lombard, me ha hablado mucho de ti. Mi hermana Nikki y él querían venir, pero sus gemelos se han puesto malos. Kane no olvidará lo que te debe. Él siempre paga sus deudas.

—Yo sólo hice mi trabajo —le recordó Cortez.

—¿Qué fue de Haralson? —preguntó Derrie con curiosidad, refiriéndose al responsable de los vertidos tóxicos y al hombre que, de un plumazo, había estado a punto de costarle a Clayton su escaño en el Congreso y a Kane Lombard su negocio.

—Le echaron veinte años —contestó Cortez mientras se metía las manos en los bolsillos. Sonrió fríamente—. La instrucción de algunos casos me gusta más que el de otros.

—¿La instrucción? —dijo Derrie—. Pero el año pasado me dijiste en Charleston que trabajabas para la CIA.

—Trabajé para la CIA y el FBI una temporada —contestó él—. Pero desde hace un par de años soy fiscal federal.

—Entonces, ¿cómo es que acabaste localizando a los responsables de esos vertidos tóxicos? —insistió ella.

—Cuestión de suerte, supongo —contestó él suavemente.

—Eso significa que está harto de hablar de ese asunto —murmuró Phoebe con sorna—. Ríndete, tía Derrie —Clayton le lanzó a Phoebe una mirada curiosa, que ella interceptó con una sonrisa—. Cortez y yo somos amigos —le dijo—. Puedes agradecerle a su instinto de sabueso el haber salvado tu escaño.

—Desde luego que sí —contestó Clayton, relajándose—. Menudo lío estuve a punto de armar —añadió lanzándole a Derrie una mirada tierna y cálida. Ella le sonrió—. Si vas a pasar la noche en la ciudad, nos encantaría que cenaras con nosotros —le dijo a Cortez—. Vamos a llevar a Phoebe a celebrar la graduación.

—Ojalá tuviera tiempo —dijo él tranquilamente—. Pero tengo que volver esta misma noche.

—Claro. Bueno, entonces ya nos veremos en otra ocasión en Washington —dijo Derrie, asombrada por las poderosas vibraciones que percibía entre su sobrina y Cortez.

—Tengo que hablar con Phoebe de una cosa —dijo él, volviéndose hacia Derrie y Clayton—. Necesito que me la prestéis una hora o así.

—Adelante —repuso Derrie—. Nosotros nos vamos al hotel, a tomar un café y un trozo de pastel y a descansar hasta las seis. Luego te recogeremos para la cena, Phoebe.

—Gracias —dijo ella—. ¡Ah, la capa y el birrete! —se los quitó y se los dio a su tía.

—¡Espera, Phoebe! ¿No estaban invitados los graduados de honor a un almuerzo en casa del decano? —exclamó Derrie de repente.

Phoebe no vaciló.

—No me echarán de menos —dijo, y se despidió agitando la mano mientras alcanzaba a Cortez.

—Y, además, te has graduado con honores —comentó él al tiempo que atravesaban de nuevo el gentío en dirección a su coche de alquiler–. ¿Por qué será que no me sorprende?

–La antropología es mi vida –dijo ella con sencillez, y se detuvo para felicitar a una amiga. Se sentía tan feliz que prácticamente caminaba por el aire.

–Bonito detalle, Phoebe –murmuró el acompañante de la chica mirando con sorna a Cortez al pasar–. Traerte los deberes de antropología a la graduación.

–¡Bill! –exclamó la chica, y le dio en broma un golpe.

Phoebe tuvo que sofocar una risita. Cortez no sonrió. Pero tampoco montó en cólera. Le dedicó a Phoebe una mirada severa.

–Perdona –murmuró ella–. Es un día un poco gamberro.

Él se encogió de hombros.

–No hace falta que te disculpes. Recuerdo cómo son las fiestas de graduación.

–Tú estudiaste derecho, ¿no? –Cortez asintió–. Y tu familia ¿fue a tu fiesta de graduación? –preguntó ella con curiosidad.

Cortez no contestó. Era un desaire deliberado, y quizá Phoebe debiera haberse sentido violenta, pero con él nunca se cohibía.

–Otra metedura de pata –dijo enseguida–. Y yo que creía que estaba curada.

Cortez se rió con desgana.

–Eres tan incorregible como te recordaba.

–Me sorprende que te acuerdes de mí, y que te hayas tomado la molestia de averiguar cuándo y dónde me graduaba para poder venir –dijo ella–. No pude mandarte una invitación –añadió tímidamente–, porque no tenía tu dirección. Y tampoco esperaba que vinieras. El año pasado sólo pasamos una o dos horas juntos.

–Pero fueron memorables. A mí no me gustan mucho

las mujeres –dijo cuando llegaron al coche de alquiler, un coche gris y manejable de fabricación americana reciente. Cortez se volvió y la miró con solemnidad–. De hecho –añadió–, no me gusta mucho dejarme ver en público.

Ella levantó las cejas.

–Entonces, ¿por qué has venido?

Él se metió las manos en los bolsillos.

–Porque tú me gustas –dijo. Sus ojos se achicaron–. Y no quiero que me gustes.

–¡Vaya! ¡Muchísimas gracias! –repuso ella, exasperada.

Cortez se quedó mirándola.

–Me gusta que las relaciones sean sinceras.

–¿Es que tenemos una relación? –preguntó ella cándidamente–. No lo había notado.

La boca de él se torció hacia abajo por un lado.

–Si la tuviéramos, lo sabrías –dijo con suavidad–. Pero he venido porque te lo prometí. Y lo de la oferta de trabajo es cierto. Aunque no sea muy ortodoxa –añadió.

–Entonces, ¿no me van a pedir que me haga cargo de los archivos del Smithsonian? ¡Qué desilusión!

La risa borboteó en la garganta de Cortez.

–Eres muy graciosa –abrió la puerta del acompañante con exagerada paciencia.

–Te irrito de verdad, ¿no? –preguntó ella mientras se montaba en el coche.

–La mayoría de la gente tiene el buen sentido de no recordarme demasiado a menudo mis orígenes –contestó Cortez puntillosamente cuando estuvo dentro, con la puerta cerrada.

–¿Por qué? –preguntó ella–. Tienes mucha suerte por vivir en una época en la que se valoran las raíces étnicas sin caer en estereotipos.

–¡Ja!

Phoebe levantó las manos.

—De acuerdo, de acuerdo, no es cierto, pero tienes que reconocer que las cosas están mejor ahora que hace noventa años.

Cortez encendió el motor y se apartó de la acera. Conducía como parecía hacer todo lo demás: sin esfuerzo. Metió la mano en el bolsillo de la chaqueta e hizo una mueca.

—¿Buscas algo? —preguntó ella.

—Cigarrillos —dijo él con pesadumbre—. Se me había olvidado que he vuelto a dejarlo.

—Tus pulmones y los míos agradecen el sacrificio.

—Mis pulmones no hablan.

—Los míos sí —replicó ella con petulancia—. Y dicen «no fumes, no fumes...».

Cortez sonrió levemente.

—Eres un cascabel, ¿no? —comentó él—. Nunca he conocido a nadie tan animado.

—Sí, bueno, eso es porque sufres una discapacidad sensorial como resultado de pasar tanto tiempo con la narizota metida entre libros de leyes. Cosas sosas, secas, aburridas.

—Las leyes no son aburridas —repuso Cortez.

—Eso depende del lado en que te sientes —Phoebe frunció el ceño—. Ese trabajo del que quieres hablarme no tendrá que ver con asuntos judiciales, ¿no? Porque sólo he dado un curso de ordenamiento jurídico y unas pocas horas de historia, pero...

—No necesito un pasante —contestó él.

—Entonces, ¿qué necesitas?

—No trabajarías para mí —puntualizó Cortez—. Tengo contactos con un grupo que lucha por la soberanía de las tribus de nativos americanos. Pero ya tienen abogados en plantilla. He pensado que, con tus estudios de antropología, podías encajar muy bien. Y he movido algunos hilos para conseguirte una entrevista.

—Creo que olvidas una cosa. Lo mío es la antropología física. Los huesos.

Cortez la miró.

—Con ellos no trabajarías en eso.

Phoebe se quedó mirando por la ventanilla.

—¿Y qué haría?

—Es un trabajo de oficina —reconoció él—. Pero está bien.

—Te agradezco que hayas pensado en mí —dijo ella con cuidado—. Pero no puedo renunciar al trabajo de campo. Por eso he solicitado un puesto en el departamento de antropología del Smithsonian.

Cortez se quedó callado un momento.

—¿Tienes idea de lo que pensamos los indígenas sobre la arqueología? No nos gusta que se excaven nuestros lugares sagrados, ni que se desentierre a nuestros antepasados, por viejos que sean.

—Acabo de licenciarme —le recordó ella—. Claro que lo sé. Pero la arqueología no consiste sólo en desenterrar esqueletos.

Cortez se detuvo en un semáforo y se volvió para mirarla. Sus ojos eran fríos.

—Pero aun así quieres conseguir un trabajo haciendo algo muy parecido a saquear tumbas.

Ella se quedó boquiabierta.

—¡No se trata de saquear tumbas, por el amor de Dios!

Él levantó una mano.

—Podemos estar de acuerdo en discrepar, Phoebe —le dijo él—. No me vas a hacer cambiar de idea, ni yo a ti. Pero siento lo del trabajo. Les habrías sido de gran ayuda.

Ella se apaciguó un poco.

—Gracias por recomendarme, pero no quiero un trabajo de oficina. Además, puede que siga estudiando dentro de unos meses, cuando haya digerido lo de los últimos cuatro años. Han sido cuatro años muy ajetreados.

—Sí, lo recuerdo.

—¿Por qué me recomendaste para el trabajo? Debe de haber un montón de gente a la que le encantaría conseguirlo. Gente más cualificada que yo.

Cortez giró la cabeza y la miró directamente a los ojos. Había algo en el fondo de su ser que no estaba dispuesto a decirle.

—Puede que me sienta solo —dijo escuetamente—. No hay mucha gente que se atreva a acercarse a mí últimamente.

—¿Y eso te importa? De todos modos no te gusta que se te acerquen —repuso ella.

Escudriñó su adusto perfil. Había nuevas arrugas en su rostro enjuto, arrugas que Phoebe no había visto el año anterior, a pesar de la solemnidad del tiempo que pasaron juntos.

—¿O es que te preocupa algo?

Cortez levantó las cejas.

—¿Cómo dices? —preguntó, cortante.

Phoebe ignoró su altanería.

—Pero no tiene que ver con el trabajo —prosiguió, razonando en voz alta—. Es algo muy personal...

—Déjalo —dijo él brevemente—. Te he invitado para hablar sobre un trabajo, no sobre mi vida privada.

—Ah, una puerta cerrada. Qué interesante —lo miró con fijeza—. ¿No será una mujer?

—Tú eres la única mujer de mi vida.

Ella se echó a reír inesperadamente.

—Ésa sí que es buena.

—Lo digo en serio. No tengo aventuras, ni relaciones estables —la miró un instante mientras se incorporaba de nuevo al tráfico y giraba en la siguiente esquina–. Contigo podría hacer una excepción, pero no te hagas ilusiones. Uno tiene que pensar en su reputación.

Phoebe sonrió.

–Lo tendré en cuenta.

Cortez detuvo el coche en el aparcamiento del restaurante de un conocido hotel y apagó el motor.

–Espero que tengas hambre. Hoy no he desayunado.

–Yo tampoco. Por los nervios –añadió ella.

Cortez la condujo al interior del restaurante, que a esa hora estaba casi vacío, y tomaron asiento junto a la ventana. Cuando acabaron de mirar la carta y pidieron, él se recostó en su silla y observó a Phoebe desde el otro lado de la mesa con interés, sin decir nada.

–¿Tengo la nariz del revés? –preguntó ella al cabo de un minuto.

Él se echó a reír.

–No. Estaba pensando en lo joven que eres.

–En los tiempos que corren nadie es tan joven –puntualizó ella. Se inclinó hacia delante, apoyando la barbilla en las manos, y lo miró–. No te resistas –bromeó–. Puede que nunca vuelvas a tropezarte con alguien que te haga sentirte tan incómodo.

–¿Eso es bueno? –preguntó él, sorprendido.

–Claro que sí. Tú vives enfrascado en ti mismo. No te permites sentir nada porque para ti los sentimientos son una especie de flaqueza. Algo debió de hacerte mucho daño cuando eras más joven.

–No fisgonees –dijo él suavemente, pero a modo de advertencia.

–Si salgo mucho contigo, fisgonearé mucho más –le informó ella.

Cortez consideró su respuesta. En lo que concernía a Phoebe, tenía serias dudas. Ella no era de esas personas que se conformaban con una relación superficial. Querría ir hasta el fondo, y no cejaría en su empeño. Él también era así, pero había salido seriamente escarmentado una vez, gracias a una mujer a la que le gustaba porque era una rareza.

—Ya me han coleccionado —dijo con calma—. ¿Entiendes?

Phoebe percibió el fugaz destello de dolor de su mirada y asintió lentamente.

—Sí, entiendo. ¿Ella quería enseñarles su indígena a todos sus amigos? —la mandíbula de Cortez se tensó, y un algo amenazante brilló en sus ojos—. Eso me parecía —murmuró Phoebe, atenta a los más sutiles cambios en su expresión—. ¿Le importabas algo?

—Lo dudo mucho.

—Y lo descubriste delante de todo el mundo, sin duda —él inclinó la cabeza—. Lo siento —dijo Phoebe—. La vida da lecciones dolorosas.

—¿Tú has tenido ya alguna? —preguntó él sin ambages.

—De ésas, no —reconoció Phoebe mientras jugueteaba con su tenedor—. Con los hombres soy más bien tímida, por norma. Y los chicos con los que he ido a clase me veían o como uno de ellos o como la hermana de otro. Excavar no tiene mucho glamour.

—A mí me pareció que estabas muy mona con las botas llenas de barro y una chaqueta tres veces de tu talla.

Phoebe lo miró enojada.

—No empieces.

Los ojos negros de Cortez se deslizaron por su vestido. El vestido no dejaba ver nada. Tenía el cuello alto, de encaje, y las mangas largas y fruncidas en las muñecas. Le caía en pliegues hasta los tobillos y bajo él llevaba unos zapatos de abuela muy elegantes. Llevaba el pelo rubio platino recogido en una pulcra trenza que le caía por la espalda. Se había maquillado levemente, y tenía en la nariz una fina línea de pecas.

—Sé que no soy guapa —dijo, turbada por su mirada—. Y que tengo cuerpo de chico.

Cortez sonrió.

—¿Todavía eres tan ingenua como para creer que el físico importa?

—No hace falta ser muy lista para darse cuenta de que las chicas guapas son las únicas que llaman la atención en clase.

—Al principio —dijo él.

Phoebe suspiró.

—Hay muy poco chicos a los que les guste pasarse una noche escuchando emocionantes anécdotas acerca del descubrimiento de un cuenco roto y media pipa de esteatita.

—Del Misisipi —dijo él, recordando su conversación del año anterior.

Phoebe sonrió.

—¡Sí! ¡Te has acordado!

Su entusiasmo hizo sonreír a Cortez.

—Hice algunos cursos de antropología cultural —confesó—. No de antropología física —añadió con énfasis—. Ya ves, y eso que la antropología no es lo mío.

—Eso no me lo dijiste en Charleston —repuso ella.

—No esperaba volver a verte —contestó Cortez. Ni siquiera había planeado asistir a su graduación. Ignoraba si se arrepentía de estar allí o no. Sus ojos oscuros escudriñaban los ojos claros de Phoebe—. La vida está llena de sorpresas.

Ella lo miró a los ojos y sintió estremecérsele el corazón. Lo miró a los ojos y se sintió más cerca de él de lo que se había sentido nunca de nadie.

La camarera les sirvió unas ensaladas seguidas de filetes

con verduras, y comieron en silencio hasta que se hubieron tomado la tarta de manzana y el café.

—A ti no te da miedo nada, ¿verdad? —preguntó él mientras se acababa su segunda taza de café—. Nunca te han hecho daño de verdad.

—Estuve colada por un chico monísimo de mi clase de Introducción a la Antropología —contestó Phoebe—. Y él acabó con un chico monísimo de Historia de la Civilización Occidental.

Cortez se echó a reír.

—Pobre Phoebe.

—Suelen pasarme cosas así —confesó ella—. No soy muy femenina. Me gusta andar por ahí con vaqueros y sudaderas y desenterrar antiguallas.

—Una mujer puede ser como quiera. Para ser femenina no hace falta llevar encaje y comportarse como un ser indefenso. Ya no.

—¿Tú crees que hizo falta alguna vez? —preguntó ella con curiosidad—. Fíjate en mujeres como Isabel I de Inglaterra o Isabel la Católica, que vivieron como quisieron y gobernaron naciones enteras en el siglo XVI.

—Eran excepciones —le recordó él—. En cambio, en las culturas indígenas de Norteamérica, las mujeres podían tener propiedades y a menudo se sentaban en el consejo cuando las diversas tribus deliberaban acerca de cuestiones que afectaban a la paz o la guerra. La nuestra fue siempre una sociedad matriarcal.

—Lo sé. Soy licenciada en antropología.

—Ya lo he notado.

Phoebe se rió suavemente. Sus dedos trazaron una filigrana por el borde de la taza de café.

—¿Te veré en Washington si consigo trabajo en el Smithsonian?

—Supongo que sí —contestó Cortez—. Aunque no sé si es buena idea.

—¿Por qué? ¿Es que te persiguen espías extranjeros o algo así y tienes que estar siempre alerta porque podrían atacarte?

Él sonrió.

—No lo creo —se recostó en la silla—. Aunque tengo cierta experiencia en trabajos de espionaje.

—No lo dudo —Phoebe observó sus ojos—. ¿Es caro vivir en Washington?

—No, si tienes gustos frugales. Puedo enseñarte dónde buscar apartamento, o podrías compartir piso con alguien.

Ella mantuvo los ojos fijos en el café.

—¿Eso es una invitación?

Cortez titubeó.

—No.

Phoebe sonrió.

—Era una broma.

Los dedos de Cortez se cerraron en torno a los suyos, haciendo saltar leves chispas eléctricas a lo largo de sus nervios.

—Cada cosa a su tiempo —dijo con firmeza—. Ya descubrirás que no soy muy impulsivo. Me gusta pensar bien las cosas antes de actuar.

—Supongo que eso es una virtud cuando estás en el FBI y la gente te dispara —dijo ella, asintiendo con la cabeza.

Cortez le soltó la mano, riéndose involuntariamente.

—Cielo santo, Phoebe. Qué cosas dices.

—Lo siento, se me ha escapado. Prometo comportarme.

Él sacudió la cabeza.

—Nunca olvidaré lo primero que me dijiste —añadió—. ¿Tienes incisivos en forma de pala?, me preguntaste.

—¡Basta! —gimió Phoebe.

Cortez agarró su larga trenza y le dio un tirón. Sus ojos negros la retaban.

—Odio que te recojas el pelo así. Me gustaría tocarlo.
—Te entiendo muy bien —murmuró ella mirando enfáticamente su coleta.
Él sonrió.
—Tendremos que volver a soltarnos el pelo juntos alguna vez —dijo—. Y comparar su longitud.
—Tú lo tienes mucho más abundante que yo —comentó ella. Se lo imaginó suelto, tal y como lo había visto cuando, el año anterior, intentaban localizar a los responsables de los vertidos tóxicos. Recordaba hallarse con él en la ribera del río, besándose en un arrebato febril cuya intensidad no parecía disminuir. Si no los hubieran interrumpido, podría haber pasado cualquier cosa. Se sonrojó a recordar el tacto de la melena de Cortez los últimos minutos que pasaron juntos, mientras la apretaba contra su recia y espigada figura.
—No sigas por ahí —dijo él, mirando el fino reloj de oro que llevaba en la muñeca—. Tengo que tomar un avión.
Phoebe se aclaró la garganta e intentó disimular su turbación. Y él fingió no darse cuenta.
Acabaron de comer y Cortez la condujo de vuelta al hotel en el que se alojaban Clayton y Derrie. Aparcó a un largo paseo de la puerta del hotel, bajo un arce, y se volvió hacia ella. Su diferencia de estaturas se notaba aún más estando sentados. La cabeza de Phoebe apenas le llegaba a la barbilla. Aquello le excitaba. No sabía por qué.
—Tengo mi propia habitación —dijo ella sin levantar la mirada—. Y Derrie y Clayton no habrán vuelto aún.
—No voy a entrar —contestó él con firmeza—. No tengo mucho tiempo.
—Ojalá pudieras quedarte a cenar con nosotros —comentó ella.
—He dejado un caso urgente por venir aquí. Me ha costado mucho tomarme un día libre.

—En realidad no sé nada de ti —le dijo ella con franqueza—. Dijiste que eras del FBI cuando estuviste en Charleston, y luego le dijiste a Derrie que eras de la CIA, y ahora resulta que eres fiscal del estado. Guardas muchos secretos.

—Sí, pero no tengo por norma mentir —dijo él—. Te habría contado más cosas si me hubiera quedado más tiempo. Pero no era necesario, porque no iba a quedarme y los dos lo sabíamos. He venido aquí en contra de mi sentido común, Phoebe. Soy demasiado viejo y estoy demasiado cansado para una mujer de tu edad. Tú aún no has llegado a la etapa de los besos con lengua, y yo pasé hace mucho tiempo la del cortejo victoriano.

Ella sintió que le ardían las mejillas, pero lo miró fijamente a los ojos.

—En otras palabras, si pudieras quedarte más tiempo, querrías acostarte conmigo.

Los ojos negros de Cortez se deslizaron lentamente sobre su cara.

—Ya quiero acostarme contigo —dijo—. No hay nada que desee más. Por eso voy a montarme en un avión y a volver derecho a Washington.

Ella no sabía muy bien cómo se sentía. Escudriñó sus ojos.

—Podrías preguntar —dijo.
—¿Preguntar qué?
—Si me gustaría acostarme contigo —dijo.
—Puede que no me gustara la respuesta.

Phoebe observó su rostro enjuto y duro.

—¿Te serviría cualquier mujer?

Cortez le acarició la mejilla.

—Estoy chapado a la antigua —dijo suavemente—. No me gusta jugar. Sólo ha habido un puñado de mujeres en mi vida. Todas significaron algo para mí en su momento, y la mayoría aún hablan bastante bien de mí.

Phoebe exhaló un leve suspiro y le sonrió con mirada triste.

—Ojalá pudieras quedarte —dijo con franqueza—. Pero no quiero que te sientas culpable. Gracias por venir a mi graduación —añadió—. Has sido muy amable.

Él la miraba con ansia y confiaba en que no se le notara.

—Es una suerte que tengas principios tan firmes —dijo—. Nuestras culturas no se mezclan fácilmente, Phoebe. Son demasiado distintas. Llevas años estudiando antropología. Conoces las razones tan bien como yo.

—¡Cielo santo, no te estoy proponiendo matrimonio! —estalló ella.

—Menos mal —dijo él—. Porque estoy casado con mi trabajo. Pero, si alguna vez te apetece tener un amante, estaré dispuesto.

Ella le lanzó una mirada afilada.

—Muchísimas gracias.

—Sólo era una idea —contestó él, pensativo—. De todas formas, puedes considerarme un amigo, si alguna vez necesitas uno. Washington es una ciudad muy grande e interesante. Estaré muy cerca, si alguna vez te metes en un lío.

Phoebe observó su rostro duro, y vio madurez en él. Visto tan de cerca, Cortez era irresistible, y ella nunca había deseado nada como deseaba en ese momento que aquel hombre formara parte de su vida.

Pero ya estaban en un callejón sin salida, igual que el año anterior. Entre ellos había un conflicto de principios, no sólo de culturas, y la cuestión de su diferencia de edad complicaba aún más las cosas. Pero Cortez era tan sexy... Phoebe sonrió levemente mientras recorría con la mirada, ávidamente, su rostro fibroso.

Él enarcó una ceja.

—Si sigues mirando así, te arrepentirás —bromeó suavemente.

Ella se encogió de hombros.

—Promesas, promesas.

Él le tocó la punta de la nariz con el dedo índice.

—Si alguna vez te hago una, la cumpliré. Enhorabuena. Estoy orgulloso de ti.

Ella suspiró.

—Gracias otra vez por venir. Significa mucho para mí —escrutó sus ojos y sonrió con melancolía—. Odio los sitios públicos.

Él agarró su larga y gruesa trenza y, tirando de ella, la atrajo hacia sí hasta que, con la cabeza apoyada en el asiento, el rostro de Phoebe quedó bajo el suyo.

—Estamos en un sitio público —musitó contra su boca.

Ella apenas logró sobreponerse a la impresión de sus cálidos y duros labios al tocar los suyos antes de que Cortez se apartara y la soltara. Estaba ya maldiciéndose por aquel desliz. No pensaba besarla. Había hecho aquel viaje en contra de su cordura, pero no podía remediarlo.

Ella lo miraba como un gato de ojos azules.

—¿Estás pensando en algo? —dijo él.

—Sí. ¿Ya está? —preguntó ella provocativamente—. ¿Eso es todo?

—¿Perdona? —dijo él.

Phoebe suspiró y le rozó suavemente la barbilla con los dedos.

—No puedo evitar comparar ese anémico besito con el beso irrefrenable y apasionado que me diste el año pasado en la orilla del río —dijo con descaro.

Cortez deslizó la mirada hacia ella desde su larga y recta nariz.

—Eso fue el año pasado. Las cosas eran menos complicadas entonces.

Ella levantó las cejas.

—¿Ah, sí? —insistió.

Él trazó, caviloso, la forma de su pequeña oreja con el dedo índice.

—Tengo un hermano, Isaac —dijo—. Es catorce años más joven que yo. Más o menos de tu edad, de hecho. Mis padres y yo conseguimos que acabara el bachillerato, pero desde entonces ha tenido un rifirrafe con la justicia tras otro. Ahora tiene un problema con una mujer. Mi madre está mal del corazón y mi padre y yo tememos que todo esto la mate.

A Phoebe la apenó su situación, pero al mismo tiempo se sintió halagada porque fuera tan sincero con ella respecto a un asunto tan personal.

—A mí me habría gustado tener hermanos —comentó—. Aunque tuvieran problemas.

Cortez sonrió suavemente.

—Sé que tu padre murió. Pero ¿y tu madre?

—Murió de cáncer cuando yo tenía ocho años —dijo ella con sencillez—. Mi padre volvió a casarse y seis años después murió en el Líbano, en el ataque al cuartel de los Marines. Mi madrastra volvió a casarse. Hace años que no la veo. Mis abuelos y la tía Derrie son lo único que me queda.

Cortez frunció el ceño. Phoebe no le estaba pidiendo compasión, ni él se la ofrecía. Pero sentía pena por ella. Su familia le era muy querida. Habría hecho cualquier cosa por ellos.

—¡Cielos, no quería enrollarme así! —exclamó ella, riéndose, avergonzada. Lo miró arqueando las cejas—. ¿Te apetece entrar y revolcarte salvajemente conmigo en la alfombra sin condón?

En los ojos de él brilló una chispa de humor apenas sofocada. Phoebe era sorprendente.

—Mira —insistió ella—, una vez oí decir a una chica que, si usabas plástico de envolver...

Cortez levantó una mano.

—¡Para el carro! —dijo con firmeza, intentando contener la risa—. No pienso usar plástico de envolver como anticonceptivo.

Ella suspiró teatralmente.

—¿Qué va a ser de mí? —le preguntó al salpicadero—. Me condenas al ridículo cuando tenga que rellenar solicitudes de empleo.

Cortez se inclinó hacia ella.

—¿Qué?

—Siempre hay una casilla donde pone *sexo*, y como soy una persona honesta, tendré que poner que no tengo, porque el único hombre al que deseo se niega a cooperar.

Cortez se echó a reír sacudiendo la cabeza.

—¡Sal de aquí! —se inclinó sobre ella para agarrar la manilla de la puerta.

Phoebe quedó apretada contra él, con la boca a unos pocos centímetros de la suya, porque no se movió, como esperaba Cortez. Desde tan cerca, ella podía ver el cerco oscuro que rodeaba el iris negro de sus ojos, y sentía el sabor a menta de su aliento contra sus labios entreabiertos.

Tocó con los dedos, suavemente, su cálida garganta. Estaban helados.

—Sólo este último semestre he salido con tres chicos —dijo con voz áspera—. Tenía que apretar los dientes hasta para darles un beso de buenas noches.

—¿Quieres decirme algo?

Su mirada era elocuente.

—Con otros no siento nada.

—Nena, eres muy joven —repuso él en tono suave y tierno mientras con los dedos le rozaba levemente los labios carnosos. Ni siquiera era consciente de la ternura con que le hablaba. Su rostro tenía una expresión solemne—. Algún día aparecerá alguien.

—Ya apareció, pero siempre se va —masculló ella.

—Tengo trabajo —le recordó él. Se inclinó hacia su boca y la rozó con la suya, muy suavemente. Entre ellos corría una especie de energía eléctrica—. Y un montón de casos pendientes. No te he mentido.

—Apuesto a que nunca tienes vacaciones —susurró ella contra sus labios, trazando su forma con los suyos en un ardid desesperado para que se quedara con ella.

—Rara vez —Cortez le mordió el labio inferior con sus dientes perfectos y blancos, y le pasó luego la lengua por su interior. De pronto se le aceleró el corazón y sintió que su cuerpo reaccionaba con desacostumbrada urgencia. Sin darse cuenta metió los dedos entre el pelo recogido de su nuca y le levantó la cara hacia él—. Esto no es buena idea —gruñó, pero su boca se hallaba ya sobre sus labios abiertos, besándola de un modo que la hacía vibrar por entero.

Ella le rodeó el cuello con los brazos, ajena a la posibilidad de que pasara gente. Estaban en una zona resguardada del aparcamiento, y éste se hallaba desierto. Pero, de no haberlo estado, habría dado igual. Phoebe se sentía arder.

Cortez gruñó mientras ella lo besaba con la boca abierta, e introdujo la lengua entre sus dientes. Sus grandes manos se deslizaron por los costados de Phoebe, hasta sus pechos firmes y suaves. Tomó en las palmas su delicado peso y comenzó a acariciar tiernamente los pezones hasta que se endurecieron.

Ella se estremeció.

Él alzó la cabeza y clavó la mirada en sus ojos asombrados y turbios. En los suyos ardía el ansia. Contrajo las manos y vio que las pupilas de Phoebe se dilataban mientras el placer la hacía temblar de nuevo.

—Si fueras más mayor... —dijo con esfuerzo.

—No importaría, porque tú también te sientes atraído por mí —musitó ella, abrazándose con más fuerza a su cuello—. Huirías como un gato escaldado antes que acostarte conmigo, Jeremiah —murmuró, temblorosa—. Porque, de la noche a la mañana, quedarías enganchado.

—Tú también —replicó él, cortante, contrariado por su perspicacia.

El sonido de su nombre de pila en labios de Phoebe le parecía extrañamente íntimo, como el modo en que ella lo abrazaba.

—Lo sé —dijo ella con aspereza. Lo atrajo hacia sí y lo besó con el ansia que había acumulado durante un año entero, disfrutando del modo en que él respondía a su beso, con avidez y vehemencia sin freno.

Pero un instante después él la agarró de los brazos y se los bajó. Levantó la cabeza y su mirada pareció de pronto remota.

—Ahora mismo tengo tantos problemas personales que me superan —dijo con voz profunda y lenta—. No puedo pensar también en ti.

—Pero lo deseas —dijo ella, desafiante.

Los ojos de él brillaron.

—Sí —contestó al cabo de un minuto—. Lo deseo —aquella confesión cambió la actitud de Phoebe, que de pronto sonrió, asombrada—. Pero primero tengo que ocuparme de las cosas pendientes —añadió él. Respiró hondo para calmarse y miró con anhelo la suave boca de Phoebe. Trazó su forma con su largo dedo índice—. Puede que para Navidad las cosas se hayan resuelto. ¿Tú las pasas con Derrie, en Charleston?

—Sí —contestó ella con una sonrisa radiante porque no iban a despedirse para siempre.

—Piénsate lo de la oferta de trabajo, ¿de acuerdo? Puedo pedir más información y enviártela por correo. ¿Cuál es tu dirección?

Distraída, ella rebuscó en su bolso y sacó una libreta y un bolígrafo. Anotó apresuradamente las señas de su tía Derrie en Washington, donde vivía y trabajaba para el senador Seymour —salvo en vacaciones— y su dirección en Charleston.

—Creo que me quedaré una temporada en casa de la tía Derrie en Charleston, hasta que sepa qué voy a hacer.

—El trabajo que te ofrezco está muy bien pagado —dijo él con una sonrisa—. Y te vería a menudo, porque trabajo como voluntario para ellos y paso mucho tiempo en sus oficinas.

A Phoebe se le iluminaron los ojos, llenos de esperanza.

—Eso sí que es un incentivo.

Él se echó a reír suavemente.

—Yo estaba pensando lo mismo —titubeó, mirándola—. No se me da bien la gente —dijo luego—. Me cuesta relacionarme. Incluso superficialmente. Y tú eres muy exigente.

—Tú también —repuso ella con sencillez.

Él hizo una mueca.

—Supongo que sí.

—No quiero presionarte. No te estoy pidiendo nada —dijo ella con calma.

Cortez le acarició la mejilla con las yemas de los dedos.

—Lo sé.

Ella escudriñó sus ojos oscuros.

—Supe cómo eras en cuanto te vi. No entiendo cómo.

—A veces, es mejor no intentar entender las cosas —repuso él—. De veras, tengo que irme —se inclinó y la besó con arrebatadora ternura, jugando con su boca hasta que Phoebe se levantó hacia él y gimió suavemente, tirando de su fuerte cuello. Él se inclinó y la estrechó contra su pecho dejando escapar un áspero gruñido. Ella sentía el pálpito de su propio cuerpo mientras seguían besándose, hasta que tuvo la boca hinchada y el corazón le latía desbocado. Él levantó la cabeza de mala gana. Pero luego la soltó bruscamente y se apartó.

Parecía tan turbado como ella.

—Ya tenemos cosas en común. Seguramente encontraremos más. Por lo menos no desconoces por completo las costumbres y los rituales indígenas.

Ella sonrió un poco.

—He empollado mucho.

Él suspiró.

—Está bien. Veremos qué pasa. Te escribiré cuando vuelva a Washington. No esperes cartas largas. No tengo tiempo.

—De acuerdo —dijo ella.

Él le tocó la barbilla con el pulgar.

—Tenías razón en una cosa —dijo inesperadamente.

—¿En cuál?

—Dijiste que, si me perdía tu graduación, me arrepentiría el resto de mi vida —le recordó con una sonrisa—. Y me habría arrepentido.

Los dedos de Phoebe se deslizaron sobre su ancha boca y se estremecieron al sentir su contacto.

—Yo también —repuso con el corazón en los ojos mientras lo miraba.

Él se inclinó y la besó una última vez antes de estirar el brazo para abrirle la puerta.

—Te escribiré.
Phoebe salió y lo miró inclinando la cabeza.
—Yo a ti también —cerró la puerta y miró dentro del coche—. Espero que las cosas se arreglen en casa —añadió.
—Se arreglarán, de una forma o de otra —contestó él. La observó con ojos turbulentos, experimentando un pavoroso presentimiento. Su padre, sus tíos y sus antepasados curanderos habrían visto un don en aquella intuición. Para él, era un engorro.
Su mirada era tan elocuente que Phoebe preguntó:
—¿Qué sucede?
Él se removió.
—Nada —mintió, intentando ignorar aquella sensación—. Sólo estaba pensando. Cuídate, Phoebe.
—Tú también. Lo he pasado muy bien.
Él sonrió.
—Yo también. Esto no es un adiós —añadió al ver su expresión desolada.
—Lo sé —pero se sentía intranquila y no entendía por qué.
Él le lanzó una última mirada. Sus ojos eran oscuros, sombríos y parecían llenos de desconfianza. Antes de que ella pudiera preguntar por qué la miraba así, él subió la ventanilla.
La saludó con la mano y arrancó. Phoebe se quedó mirando el coche hasta que se perdió de vista. Aún sentía en la boca el cosquilleo de sus labios, y su cuerpo, repleto de nuevas sensaciones, latía dolorosamente.
Maravillada y aturdida por la emoción, se dio la vuelta y regresó lentamente al hotel. El futuro le parecía luminoso y rosado.

Tres años después

El pequeño Museo Indio de Chenocetah, Carolina del Norte, estaba lleno de gente para ser sábado. Phoebe sonrió a un grupo de niños que pasaba por el vestíbulo. Dos de ellos iban dándose empujones y la maestra les llamó la atención al tiempo que le lanzaba a Phoebe una sonrisa de disculpa.

–No se preocupe –le dijo Phoebe en voz baja–. Todo lo que puede romperse está detrás de un cristal o de una cinta de terciopelo.

La maestra se echó a reír y siguió su camino.

Phoebe miró el cartel en el que aparecían traducidas al inglés algunas palabras en lengua cherokee. La traducción no era muy precisa, pero era algo mejor que la del letrero anterior. El museo había llegado a hallarse en tal estado de abandono y falta de atractivo que las autoridades del condado estaban considerando su cierre. Pero Phoebe se había hecho cargo de la dirección y había insuflado nueva vida al proyecto.

En la parte de arriba del letrero figuraba el nombre del pueblo, Chenocetah, y su traducción: *Desde donde todo se ve*. «Y es cierto», pensó ella, pensando en las altas y majestuosas montañas que rodeaban la pequeña población.

Phoebe había completado sus estudios de postgrado en antropología estudiando a distancia y pasando las escasas semanas que se exigían de estancia en el campus durante el verano. Le habían confiado la dirección del museo de Chenocetah a condición de que, entre tanto, obtuviera el título de doctora.

Allí, a sólo unos minutos de Cherokee, Carolina del Norte, la tierra era un bien escaso. La Reserva India de Yonah, un pequeño baluarte indio, llegaba casi hasta el cartel que señalaba los límites de Chenocetah.

En las faldas del pueblecito montañés, en el que había más hoteles por metro cuadrado que en Myrtle Beach, Carolina del Sur, tres compañías constructoras competían por inaugurar varios complejos hoteleros. Una de ellas estaba levantando un hotel temático al estilo de Las Vegas. Los otros dos eran lujosos complejos turísticos en cuyo diseño se habían incluido rutas para conocer la vida salvaje. Tenían el atractivo añadido de hallarse de espaldas a una montaña horadada de cuevas naturales que sin duda atraerían a los aficionados a la espeleología.

Dos miembros de la junta de gobierno del municipio habían protestado con vehemencia ante el impacto ecológico de aquellos mastodónticos proyectos, pero los otros tres y el alcalde habían votado a su favor. Sólo los impuestos por el consumo de agua llenarían las arcas municipales, y eso por no hablar de los visitantes que atraerían a una zona ya orientada hacia el turismo.

Phoebe, como los dos concejales rebeldes, estaba pensando en el coste de agrandar el sistema de evacuación de aguas residuales y el de abastecimiento hidráulico para atender las demandas de aquellos inmensos hoteles. Estaban éstos tan cerca del museo cherokee de Chenocetah que seguramente afectarían a la presión de agua del museo, que ya era escasa para su gusto, teniendo en cuenta la cantidad de visitantes que recibían.

Otro inconveniente sería el ruido que acompañaría el aumento del tráfico junto a los límites de la población, en uno de los peores cruces del condado. Aquella posibilidad se la había comentado de pasada uno de los ayudantes del sheriff, que coqueteaba con ella constantemente. Ella no respondía a sus requiebros. Últimamente, le caía antipático todo aquél que llevara una insignia.

—Frunces demasiado el ceño —murmuró con sorna su compañera, Marie Locklear, al acercarse a ella. Marie era medio cherokee y había estudiado en la Universidad de Duke. Era la gestora económica del museo y uno de sus más valiosos miembros.

—Sonrío cuando estoy sola —confesó Phoebe—. No quisiera molestar al personal.

—Mi primo, Drake Stewart, va a venir a comer otra vez —dijo Marie, refiriéndose al ayudante del sheriff que patrullaba por aquella zona—. Le he dicho que nos traiga un par de esas ensaladas de pollo picante de ese sitio nuevo de comida rápida —añadió—. Está loco por ti.

Phoebe hizo una mueca.

—Estoy harta de los hombres.

—Drake tiene treinta años y está como un tren —le recordó Marie—. Y tiene la sangre cherokee justa para resultar atractivo —añadió—. Si no fuera mi primo, yo misma me casaría con él.

—También es ayudante del sheriff.

—Es verdad. Olvidaba que no te van nada las fuerzas de la ley.

Phoebe entró en su despacho seguida de Marie.

—No me van nada los hombres, y punto —contestó.

—¿Por qué?

Phoebe hizo oídos sordos a la pregunta. Desenterrar el pasado era demasiado doloroso.

—¿Podemos permitirnos arreglar el bache del aparcamiento? —preguntó—. Estamos recibiendo quejas.

—Si pasamos de arreglar el tejado, sí —contestó Marie con desgana.

—¡Otra gotera, no! —gruñó Phoebe—. ¿Dónde está?

—En el aseo de caballeros —contestó Marie—. Hay un charco delante de los lavabos.

Phoebe se sentó a su mesa y apoyó la cabeza entre las manos.

—Y ya estamos en noviembre. Pronto empezará a nevar y el tejado se hundirá bajo el peso de la nieve. ¿Por qué acepté este trabajo? ¿Por qué?

—¿Porque nadie más lo quería?

Phoebe se echó a reír. Marie era incorregible. Sonrió a la chica, algo más joven que ella.

—No, fue porque nadie más me quería a mí —puntualizó.

—Eso no me lo creo. Te licenciaste entre los mejores de tu promoción, y has hecho el doctorado en tiempo récord —le recordó Marie—. He leído tu currículum —añadió al ver la mirada de sorpresa de Marie.

—La formación académica no lo es todo —repuso Phoebe.

—Sí, pero tú te especializaste en antropología física —contestó Marie—. Debe de haber un montón de trabajo en un campo tan específico.

—No había ninguno cuando lo necesité —dijo ella con calma, acercándose a un archivador—. Quería alejarme de mi familia, de todo. En esta zona no conozco a nadie. Aquí es probable que me tropiece con... —iba a decir Cortez, pero se mordió la lengua.

Marie apoyó su oronda figura en el borde de la mesa y se echó hacia atrás el pelo largo, denso y liso.

—Sé que no te gusta hablar de eso —dijo—, pero creo que ahora estás mejor, ¿no?

Phoebe asintió con la cabeza.

—Sí, creo que lo he superado.

—Lo habrás superado cuando salgas corriendo al coche de Drake, le des un beso de tornillo y le supliques que te invite a salir —dijo Marie con una sonrisa maliciosa.

Phoebe la miró.

—Por lo que me has dicho, Drake tiene una novia en cada esquina —dijo—. Le encantan las mujeres de todas las formas, edades y tamaños, y ellas lo adoran a él. No quiero un hombre tan usado.

A Marie estuvieron a punto de saltársele los ojos.

Phoebe rompió a reír al darse cuenta de lo que había dicho.

—Bueno, hipotéticamente hablando —murmuró, sonrojándose—. Y no te atrevas a decirle a Drake que he dicho eso.

Marie se tocó el amplio pecho.

—¿Haría yo eso?

—En menos que canta un gallo —contestó Phoebe—. Vuelve al trabajo. Búscame un modo de reparar el tejado y el bache y de meterlo todo en el presupuesto de este año fiscal.

—Podríamos ir a la Reserva de Yohah y hablar con Fred Fourkiller, el curandero —contestó Marie—. Tal vez pueda convencer a la junta directiva de que nos aumenten el presupuesto.

Aquello le recordó a Cortez, que descendía de una larga línea de curanderos. Apoyó involuntariamente la mano en el cajón de en medio de su mesa. Y la apartó.

—Quizá tengamos que intentarlo si falla todo lo demás —dijo, volviéndose hacia su ordenador—. Será mejor que me ocupe de todo este papeleo antes de que empiecen a llegar los chavales —añadió—. Tenemos otro autobús a las once, de un instituto —miró a Marie melancólicamente—. Cuando llegué aquí, teníamos suerte si venían dos turistas al mes. Ahora vienen autobuses cargados de chicos todas las semanas.

—Mucha gente de por aquí tiene sangre cherokee. Como estamos tan cerca de la reserva... —le recordó Marie con una sonrisa—. Quieren conocer sus orígenes, así que a los alumnos de historia les gusta venir aquí.

—Y dejan buenos ingresos, como todos esos libros de historia local que vendemos en la tienda de recuerdos —tuvo que admitir Phoebe—. Pero ojalá tuviéramos un patrocinador.

—Todavía es pronto —dijo Marie con una sonrisa—. Voy a ponerme a trabajar.

Salió, cerrando la puerta tras ella.

Harriett White, la única ayudante de Phoebe en plantilla, estaba enseñando la exposición a los niños. Era viuda y andaba por la cincuentena. Había sido profesora de historia en la Universidad de Duke, pero no quería volver a trabajar a tiempo completo. Había solicitado trabajo en el museo sin muchas expectativas de que la aceptaran, y Phoebe la llamó en cuanto leyó su solicitud. Al principio no lograba entender por qué alguien con la formación de Harriett solicitaba un puesto de ayudante, pero pronto descubrió que Harriett quería un trabajo poco exigente que le permitiera dedicarse al campo de estudio que adoraba. Aquella mujer había resultado ser una trabajadora incansable y una colaboradora imprescindible.

Phoebe vaciló un instante antes de abrir el cajón del medio y sacar una pequeña rueda votiva de la que colgaba una pluma; pero no una pluma de águila, o se habría metido en un lío. Era un extraño regalo. Cortez se lo había enviado por correo la semana después de su graduación.

Iba acompañado de una de las dos únicas cartas que había recibido de él. La carta contenía aquella rueda de oración, envuelta en cuero crudo, con la pluma prendida y una hoja de hierba de búfalo trenzada en el centro. Cortez le decía que su padre quería que ella tuviera aquel amuleto, y que lo llevara siempre consigo. Ella no era supersticiosa, pero aquel amuleto era un bien muy preciado en la familia de Cortez. Phoebe nunca se apartaba de él. A su lado había otra carta, muy fina, con su nombre y dirección garabateados con la misma letra con la que estaba escrita la carta del amuleto. Phoebe la tocaba como si fuera una serpiente venenosa, incluso después de tres años.

Rechinando los dientes, se obligó a sacar el breve recorte de periódico que contenía —en el sobre no había nada más— y a mirarlo. Aquello le recordaba que no debía ponerse sentimental cuando pensaba en Cortez.

No leyó más que el escueto titular: *Jeremiah Cortez se casa con Mary Baker.* No había fotografía de la feliz pareja, sólo sus nombres y la fecha del enlace.

Phoebe jamás lo olvidaría. Ocurrió apenas tres semanas después de su graduación.

Volvió a guardar el recorte en el sobre, intentando espantar la angustia del día que lo recibió. Guardaba siempre el recorte junto a la rueda votiva, para acordarse de que no debía pensar con excesiva nostalgia en aquel breve romance. Pero aquello la había mantenido soltera. No había querido volver a arriesgarse. Había entregado su corazón en vano. Nunca comprendería por qué Cortez la había hecho concebir esperanzas para luego enviarle un árido recorte sobre su boda. Ni siquiera una nota, una disculpa, una explicación. Nada.

Ella le habría escrito, aunque sólo fuera para preguntarle por qué no le había dicho que estaba comprometido. Pero la segunda carta no llevaba remite. Y, lo que era peor aún, la carta que le había escrito a las señas de su primera misiva le había sido devuelta sin abrir por no encontrarse el destinatario.

Phoebe quedó destrozada. Completamente destrozada. Después de aquello, su carácter risueño y optimista se eclipsó. Nadie que la hubiera conocido apenas tres años antes la reconocería. Se había cortado el pelo, había adoptado una fachada formal y se vestía como una señora. Parecía la directora de un museo. Y eso era.

A veces podía pasarse un día entero sin pensar siquiera en Jeremiah Cortez. Pero ése no era uno de ellos.

Guardó el sobre en el cajón y cerró éste con firmeza. Tenía un buen trabajo y el futuro asegurado. En casa, en la pequeña cabaña donde vivía, tenía un perro de guarda. No salía con nadie. No tenía vida social, salvo cuando la invitaban a algún acontecimiento institucional para recaudar fondos para el pequeño museo. Desgraciadamente, los políticos que acudían a aquellas reuniones tenían poco dinero que ofrecer, a pesar de la buena marcha de la economía. Quizá ello se debiera a que su pequeño museo no tenía suficiente presencia mediática que ofrecer a cambio de los fondos que necesitaba. Conseguían algún dinero a través de donaciones privadas, pero la mayoría de sus patrocinadores no eran ricos. El museo subsistía a salto de mata.

Phoebe se recostó en la silla y paseó la mirada por el despacho, tan despojado de efectos personales como su casita. Ya no coleccionaba cosas. En la pared había un mandala que le había hecho un miembro del clan Pájaro del pueblo cherokee, y una cerbatana fabricada por el padre de un chaval de sexto curso. Sonrió al mirarla.

La gente siempre se sorprendía cuando se enteraba de que los cherokees habían usado cerbatanas para cazar en el pasado. Y, por lo general, más aún se sorprendía cuando descubría que vivían en casas y no llevaban penachos, ni taparrabos, ni pintura ritual, a no ser que estuvieran recreando la histórica Senda de las Lágrimas en su fiesta anual, *En estas colinas*, en la cercana reserva india de Quallah, no muy lejos de Cherokee, Carolina del Norte.

La gente tenía extrañas ideas acerca de los nativos americanos.

Sonó el teléfono mientras Phoebe intentaba todavía obligarse a responder sus correos electrónicos. Lo levantó, distraída.

—Museo Cherokee de Chenocetah —dijo amablemente.

—¿La señorita Keller? —preguntó una voz de hombre.

—Sí —contestó, haciendo caso omiso de la pantalla del ordenador. Aquel hombre parecía nervioso—. ¿Qué puedo hacer por usted?

Hubo un titubeo.

—Puede usted hacer datar un yacimiento por sus residuos orgánicos, ¿verdad? ¿No tiene su fundación un pequeño presupuesto para esas cosas?

—Bueno, sí, aunque también podemos datar utilizando los anillos de los árboles…

—Me refiero a restos humanos —añadió él—. Tengo un cráneo… Un esqueleto entero, de hecho. Tiene una pátina muy gruesa, y está en una cueva con instrumentos líticos paleoindios, puntas de Folsom si no me equivoco… Hay dos figuras humanas que sin duda datan del periodo Hopewell, de factura muy refinada… El cráneo tiene una cavidad cerebral bastante grande y cavidades nasales anchas. La dentición indica... Bueno, el cráneo indica un posible origen Neandertal.

Phoebe dejó escapar un gemido de sorpresa. Agarró el teléfono tan fuerte que le blanquearon los nudillos.

—¿Habla en serio? Nunca se ha datado nada más allá de diez o doce mil años, y fue en un yacimiento en Tennessee, no en Carolina del Norte. ¡Sencillamente, no hay restos de Neandertales en Norteamérica!

—Tiene razón. Pero he... he encontrado algo —dijo él—. Creo que... creo que los he encontrado.

Ella se irguió en la silla.

—¿Se trata de una broma? —preguntó fríamente—. Porque si es así...

—Comprendo que desconfíe. No se lo reprocho —él hizo una pausa—. Soy doctor en antropología y estoy visitando esta zona. Sé lo que me digo. No es una estafa. Pero... los están ocultando —añadió precipitadamente, susurrando—. Me dijo que, si esto salía a la luz, lo matarán, ¡me matarán! Harán cualquier cosa para que el proyecto siga adelante. Si lo divulgamos, suspenderán las obras indefinidamente mientras excavan el yacimiento. Naturalmente, eso también significaría publicidad a escala nacional, pero ¡se arruinaría!

—¿Quién? —preguntó ella—. ¿Dónde está el yacimiento? ¿Y quién es usted?

—No puedo decírselo... aún. Volveré a llamarla cuando pueda. ¡Me están vigilando! —Phoebe oyó al otro lado de la línea un golpe y el chirrido de una puerta. Sonó al fondo la voz estridente de una mujer, aunque sofocada. Phoebe adivinó que su interlocutor había puesto la mano sobre el teléfono—. Sí, estaba... hablando con mi hija. Sí, con mi hija. ¡Ya voy! —le dijo a la otra persona. Luego volvió a ponerse al teléfono—. Ya hablaremos más tarde. Adiós —le dijo a Phoebe. Se oyó un ruido repentino y el teléfono se colgó de golpe.

Phoebe pulsó asterisco 69 para conseguir el número desde el que la habían llamado, pero había sido bloqueado en origen. Apretó los dientes y colgó.

Quizá fuera sólo un fraude, se dijo. Había habido algunos «descubrimientos» semejantes con anterioridad; entre ellos, el hallazgo en California de nos restos humanos que, se decía, eran anteriores al periodo Cromagnon. Aquellos presuntos restos neandertales habían sido datados por uno de los más famosos antropólogos del mundo. Pero la datación era incierta y muchos estudiosos la rechazaban de plano. Había un caso parecido en Nuevo México, donde se habían atribuido treinta y cinco mil años de antigüedad a unos restos óseos encontrados en una cueva. Pero los huesos desaparecieron misteriosamente antes de que pudieran ser evaluados científicamente.

Nunca podría probarse si aquellos casos eran fraudes o no. La nueva controversia arqueológica giraba en torno al Hombre de Kennewick, un esqueleto hallado en California y que, según se decía, pertenecía al periodo paleoindio, pero que al parecer no tenía rasgos predominantemente indígenas norteamericanos. Aquella polémica estaba todavía en el candelero.

Quizá el hombre que la había llamado fuera un chiflado con mucho tiempo libre, pensó Phoebe. Pero parecía sincero. Y asustado.

Phoebe se reprendió por ser tan ingenua. Aquello no era nada y estaba exagerando. Se volvió hacia la pantalla del ordenador y volvió a ponerse con su e-mail.

La puerta se abrió de pronto y un hombre alto y fornido, de tez suavemente olivácea, cabello negro y corto y ojos oscuros y brillantes asomó la cabeza.

—¡Hora de comer! –dijo.

Phoebe apartó la mirada del ordenador y sonrió al ayudante del sheriff.

—Hola, Drake. Marie me dijo que ibas a traer la comida. ¡Gracias!

—No hay de qué. Yo también tengo hambre, señorita Keller, y a veces tengo que comer a la carrera –dijo arrastrando las palabras mientras entraba en el despacho con dos recipientes de comida–. Por eso mi comida está en el coche. Voy a un aviso. He traído esto para Marie y para ti.

Ella pulsó un botón de su teléfono.

—Marie, Drake ha traído la comida.

—Enseguida voy –contestó Marie alegremente.

—Al menos alguien se alegra de verme, aunque sea mi prima –comentó él con fingida desilusión–. Pareces preocupada.

—Lo estoy –dijo Phoebe mientras cerraba el programa. Levantó la mirada, inquieta–. Recibí una llamada hace un par de horas. Puede que fuera un chiflado. Pero parecía asustado.

La sonrisa de Drake se desvaneció. Se acercó a ella.

—¿Qué quería?

—Me dijo algo sobre unos restos humanos que podían darte del periodo Neandertal y que al parecer había desenterrado un contratista –dijo, resumiendo la conversación–. Colgó bruscamente. Intenté conseguir su número, pero estaba bloqueado.

—Restos de Neandertal. Sí, ya –dijo Drake con sorna.

Ella sonrió. Había olvidado que el ayudante del sheriff había hecho por internet un curso de arqueología que ofrecía el museo.

—Supongo que sólo era una broma –dijo.

—Sería alguno que esperaba sacarse el bachillerato. Pero meterá la pata, como ese chaval que mandó una amenaza de bomba a su colegio con papel timbrado de su padre —añadió.

Ella asintió con la cabeza.

—Gracias por traer las ensaladas. Por aquí cerca no hay ningún sitio donde comer —comentó Phoebe mientras hurgaba en su bolso para pagarle.

—No consigo convencerte para que salgas conmigo —repuso Drake con un suspiro—. Así que tengo que conformarme con comer aquí contigo —añadió—. Tengo que irme.

Marie asomó la cabeza por la puerta.

—¡Estoy muerta de hambre! Gracias, Drake. Eres un encanto, aunque seas mi primo.

Él la miró enarcando una ceja.

—Bueno, por lo menos hay alguien que piensa que soy un encanto —dijo lanzándole a Phoebe una mirada reveladora.

—Bah, Phoebe pasa de los hombres —le dijo Marie con desparpajo.

Drake frunció el ceño.

—¿Y eso por qué?

Phoebe le lanzó a Marie una mirada de advertencia. Ella levantó las dos manos, se hizo la tonta y cambió de tema.

A la mañana siguiente, al despertarse, Phoebe oyó pasar sirenas a toda velocidad por delante de su cabaña. Esperaba que no hubiera habido algún terrible accidente. Las carreteras de montaña eran estrechas y a veces peligrosas en aquella zona. Algunos turistas procedentes de tierras llanas se saltaban de vez en cuando los guardarraíles. La caída era mortal de necesidad.

Se vistió y se tomó a toda prisa una taza de café antes de irse al trabajo en su viejo Ford. El aparcamiento del museo estaba por lo general vacío a esa hora, de no ser por su coche y el de Marie. Pero esa mañana había junto a la entrada un coche patrulla con el motor en marcha.

Phoebe frunció el ceño y salió del coche, agarrando su bolso y su maletín. En ese mismo momento Drake salió del coche patrulla. Pero no sonreía. Parecía intranquilo.

—Hola —lo saludó ella—. ¿Qué ocurre?

Él apoyó la mano en la culata de la pistola reglamentaria que llevaba en su funda y se acercó a ella.

—Ayer dijiste que habías hablado con un hombre sobre unos restos humanos, ¿no?

—Sí —contestó ella lentamente.

—¿Te dijo su nombre?
—No.
—¿Puedes decirme algo sobre él? —insistió Drake, muy serio.

Ella titubeó, intentando recordar.
—Dijo que era antropólogo...
—¡Maldita sea!

Ella entreabrió los labios. Nunca había visto tan enfadado a Drake.
—¿Qué ha pasado? —preguntó.
—Han encontrado un cadáver en la Reserva —dijo él en voz baja.

Phoebe parpadeó.
—Un cadáver en la Reserva —repitió.

Él asintió con la cabeza.
—Casi en el límite, a unos cincuenta metros de la linde. Parece ser de origen cherokee, porque encontramos también una tarjeta del archivo tribal con el número y el nombre borrados, y parte de una tarjeta de socio de una sociedad antropológica. Suponemos que era suya. También falta la parte con el nombre. Y el permiso de conducir.

Ella dejó escapar un gemido.
—¿El hombre que me llamó...?
—Podría ser él. No podemos entrar en territorio cherokee a menos que nos lo pidan. Así que esto es asunto de los federales. Pero tengo un primo en la policía de la Reserva que me lo ha contado. Lo llevan todo en secreto. El FBI va a enviar a un agente especial para que investigue, uno de esa nueva Unidad de Investigación Criminal para los Territorios Indios que están formando. Sólo quería avisarte de que querrán hablar contigo.
—¿Qué?
—Tú fuiste la última persona que habló con la víctima

—dijo Drake—. Encontraron tu número anotado en un cuaderno, junto al teléfono de su motel, y lo buscaron en el listín telefónico. Entonces fue cuando me llamó el primo Richard. Sabe que vengo mucho por el museo —la observó con expresión preocupada—. Alguien mató a ese tipo en el motel, a las afueras de Chenocetah, o en el camino de tierra en el que estaba tirado. Ese camino lleva a algunas zonas de obras, cerca de una montaña llena de cuevas. Una corredora lo encontró tendido en la cuneta esta mañana temprano, con una bala en la nuca. Todavía la están atendiendo por el shock en la clínica del pueblo —añadió.

Phoebe se apoyó contra un pilar de la entrada del museo, intentando recuperar el aliento. Jamás había imaginado que acabaría implicada en la investigación de un asesinato. Costaba hacerse a la idea.

—Puede que vaya a hacerle compañía —dijo, no del todo en broma.

—Tú no corres peligro. Al menos…, eso creo —añadió Drake lentamente.

Ella levantó la cara y lo miró a los ojos.

—¿Cómo dices?

Él frunció el ceño.

—No sabemos quién lo mató ni por qué —contestó—. Puede que la historia que te contó fuera una invención. Pero, aunque lo sea, hay tres grandes proyectos en construcción en la zona. Si lo que ese hombre te dijo es cierto, no hay modo de saber dónde estaba mirando cuando encontró el yacimiento.

—¿Para quién trabajaba? —preguntó ella.

—Aún no lo sabemos. La investigación está en fase preliminar. Pero hay otra cosa. No puedes decírselo a Marie.

—¿Por qué no?

—Porque no sabe cerrar el pico —contestó él con

calma–. Hay una investigación abierta. Te estoy contando todo esto porque me preocupa tu seguridad. Pero no quiero que se entere todo el condado.

Ella silbó suavemente.

–Cielo santo.

–Sólo por si acaso, ¿tienes un arma?

Ella negó con la cabeza.

–Una vez disparé con la pistola de un amigo, pero me dio miedo el ruido y no he vuelto a intentarlo.

Drake se mordió el labio inferior y exhaló un largo suspiro.

–Vives en el campo. Si consigo una diana, ¿dejarás que te enseñe a disparar?

Phoebe sintió que el mundo temblaba bajo sus pies. Normalmente, Drake era un tipo despreocupado y optimista. Pero estaba hablando en serio. Estaba sinceramente preocupado por ella. Phoebe tragó saliva.

–Sí –dijo al cabo de un minuto–. Dejaré encantada que me enseñes, si lo crees necesario –le lanzó una mirada inquisitiva–. Drake, tú sabes algo que me estás ocultando –murmuró.

–Un yacimiento así, con posibles restos neandertales... –comenzó a decir él lentamente–. Si existiera, ningún promotor podría construir allí. Estamos hablando de millones de dólares en materiales, trabajo y tiempo tirados a la basura. Algunas personas harían cualquier cosa por impedirlo.

–Está bien –dijo ella, forzando una sonrisa–. Aprenderé a disparar.

–Hablaré con el agente o la agente del FBI cuando llegue –añadió él–, y veré cómo podemos protegerte.

Pero ella sabía cómo acabaría aquello. Las agencias gubernamentales, al igual que las fuerzas de policía local, tenían los mismos problemas presupuestarios que ella. Pagar las medidas de seguridad necesarias para protegerla las veinticuatro horas del día no sería sin duda una prioridad, y ella, ciertamente, no podía pagarlo de su bolsillo. Aun así, la idea de arrebatarle la vida a un ser humano la ponía enferma.

—Estás pensando que no podrías dispararle a nadie —adivinó Drake, entornando los ojos. Ella asintió con la cabeza—. Yo sentía lo mismo antes de entrar en el ejército —añadió. De hecho, Drake había abandonado el ejército el año anterior, tras pasar una temporada destinado en el extranjero—. Aprendí a disparar por reflejo. Tú también podrás. Podría salvarte la vida.

Ella hizo una mueca.

—La vida era tan sencilla ayer...

—Dímelo a mí. No estoy directamente metido en la investigación, pero la jurisdicción del caso depende de dónde tuviera lugar el asesinato. El que el cadáver haya sido encontrado en la Reserva no significa que lo mataran allí.

—¿Y tú crees que un asesino querría que el FBI se haga cargo de la investigación? —preguntó ella.

—No, pero quizá no supiera que estaba en jurisdicción federal. Los límites no están precisamente marcados con pintura roja —le recordó él con una fresca sonrisa—. El camino de tierra donde se encontró el cuerpo parece estar cerca de Chenocetah. Pero no lo está. El cartel que señala el límite de la reserva estaba en el suelo, boca abajo, a unos cincuenta metros de donde se detenían las huellas de neumáticos.

Ella frunció los labios, pensativa.

—El asesino no lo vio. Puede que fuera de noche.

Él asintió, sonriendo.

—Bien pensado. ¿Alguna vez has pensado en trabajar del lado de la verdad y la justicia, persiguiendo el delito?

Phoebe se echó a reír.

—Tu departamento no podría permitirse pagarme —replicó.

—Qué demonios, ni siquiera puede permitirse pagarme a mí, pero aun así me contrataron, ¿no? —dijo con una sonrisa, mostrando sus dientes blancos y perfectos—. Tú cuida del museo, que yo haré lo posible por cuidar de ti —añadió. Ella frunció el ceño. Drake levantó una mano—. Lo decía en sentido profesional —puntualizó—. Sé que piensas que estoy muy usado.

Phoebe se quedó boquiabierta.

—¡Marie! —bufó.

Él se echó a reír.

—No estoy ofendido, pero por eso te decía que no deberías contarle ningún secreto —levantó las cejas—. La verdad es que soy un poco como un pavo real.

—¿Un qué?

—Los pavos reales hacen fantásticos alardes para atraer a las hembras. Puede que sus plumas estén un poco maltrechas, y los colores un tanto desvaídos, pero lo que busca un pavo es el efecto. Como yo —añadió con una tenue sonrisa—. No soy un donjuán. Pero, si finjo serlo —dijo inclinándose hacia ella—, puede que tenga suerte —ella se echó a reír con genuina alegría—. ¿No viste esa película con Johnny Depp, ésa en la que se cree Don Juan? —bromeó Drake—. A él le funcionaba. Así que yo pensé ¿por qué a mí no? Nunca se sabe hasta que lo intentas. Pero tuve que dejar la capa y el antifaz. El sheriff quería llamar a un psiquiatra.

—Drake, no tienes remedio —dijo ella, pero en un tono más suave del que había usado nunca con él.

—Eso está mejor —dijo él, sonriendo—. Has llevado mucho tiempo ropajes de invierno. Es hora de buscar las flores de la primavera, señorita Keller.

—A veces hasta pareces un poeta —repuso ella.

Drake se encogió de hombros.

—Soy en parte cherokee. Recuerda que no somos simplemente «la gente» en nuestra lengua, sino «la gente principal».

Todas las tribus eran «la gente» en su lengua nativa, recordó Phoebe, salvo los cherokees, que se llamaban a sí mismos «la gente principal». Eran un pueblo inteligente y elegante que tenía su propio lenguaje escrito desde mucho antes que otras tribus.

—¿Nada que alegar? —preguntó él.

Phoebe levantó una mano.

—Yo nunca discuto con la ley.

—Bien pensado —afirmó él, y se irguió de modo que su uniforme, bien ceñido, resaltó su cuerpo fornido.

Antes de que ella pudiera contestar, les distrajo el sonido de un claxon. Marie entró en el aparcamiento con su vieja camioneta, que vertía un humo negro por el tubo de escape. Al apagarse, el motor petardeó con fuerza.

Drake se acercó enseguida, intrigado, y le hizo señas a Marie para que abriera el capó. Él se apartó un poco, sacudiendo la mano, para que el humo se disipara. Se asomó al motor y se puso a trastear con una válvula.

Al cabo de un momento se irguió, meneando la cabeza, mientras Marie esperaba con cara de preocupación.

—Es el carburador, Marie —le dijo Drake—. Si no lo arreglas, podría salir ardiendo la camioneta.

—No sé si me costaría más eso que cambiarla por otra —masculló Marie—. ¡Odio esta cafetera!

—Sólo es vieja —le dijo su primo con una sonrisa—. Y puede que esté un poco... usada.

Marie se puso colorada.

—Voy a llamar a mi hermano al garaje ahora mismo —ni

siquiera miró a Plebe al pasar a su lado corriendo, y se puso a enredar con la llave al darse cuenta de que la puerta estaba aún cerrada. Por suerte no se le ocurrió preguntar por qué.

Drake y Phoebe se echaron a reír por lo bajo.

—No le diré nada —prometió Phoebe.

—Veré qué más puedo averiguar. ¿Quedamos el sábado para las clases de tiro? —añadió.

Ella asintió con la cabeza.

—Salgo a la una.

—Me organizaré para tener libre esa tarde —prometió él. Miró su coche patrulla, donde zumbaba la radio—. Espera un minuto.

Se acercó al coche despacio, levantó el micro y se identificó. Escuchó, asintió con la cabeza y volvió a hablar.

—Tengo que irme —le dijo a Phoebe—. El agente del FBI está de camino. Quiere que le echemos una mano —añadió con una sonrisa—. Supongo que mi talento para la investigación ha impresionado a alguien a nivel federal.

Phoebe se echó a reír.

—Hasta el sábado.

Drake la saludó con la mano, se montó en el coche de un salto y se alejó a toda prisa.

—¿Qué estaba pasando ahí fuera? —preguntó Marie con curiosidad.

—Drake va a enseñarme a disparar —dijo Phoebe—. Siempre he querido aprender.

Marie se quedo extrañamente callada. Se acercó a la mesa y la miró por encima de ella, preocupada.

—Sé que no quieres contarme cosas importantes porque le conté a Drake lo que dijiste. Lo siento mucho —añadió.

—No estoy enfadada.

Marie hizo una mueca.

—Mi hermano dice que esta mañana encontraron muerto a un antropólogo en la reserva, y corre el rumor de que habló contigo ayer. Estás en peligro, ¿verdad?, y ahora no quieres contármelo porque crees que se lo diré a todo el mundo.

Phoebe se quedó pasmada.

—¿Cómo sabía tu hermano...?

—Bah, nosotros lo sabemos todo —contestó Marie—. Éste es un pueblo muy pequeño. Alguien de un clan se entera y se lo cuenta a otro de otro clan, y al final se sabe por todas las montañas.

—Es peor que un *party line* —dijo Phoebe, todavía boquiabierta.

—De verdad —repuso Marie—, puedes quedarte conmigo —añadió—. Tu casa está muy apartada.

—Drake va a enseñarme a disparar.

Marie levantó una ceja.

—Antes no te gustaba.

—A ti te gusta cada vez más.

Ella sonrió.

—Es mi primo. Me parece genial. Puede que sea un poco fanfarrón, pero es listo y valiente. Los hay mucho peores —añadió.

Phoebe la miró con irritación.

—Sólo va a enseñarme a tirar al blanco —dijo con firmeza—. Los hombres siguen sin interesarme, usados o no.

Marie no le hizo caso.

—Él cuidará de ti. Y también mis otros primos y mi hermano, si hace falta —le dijo—. Has hecho mucho por nosotros. Nosotros no olvidamos los favores. Sobre todo, si es alguien de la familia.

—Yo no tengo ni una sola gota de sangre nativa, Marie —dijo Phoebe con firmeza.

Maria sonrió.

—Aun así eres como de la familia —repuso, y dio media vuelta—. Voy a ponerme a trabajar.

Phoebe la miró distraídamente, pensando todavía en el muerto. Resultaba inquietante que alguien con quien había hablado la víspera hubiera sido asesinado. Pero también la preocupaba la destrucción de un yacimiento potencialmente valiosísimo. Si, en efecto, había restos neandertales en alguna zona de obras —aunque lo dudaba seriamente—, aquel hallazgo reescribiría la historia no sólo de Carolina del Norte, sino del continente entero. Sin duda arruinaría al promotor. ¿Era ésa razón suficiente para matar a un ser humano? Phoebe, que no sentía apego por el dinero más allá del pago de sus facturas, no podía concebir que algunas personas fueran capaces de hacer cualquier cosa con tal de amasar riquezas.

Durante los dos días siguientes, Phoebe anduvo ocupada con sus cosas. Drake se pasó por allí para decirle que el agente del FBI había llegado ya, pero se mostró extrañamente remiso a contarle nada. Y le lanzó una mirada que a Phoebe le quitó el sueño. El viernes por la mañana comprendió por qué.

Justo cuando estaba preparándose para recibir a un grupo de personas mayores de una residencia de la localidad, un coche negro paró junto a los escalones de la entrada. Llevaba matrícula gubernamental. El FBI, sin duda, pensó ella cansinamente, buscando con la mirada el autobús de los visitantes.

Pero al ver al hombre que salió del coche se paró en seco.

Tenía el pelo largo y negro recogido en una coleta. Llevaba un traje gris con chaleco y gafas de sol. Subió los escalones y se detuvo delante de ella. Se quitó las gafas y las colgó por la patilla en el bolsillo del chaleco.

—Hola, Phoebe —dijo Cortez tranquilamente, sin sonreír.

Su cara surcada de cicatrices parecía más enjuta y dura de lo que ella recordaba. Había nuevas arrugas alrededor de sus ojos y su boca. Parecía no haber sonreído nunca, en toda su vida. Sus ojos negros eran penetrantes, fríos, profesionales.

Ella levantó la barbilla. Pero no chilló, ni se puso a tirar cosas, aunque era lo que le apetecía. Se obligó a parecer calmada y eficiente.

—Hola, Cortez —contestó con idéntica formalidad, evitando adrede usar su nombre de pila—. ¿Qué puedo hacer por ti?

—El ayudante del sheriff, un tal Drake... —sacó una libreta y fingió buscar el nombre, a pesar de que ya lo sabía—... Stewart, me dijo que hablaste con la víctima la noche antes de que encontraran el cadáver. Me gustaría hablar contigo, si tienes tiempo.

Ella tragó saliva.

—¿Estás investigando el caso?

Él asintió con la cabeza.

—He vuelto al FBI. Formo parte de una nueva unidad dedicada exclusivamente a investigar delitos violentos en las reservas indias de todo el país.

Ella deseó preguntarle por qué había dejado la abogacía, si tanto le gustaba. Deseó preguntarle por qué la había abandonado sin darle explicaciones, aparte de aquel recorte de periódico, a pesar de que la había mirado como si la quisiera. Pero no lo hizo.

—Ven a mi despacho. Sólo un minuto, por favor —se detuvo para llamar a Harriett, que estaba tomándose un descanso—. Harriett, va a llegar un autobús de la residencia. ¿Puedes ocuparte tú? Yo tengo que hablar con este caballero.

Harriett miró a Cortez, que las superaba a ambas en estatura, y levantó una ceja.

—Por lo menos ha mejorado el gusto del gobierno —murmuró con sorna, y salió a la puerta para recibir al autobús, que acababa de entrar en el aparcamiento.

Cortez no respondió al comentario. Ni tampoco Phoebe.

Ella entró en su despacho y le ofreció la única silla que había ante su mesa llena de cosas. Él no se sentó porque de pronto entró Marie con las nóminas, pues era viernes. Marie se detuvo al verlo, y sus ojos vivaces se fijaron en su larga cabellera, en su tez morena, en su traje y su porte formal.

—*Siyo* —dijo en cherokee, palabra que era al mismo tiempo de bienvenida y de adiós.

Él levantó el mentón y la miró con cierta hostilidad.

—No hablo cherokee. Soy comanche —dijo bruscamente.

Marie se puso colorada y carraspeó.

—Disculpe.

Él no dijo ni una palabra. Se hizo a un lado para dejar que pusiera las nóminas encima de la mesa de Phoebe.

Marie miró a Phoebe extrañada y se retiró a toda prisa, cerrando la puerta tras ella.

Phoebe se sentó tras su mesa y miró a Cortez. Cruzó las manos delante de sí, sobre la mesa. Eran unas manos acostumbradas al trabajo, con las uñas cortas y sin pintar. Tampoco llevaba anillos.

—¿En qué puedo ayudarte? —preguntó fríamente.

Él se quedó mirándola unos segundos. Sus ojos se oscurecieron. Había sombras en ellos.

Sacó la libreta del bolsillo, cruzó las largas piernas, abrió la libreta y revisó sus notas.

—Hablaste con ese hombre el día antes del hallazgo de su cadáver —repitió. Sacó un bolígrafo—. ¿Puedes decirme qué te dijo?

—Me dijo que una constructora estaba intentando ocultar la existencia de un yacimiento arqueológico potencialmente explosivo —contestó ella—. Restos de Neandertal —el bolígrafo se detuvo y Cortez levantó los ojos, pero no dijo una palabra—. Sí, ya sé que parece absurdo —añadió ella—. Pero hablaba muy en serio. Dijo que la compañía estaba muy endeudada y temía que se descubriera el yacimiento, por miedo a acabar en la bancarrota por culpa de las excavaciones.

—No se han descubierto restos de Neandertal en toda Norteamérica —repuso él.

—Soy licenciada en antropología —replicó ella con frialdad, ofendida porque él insinuara que no lo sabía—. ¿Quieres que te enseñe el título?

Él achicó los ojos.

—Has cambiado.

—Tú también —contestó ella—. Volvamos al tema que nos ocupa, por favor. Sé que parece descabellado, pero ese hombre parecía saber de qué estaba hablando. Intenté conseguir su número. Pero lo había bloqueado.

—Encontraron tu número en un cuaderno junto a su teléfono, en la habitación del motel. Se registró con un nombre y una dirección falsos. Sus documentos de identidad se han perdido, excepto una tarjeta que lo identifica como miembro de una sociedad nacional de antropología.

—Si alguien le robó la documentación, ¿por qué dejó esa tarjeta? —preguntó Phoebe.

—Estaba debajo de la cama. La cartera estaba tirada encima del colchón, vacía, salvo por un billete de veinte dólares. Debieron vaciarla allí. Puede que rompieran la tarjeta de la sociedad de antropología y que ese pedazo cayera al suelo sin que se dieran cuenta. Pero, por lo demás, hicieron un buen trabajo. No hay ninguna otra pista, aunque hice que un técnico en criminalística inspeccionara la habitación con luz azul para buscar huellas latentes. No había ninguna. Precinté la habitación y ya tengo a nuestra unidad técnica allí –añadió, refiriéndose a una agrupación cuyo propósito era reunir y procesar pruebas físicas.

–¿No había pisadas? ¿Ni huella de neumáticos?

Cortez se removió, inquieto. Estaba recordando, al igual que ella, cómo habían colaborado para localizar al responsable de los vertidos ilegales a las afueras de Charleston, siguiendo las huellas de sus neumáticos. En aquella época, ella era joven y estaba llena de vida, esperanza y ambición. Era otro mundo.

Él se obligó a no echar la vista atrás.

–Todavía es pronto. Estamos comprobándolo. ¿Habías oído antes su voz? –añadió. Ella negó con la cabeza–. ¿No mencionó el nombre del promotor? ¿Nada que pueda ayudarnos a identificarlo? –ella negó de nuevo. Cortez hizo una mueca–. Me han dicho que hay diversas posibilidades. Mientras tanto –añadió, dejando la libreta y el bolígrafo para clavar sus ojos en ella–, eres el único vínculo que tenemos con un asesinato.

–Yo podría ser la siguiente víctima –dijo ella.

–Sí –contestó él escupiendo la palabra como si le hubiera dejado un regusto amargo en la boca.

–Ya me lo habían dicho. Tengo un perro –dijo Phoebe–. Y uno de los ayudantes del sheriff va a darme clases de tiro mañana.

Algo rozó el rostro de Cortez, algo frío y airado.

–¿Tienes pistola?

–Va a prestármela él.

Él se quedó pensando un momento.
—Veré si podemos ofrecerte protección.
Ella se levantó.
—Los dos sabemos que ningún cuerpo de policía tiene presupuesto para ofrecerme seguridad las veinticuatro horas del día. Los primos de Marie se han ofrecido a vigilarme —añadió.
Cortez entornó los ojos.
—Éste no es asunto para civiles.
—Mejor, porque no son civiles. Son de aquí. Viven en la reserva —contestó ella con dulzura—. Y puede que allí tengas jurisdicción, pero no por eso van a recibirte con los brazos abiertos. No les gustan los federales.
Él la miró con enojo y ella le sostuvo la mirada.
—Tres años —masculló Cortez.
—Fue decisión tuya —replicó ella gélidamente—. ¿No tiene un crimen que investigar, agente especial Cortez? Porque yo estoy muy ocupada —se acercó a la puerta y la abrió de golpe. Tenía una expresión tan hostil que Marie, que venía caminando hacia ella, dio media vuelta y se fue por el otro lado.
Cortez desenganchó las gafas de sol del bolsillo del chaleco y se las puso.
—Me mantendré en contacto —dijo con aspereza.
Ella estuvo a punto de hacer un comentario sarcástico, pero sabía que no serviría de nada. Lo suyo ya no tenía remedio. Desenterrar el pasado sólo empeoraría las cosas. Tenía otras preocupaciones; entre ellas, su propio bienestar.
Cortez, que al parecer no esperaba respuesta, salió del despacho. Un minuto después, Phoebe oyó que el motor arrancaba y que el coche salía a la carretera. Cortez ni siquiera levantó la gravilla al marcharse. Era más frío aún que antes, y eso era mucho decir.

Marie entró en el despacho unos minutos después y miró a su jefa con recelo.

—Así que ése era él.

Phoebe deseó decirle que no, pero no tenía sentido.

—Sí.

—No me extraña que te vinieras a trabajar al quinto pino —contestó—. Yo no sabría qué hacer con ese pedazo de hombre.

—Lo mismo digo.

—Creo que a Drake no va a caerle bien —dijo Marie.

Pero Phoebe no la estaba escuchando.

—He olvidado muchas cosas de las que estudié —murmuró para sí misma—. Pero recuerdo que en Carolina del Norte no se ha descubierto ningún yacimiento anterior a la última glaciación, unos diez mil o doce mil años antes de nuestra era. Ese hombre dijo que había encontrado el cráneo en una cueva... —añadió lentamente.

—Toda esta zona está llena de cuevas —le recordó Marie—. ¿Te acuerdas de esas ridículas historias acerca del oro perdido de los cherokees? ¡Como si nos hubiera quedado algo después de que nos cercaran como a ganado y nos llevaran hasta Oklahoma en 1838!

—De todas las historias trágicas que conozco, y conozco unas cuantas, ésa es la más dolorosa —dijo Phoebe con suavidad—. Ni siquiera puedo visitar el Museo de los Indios Cherokee sin echarme a llorar. Fue un terrible error por parte de Andrew Jackson y de los poderes locales.

—La fiebre del oro —dijo Marie—. Nosotros estábamos en medio.

—Sí. Pero tu familia escapó —le recordó Phoebe suavemente—. Y también otras.

—Pero no suficientes —dijo Marie con tristeza—. Pero, respecto al oro..., hay montones de cuevas.

—¿También en las zonas de obras?
—Hay un monte que linda con las tres, cerca de un río, y está lleno de cuevas —contestó Marie—. La semana pasada las excavadoras estuvieron por allí. Lo más probable es que, si ese hombre encontró algo, ya esté sepultado bajo un montón de escombros.
—¿Y si consiguiéramos un mandamiento judicial para detener las obras hasta que tengamos tiempo de echar un vistazo? —se preguntó Phoebe en voz alta.
—¿Y si nos demandaran los obreros muertos de hambre? —preguntó Marie, poniendo las cosas en perspectiva—. Muchos hombres de la reserva trabajan para esas compañías. Si las empresas cierran, será un duro golpe para muchas familias. Y, de todas formas, ¿cómo podrías convencer a las autoridades?
Phoebe hizo una mueca.
—Ojalá lo supiera.
Volvieron al trabajo. Una vez sola en su despacho, Phoebe intentó hacerse a la idea de que Cortez había reaparecido inesperadamente en su vida. La había lastimado tener que verlo de nuevo con el pasado interpuesto entre ellos como un cuchillo ensangrentado.
Se preguntaba por qué había ido allí él. Sin duda no sabía que ella trabajaba cerca. Estaba claro que hacía algún tiempo que había vuelto con el FBI, si le habían asignado aquel caso. Pero ¿desde dónde trabajaba?
Phoebe intentó recordar palabra por palabra lo que le había dicho el hombre asesinado. Abrió un archivo nuevo en el ordenador y empezó a escribir. Logró reconstruir gran parte de su breve conversación y ponerle color al acento de su interlocutor. Era evidente que tenía acento sureño, lo cual ayudaría a identificarlo. Su forma de hablar denotaba un fuerte tartamudeo, o quizá una cierta incoherencia de pensamiento. Había mencionado a dos

personas, un promotor y otra persona que, al parecer, le estaba proporcionando información. Eso podía resultar útil. Mientras hablaba con ella, alguien, una mujer, había abierto la puerta y le había llamado. Eso había sido exactamente a las tres y diez.

Nada de aquello valía gran cosa por sí solo, pero quizá diera a las autoridades suficientes indicios para avanzar en la investigación.

No iba a llamar a Cortez. ¿Cómo iba a llamarlo, si no tenía ni idea de dónde estaba? Pero podía pasarle la información a Drake a la mañana siguiente, cuando fuera a su casa. Él se la daría a las personas indicadas.

Phoebe cerró el archivo y volvió a concentrarse en sus planes presupuestarios. Por desgracia, la llegada repentina a última hora de un grupo que quería visitar el museo la hizo olvidarse del asunto.

A la mañana siguiente, estaba acabando su frugal desayuno cuando oyó una camioneta bajando por el largo camino de entrada a su casa. Jock, su chow chow negro, se puso a ladrar en el porche.

Phoebe salió en calcetines, vestida con vaqueros y una sudadera, con una taza de café en la mano. Drake aparcó su camioneta negra junto a los escalones.

—¿Hay más café? —preguntó al salir de la camioneta, ataviado con botas, vaqueros y una camiseta negra bajo la camisa de franela rojinegra—. Necesito un revigorizante. ¡El FBI me ha dejado hecho trizas!

4

Phoebe se quedó mirándolo, pasmada.
—¿El FBI? —preguntó con recelo.
—Tu amigo Cortez —contestó él, siguiéndola al interior de la casa.

Llevaba puestas las gafas de sol, pero las plegó y se las guardó en el bolsillo de la camisa. Se sentó pesadamente a la mesa de la cocina.

—¡Ese hombre impresionaría hasta a una víbora! —exclamó.

—¿Qué quería saber?

Drake la miró con sorna mientras se ponía leche en el café que ella le había servido.

—Podríamos hacer una lista de las cosas que no quería saber. Tardaríamos menos. Supongo que le dijiste que iba a enseñarte a disparar.

Ella hizo una mueca.

—Sí, lo siento.

—No cree que seas capaz de dispararle a nadie bajo ninguna circunstancia —añadió Drake.

Ella se quedó boquiabierta. Le hubiera gustado desmentir aquella afirmación, pero no podía. Drake se encogió de hombros.

—Tuve que darle la razón, lo siento —añadió con ironía.
—No tengo remedio. ¿Qué puedo decir? —suspiró—. Pero creo que sí sería capaz de disparar para herir a alguien.
—Eso seguramente te costaría la vida. Estamos hablando de fracciones de segundo, no de tiempo para pensarse las cosas.

Ella lo miró con curiosidad. Drake parecía muy joven cuando se pasaba por su despacho para ver qué tal iban las cosas, pero a la luz de la mañana Phoebe se dio cuenta de que era mayor de lo que había pensado en un principio.

Él le lanzó una sonrisa.
—Estás pensando que he envejecido. Y es cierto. Cortez me ha echado diez años encima. ¿Ves estas canas? —se señaló las sienes—. Son de anoche.
—Es un poco insistente —repuso ella.
—Un poco insistente —masculló Drake—. Sí. Y los montes Smoky son unos cerros de nada —siguió con los dedos el borde de la taza, que estaba descolorida, como casi toda su vajilla, pero aún servía—. Está claro que ya os conocíais.

Ella asintió con la cabeza.
—Es una especie de amigo —contestó vagamente.
—Sabía que estabas aquí antes de venir a investigar el asesinato —dijo él bruscamente.

A Phoebe se le agrandaron los ojos.
—¿Cómo?
—No me lo dijo. Pero está preocupado por ti. No puede ocultarlo —Phoebe no sabía cómo tomarse aquello. Se quedó mirando su taza de café—. La mayoría de la gente que viene a pueblos pequeños como éste intenta alejarse de algo que les ha hecho daño —añadió lentamente—. Marie y yo suponíamos que habías venido por

eso —ella se llevó la taza a los labios y bebió un sorbo, ignorando la punzada del calor—. Y ahora entiendo por qué —añadió él con los labios fruncidos—. Mide cerca de un metro ochenta y cinco y es tan cariñoso como un oso hambriento —ella se rió suavemente—. Se me ocurren muchos otros adjetivos, pero no quiero ofender tus oídos —añadió, y sacudió la cabeza—. Dios, ese hombre va derecho a la yugular. Apuesto a que es bueno en su trabajo.

—Cuando yo lo conocí, era fiscal del estado —dijo ella—. Y era bueno.

—¿Dejó voluntariamente un trabajo de oficina para andar por ahí persiguiendo delincuentes? —preguntó, sorprendido—. ¿Por qué haría alguien algo así?

—No tengo ni idea. A lo mejor a su mujer no le gustaba vivir en Washington.

Él se quedó callado unos segundos.

—¿Está casado? —Phoebe asintió con la cabeza—. ¡Pobre mujer! —exclamó con lástima. Phoebe se echó a reír, a pesar del dolor que sentía—. Eso explica lo del bebé, supongo —añadió Drake.

Ella sintió que el corazón se le rompía de nuevo.

—¿Qué bebé? —preguntó.

—Ha venido con un bebé. Están en un motel del pueblo. He visto salir y entrar a una mujer. La niñera, supongo. No la trataba como si fuera la madre del niño.

—¿Es un niño o una niña?

—Un niño. Tendrá unos dos años. Es una monada. Se ríe un montón. Y adora a su padre.

Phoebe no lograba imaginarse a Cortez con un hijo. Pero eso explicaba por qué se había casado con tantas prisas. No era de extrañar que no hubiera querido acostarse con ella, si ya había otra mujer en su vida. Pero podría habérselo dicho.

Drake la sacó de su ensimismamiento.

—He traído una diana. He pensado que podíamos pintarle la cara de Cortez —ella se echó a reír—. Eso está mejor —dijo él, sonriendo—. No te ríes mucho.

—Lo había dejado, hasta que apareciste tú —contestó ella.

—Pues ya era hora de que volvieras a reír. Vamos. El café estaba bueno, por cierto. Y yo soy muy especial para el café.

—Yo también —repuso ella—. Vivo de él.

Drake la condujo a su camioneta y sacó un revólver del calibre 38.

—Ésta es más fácil de usar que una automática —le dijo—. Y no perdona. La única pega es que sólo tiene seis disparos. Así que tienes que aprender a no errar el tiro.

—Ni siquiera sé si voy a poder con ella —dijo Phoebe, indecisa.

Drake sacó una diana con la forma del torso y la cabeza de un hombre.

—Entrenaremos con esto.

Ella frunció el ceño.

—Creía que las dianas eran de círculos concéntricos.

—En la policía usamos esto —contestó él con solemnidad—. Si alguna vez nos metemos en un tiroteo, tenemos que ser capaces de disparar a blancos reducidos.

La diana le recordó a Phoebe el peligro que corría, y la desagradable idea de que tal vez tuviera que pegarle un tiro a otro ser humano.

—En la Primera Guerra Mundial, se dieron cuenta de que los soldados apuntaban aposta por encima o más allá de los soldados enemigos cuando disparaban —le dijo Drake—. Así que dejaron de usar dianas convencionales y empezaron a usar éstas —dejó la diana en el suelo, delante de un promontorio, retrocedió, abrió la cámara y empezó a meter las balas. Cuando hubo seis en la cámara, la cerró—.

Es un revólver de doble acción. Eso significa que, si aprietas el gatillo, dispara. El gatillo está muy duro, así que tendrás que apretar bastante para que funcione –le dio el arma y la enseñó a empuñarla, con la culata y el gatillo en la mano derecha mientras con la izquierda sujetaba la pistola.

–Qué raro es esto –murmuró ella.

–Cuesta mucho acostumbrarse. Apunta al blanco y aprieta el gatillo. Levántala un poco. Mira por el cañón. Alinéalo con la punta del cañón. Ahora dispara.

Ella vaciló, temerosa del estampido.

–Ah, se me olvidaba. Espera.

Drake agarró la pistola, abrió la cámara y la dejó sobre un tronco caído. Luego se sacó del bolsillo dos tapones de espuma para los oídos.

–Dales forma de cono y póntelos en las orejas –le dijo–. Amortiguarán el ruido y no te molestará tanto. De verdad.

Ella lo miró e imitó sus gestos. Drake recogió la pistola, cerró la cámara y se la devolvió con una inclinación de cabeza.

Aun así, ella vaciló.

Drake le quitó la pistola, apuntó y apretó el gatillo.

Para sorpresa de Phoebe, el ruido no le pareció tan alto. Sonrió y le quitó la pistola a Drake. Disparó cinco veces. Tres de las balas dieron en el centro del blanco, formando una línea perfecta.

–¿Ves de lo que eres capaz cuando lo intentas? Vamos, otra vez –dijo él con una sonrisa, y volvió a cargar la pistola.

Dos horas después Phoebe se sentía ya cómoda con el arma.

–¿Seguro que no te meterás en un lío por prestármela? –preguntó.

—Seguro.

Drake paseó la mirada por la parcela. La casa estaba aislada, en un camino de tierra. Tras ellos había montañas y más allá del jardín corría un riachuelo. No había vecinos por los alrededores.

—Sé que está muy apartada —dijo ella—. Pero tengo a Jock.

Drake miró al perro, que dormitaba en el porche.

—Necesitas uno más grande.

—Tiene unos dientes enormes —le aseguró ella.

—¿No podrías mudarte al pueblo?

Ella sacudió la cabeza.

—Me niego a huir despavorida. Y me encanta la paz y la soledad que hay aquí.

Él hizo una mueca.

—Bueno, ya veré qué se me ocurre para protegerte.

—¿Con vuestro presupuesto? Sugerirán una cuerda atada a una campanilla —contestó ella, riendo.

—¿Crees que no lo sé? Pero de todos modos lo intentaré. Mira, si me necesitas, sólo tienes que llamarme. En la oficina del sheriff pueden localizarme a cualquier hora.

Drake parecía sinceramente preocupado. Aquello reconfortó a Phoebe.

—Gracias, Drake. En serio —añadió.

—¿Para qué están los amigos? —bromeó él—. Ah, casi se me olvidaba —abrió la camioneta y le dio dos cajas de balas—. Con eso bastará.

—Tienes que decirme cuánto te debo. No voy a permitir que me compres la munición —añadió ella con firmeza—. Yo también cobro, ¿sabes?

—Seguramente menos que yo —masculló él.

—Tendremos que comparar nuestros sueldos algún día. Venga, dime cuánto es.

—Te lo diré el lunes —le prometió él—. Nos veremos en tu despacho, ¿de acuerdo?
—De acuerdo. Y gracias otra vez.
—No hay de qué. Cierra bien las puertas y mete al perro dentro contigo —añadió—. No te servirá de nada si lo matan.
—Tienes razón —asintió ella.
Drake le lanzó una última mirada, preocupado, se montó en la camioneta y la saludó con la mano mientras se alejaba por el camino, dejando tras de sí una nube de polvo.
Phoebe abrió la cámara de la pistola, se guardó la munición en los bolsillos y volvió a casa con Jock.

No tuvo miedo hasta que cayó la noche. Entonces cada leve sonido pareció amplificarse en su cabeza. Oía pasos. Oía voces. Una vez incluso creyó oír a alguien cantar, ¡en cherokee, nada menos!
A eso de las cinco de la mañana renunció a dormir, se levantó e hizo café. Se sentó a la mesa de la cocina apoyando la cabeza en las manos y de pronto recordó el archivo que había escrito en el despacho sobre las cosas que recordaba de su conversación con la víctima del asesinato. Pensaba llevárselo a casa y dárselo a Drake, pero se le había olvidado. Intentaría recordarlo cuando Drake se pasara por la oficina.
Volvió a oír un sonido extraño a lo lejos, como un suave cántico en cherokee. Asombrada, se levantó y se acercó a la puerta. Miró afuera, pero no vio nada. Se rió de sí misma. Debía de estar volviéndose loca.
Se fue al trabajo media hora antes de lo normal. Al salir a la carretera principal, vislumbró un todoterreno aparcado en la cuneta, al otro lado del camino de entrada

a su casa. Dentro había un hombre mirando un mapa. Anteriormente se habría parado para preguntarle si necesitaba ayuda. Ahora no se atrevía.

Condujo hasta el museo con la mente sólo a medias puesta en la carretera. Se preguntaba si debía llamar a su tía y contarle lo que estaba ocurriendo. Pero Derrie se preocuparía e intentaría convencerla para que dejara su trabajo y se mudara a Washington. Y eso no estaba dispuesta a hacerlo. Estaba intentando forjarse una vida allí.

Al entrar en su despacho, abrió el breve archivo que había escrito detallando su conversación con el muerto y sacó una copia impresa. Pensándolo mejor, lo copió en un disquete y guardó éste en una funda de plástico para dárselo a Drake. Quizá algún detalle de lo que recordaba pudiera ayudar a la investigación y resolver el crimen.

Sin embargo, se sentía inclinada a descartar la historia de aquel hombre acerca de los restos de Neandertal. Si hubiera habido neandertales en Norteamérica, sin duda se habría descubierto durante el siglo anterior.

Drake se pasó por allí esa tarde con noticias sobre la investigación.

—El del FBI será un capullo, pero en lo suyo es un hacha —comentó, impresionado, con una sonrisa—. Ya ha descubierto algunas pistas interesantes —levantó una mano—. No puedo contarte nada —dijo enseguida, anticipándose a sus preguntas—. Bastantes problemas tengo ya.

—¿Por qué? —preguntó ella, extrañada.

—Sería muy largo de contar. Les he pedido a los chicos que hagan una ronda extra por tu casa de noche —añadió—. Sólo por si acaso.

—Gracias. Te debo las balas —dijo—. Y tengo algo para ti.

Drake la siguió a su despacho con una sonrisa de sorpresa.

—¿Para mí?

—Bueno, para ti y para el FBI, en realidad —tuvo que confesar ella mientras le daba la hoja de papel y el disquete—. Son todos los detalles que recuerdo de lo que me dijo ese hombre, cómo sonaba su voz, los ruidos de fondo, y todo eso. No es gran cosa, pero puede que encontréis alguna conexión cuando sepáis algo más sobre él.

Drake leía mientras ella hablaba.

—Oye, esto está muy bien —dijo, asintiendo con la cabeza—. Tienes buen oído.

—No voy por la carretera con la radio tan alta que tiemblan las casas —contestó—. Y, cuando alguien por fin le dice a esa gente que no sólo se arriesgan a perder el oído, sino también a severos daños cerebrales con ese volumen, encima le demandan.

—Amén —repuso él, riendo.

—En todo caso, espero que esas notas ayuden a atrapar al responsable. No se puede matar a alguien porque esté un poco chiflado —dijo.

—¿No crees que cabe la posibilidad de que estuviera diciendo la verdad? —preguntó él, poco convencido.

—Es imposible —contestó ella con firmeza—. Bueno, ¿qué te debo por las balas? Y será mejor que me digas la verdad, porque pienso llamar a la armería del pueblo para preguntar.

Él hizo una mueca y se lo dijo. Phoebe le extendió un cheque.

—Y gracias por las lecciones de tiro y por prestarme la pistola —añadió—. Te estoy muy agradecida.

—De nada. Bueno, será mejor que vuelva al trabajo. Vigila tu espalda —añadió.

Ella sonrió.

—Claro.

Esa noche, al salir de trabajar, Drake llamó a la puerta de la habitación del motel del pueblo en la que se alojaba Cortez.

—Adelante —dijo con voz recelosa el más mayor de los dos.

Drake abrió la puerta. Cortez estaba sentado en una silla, en calcetines, con unos vaqueros y una camiseta negra, y un niño dormido sobre su amplio pecho. Llevaba el pelo suelto a la espalda y parecía muerto de sueño.

—Le están saliendo los dientes —dijo Cortez—. Lo he llevado a la clínica del pueblo para que le dieran algo para el dolor. Para los dos —añadió sin sonreír, pero con un destello de sus ojos negros—. ¿Qué quiere?

—Le he traído información —le entregó la hoja de papel y se quedó mirándolo mientras la desdoblaba—. Es lo que recuerda la señorita Keller sobre su conversación con el antropólogo. Estaba en un disquete, pero se lo he impreso.

—Es muy minuciosa.

—Debería dedicarse a la etnología, en vez de dirigir un pequeño museo —dijo Drake—. Está demasiado cualificada para el trabajo.

Cortez lo miró.

—¿Qué sabe usted de etnología?

—¿Bromea? Soy cherokee. Bueno —se corrigió en voz baja—, en parte. Mi padre era pura sangre. Mi madre era blanca y se cansó de las pullas de su familia sobre su pequeño mestizo. Así que se largó cuando yo tenía tres años. Papá se mató a fuerza de beber. Yo ingresé en el ejército a los diecisiete años y encontré un hogar. Allí hay mucha gente de distintas procedencias –añadió con frialdad.

Cortez lo observó en silencio.

–Yo tuve un ancestro español.

–No se nota –dijo Drake llanamente–. Imagino que usted encaja perfectamente con su pueblo.

–El suyo nos supera en número.

–¿A cuál de los dos se refiere? –preguntó Drake con desgana.

–A la mitad india. Y hasta entre mi gente sólo un nueve por ciento, más o menos, habla todavía comanche –dijo Cortez–. Nuestra lengua está casi muerta. Por lo menos el cherokee se está recuperando.

–No hay dos personas que lo hablen igual –dijo Drake–. Pero entiendo lo que quiere decir. Todavía es una lengua viable –miró con ternura al niño–. ¿Le va a enseñar a hablar comanche?

Cortez asintió con la cabeza. Sus ojos se entornaron pensativamente mientras observaba a Drake.

–Pero tendrá el mismo problema que usted. Su madre es blanca.

Drake miraba con intensidad al niño dormido.

–¿Vive con su gente?

Los ojos de Cortez brillaron. Miró hacia otro lado.

–Ella... murió un mes después de que naciera Joseph –dijo con reticencia.

–Lo siento –dijo Drake enseguida.

–No era esa clase de matrimonio –añadió con frialdad el más mayor de los dos–. Le agradezco lo de las notas. ¿Le dijo Phoebe que me las diera?

–Me dijo que podrían serle de utilidad al FBI –contestó Drake.

La manaza de Cortez acarició distraídamente la espalda del niño dormido. Miraba con fijeza hacia delante, sin ver nada.

—Vive en un sitio peligroso, tan lejos del pueblo.

—Les he dicho a los chicos que hagan rondas extra por allí —dijo Drake—. Phoebe sabe disparar. Creo que, si su vida depende de ello, usará el arma para defenderse.

—Dispararía para herir a su atacante y estaría muerta en cuestión de segundos —repuso Cortez llanamente.

—Qué optimista es usted —dijo Drake con leve sarcasmo.

Los ojos negros como el carbón de Cortez se clavaron en su rostro.

—¿Por qué la llamó a ella? —preguntó de pronto—. ¿Por qué no acudió a las autoridades estatales, o a la policía local? ¿Por qué llamó a Phoebe?

Drake frunció el ceño.

—Bueno..., no lo sé.

Cortez levantó de nuevo la hoja de papel y se quedó mirándola. Entornó los ojos.

—Dijo que tenía una hija.

—Es lo único que sabemos sobre ese fulano —dijo Drake con acritud—. Sus huellas no figuran en ninguna base de datos. Fue lo primero que comprobamos.

—Lo sé. Nuestro investigador las cotejó anoche —le dijo Cortez—. No sacamos nada en claro, y no pienso decirle cómo convenció nuestro criminalista al laboratorio para que se saltara otros casos para ocuparse de éste.

—El antropólogo era de origen cherokee —le recordó Drake—. Eso significa que tal vez tuviera parientes en la Reserva...

—Eso es sólo una conjetura. La mayor parte de la nación está en Oklahoma —lo interrumpió Cortez.

Drake se quedó boquiabierto.

—¡Es cierto!

—Vivo en Oklahoma —murmuró Cortez distraídamente—. Así que tenemos dos preguntas pendientes. ¿Qué demonios estaba haciendo aquí ese hombre, y de dónde venía? Quizá tuviera coche, pero en otro estado.

—Seguiré esa pista en cuanto vuelva al trabajo. Y también iré a ver al consejo tribal —le dijo Drake—. Puede que tuviera parientes en alguno de nuestros clanes. Si es así, el mismo clan de Oklahoma le conocerá, si es que era de allí.

—Buena idea. Otra cosa que hemos averiguado —añadió Cortez— es que un cliente del motel vio un todoterreno negro aparcado fuera la noche del asesinato. Nadie ha vuelto a verlo desde entonces. Quizá sus compañeros puedan estar atentos por si... ¿De qué se ríe?

—No sé si habrá notado que en este condado la mayoría de los coches son todoterrenos —murmuró Drake—. Como tienen tracción a las cuatro ruedas, son perfectos para las carreteras de montaña.

—Maldita sea —su amplio pecho subió y bajó en un suspiro de exasperación. El niño murmuró algo y luego cambió de postura y volvió a dormirse—. Hay otra posibilidad —dijo Cortez al cabo de un minuto, pensativo—. Nos han dicho que muchos cherokees de esta zona trabajan en la construcción. ¿Y si el antropólogo era pariente de uno de ellos?

Drake frunció los labios.

—Es posible. Si doy con su clan, tal vez pueda sacar a la luz algunos contactos. Le diré a Marie que me eche una mano. Habla mucho, pero también es muy lista. Entre los dos tenemos más primos en la Reserva que el consejo tribal... y ya es decir.

—¿Marie?

—Mi prima. Trabaja para la señorita Keller en el museo.

Cortez desvió la mirada.

—Me acuerdo de ella. Me habló en cherokee. Estuve un poco... brusco con ella.

—Eso he oído.

Cortez miró al otro hombre, que sonreía, divertido.

—Hacía tres años que no veía a Phoebe —dijo—. Fue un día difícil.

Drake titubeó.

—No lo conozco, y seguramente voy a fastidiarle por preguntárselo. Pero la señorita Keller es una mujer única y... —Cortez giró la cabeza y miró al joven. Drake levantó una mano. La expresión de Cortez era como una pistola cargada—. No estoy liado con ella, ni es probable que llegue a estarlo —añadió enseguida—. Permítame acabar antes de ofenderse —Cortez siguió mirándolo con enojo. Drake se aclaró la garganta—. Hace poco que la conozco. Pero Marie lleva tres años con ella. Dice que la señorita Keller estaba deshecha cuando llegó. Una mujer mayor, su tía, creo, vino a visitarla y le pidió a Marie que la vigilara de cerca, porque había tenido un problema personal que había estado a punto de causarle un derrumbe emocional. Se tomó unas píldoras y...

—Dios mío —exclamó Cortez con aspereza.

Su expresión detuvo a Drake. Tragó saliva.

El niño se removió y protestó. Cortez intentó calmarlo. Le acarició la espalda y respiró hondo. Su mano temblaba levemente.

—La señorita Keller no sabe que Marie me lo contó —dijo en voz más baja y suave—. Pero he pensado que usted debía saberlo.

Cortez no lo miró. Tenía la mirada perdida otra vez y el cuerpo en tensión.

—El Coyote acecha en todas partes —dijo con furia contenida, refiriéndose a un personaje del folclore nativo que era común a casi todas las tribus: el Coyote, el tramposo, el espíritu maligno.

—Sí —contestó Drake suavemente—. Pero a veces podemos engañarlo.

Los ojos negros y turbulentos de Cortez se clavaron en él.

—Me cortaría la mano antes que hacerle daño voluntariamente a Phoebe. Lo que ocurrió... fue una cuestión familiar que me obligó a tomar una decisión que no habría tomado jamás si hubiera tenido libertad para elegir.

Drake frunció el ceño.

—¿Tiene algo que ver con el niño? —quiso saber.

—Todo —contestó Cortez con pesadumbre. Miró a Joseph con amor—. Pensé que a Phoebe le resultaría más fácil si me odiaba —cerró los ojos—. Jamás pensé que pudiera... —ni siquiera podía completar la frase. Le atormentaba pensar que una mujer como Phoebe, tan brillante, generosa y llena de vida, hubiera sufrido tanto por él. Le lastimaba el alma.

—Todos hemos hecho locuras en un momento de desesperación —dijo Drake—. Pero por lo general tenemos la buena fortuna de sobrevivir a ellas.

Cortez acarició el pelo del niño con la punta de los dedos.

—Justo después de casarme, pedí vacaciones y me pasé un mes domando caballos salvajes en el rancho de un primo mío.

Drake comprendió que Cortez estaba intentando decirle algo importante.

—Imagino que no le darían ni una coz —dijo.

Cortez se echó a reír sin ganas.

—Me dieron dos —miró a Drake—. Uno no puede morir cuando quiere.

—Sí, lo sé. Yo no soy un suicida, pero me enrolé en una

unidad de combate cuando mi novia me dejó —contestó—. Su gente no quería que tuviera hijos con un mestizo.

Los ojos negros de Cortez perdieron las últimas trazas de hostilidad.

—Alguien me dijo una vez que vivimos en un mundo en el que ya no hay discriminaciones.

—Tonterías —dijo Drake con vehemencia.

—Eso le dije yo —respondió Cortez—. La igualdad y la moralidad no se imponen por decreto. Es una pena.

Drake sonrió.

—Sí.

Cortez señaló la nota de Phoebe.

—Gracias por traerme eso. Mañana informaré a la unidad y veremos qué encontramos.

—De nada. Yo vigilaré a la señorita Keller.

—Gracias.

Drake se encogió de hombros.

—A mí también me gusta. Ella no ve el color, ¿lo ha notado? —Cortez le lanzó una mirada que hablaba por sí sola. Drake levantó una mano y sonrió—. Ya nos veremos, entonces. Ah, otra cosa —añadió desde la puerta.

—¿Sí?

—Dadas las circunstancias, ¿no cree que es un poco arriesgado estar aquí sentado con un niño, con la puerta abierta?

Justo en ese momento, el pomo de la puerta giró y una mujer que parecía tener la edad de Drake entró con una bolsa de pañales desechables en la mano. Se quedó mirando a Drake con sus ojos negros. Tenía el pelo largo, negro y denso y la cara redondeada. Sonrió de pronto, y sus dientes blancos refulgieron contra su tez morena.

—¿Va a detenerlo? —le preguntó a Drake con entusiasmo, señalando a Cortez con la cabeza—. ¿Puedo ponerle las esposas?

Drake se quedó pasmado. No se le ocurría una respuesta.

Cortez se echó a reír. De pronto parecía más joven.

—Ésta es Tina —dijo—, mi prima. Mi niñera habitual está en Lawton, Oklahoma, con gripe. Mi padre es demasiado viejo para hacer de niñera y no podía dejar a Joseph solo, así que convencí a Tina para que se viniera conmigo. Vive en Ashville. Trabaja en la biblioteca del pueblo, pero los fines de semana hace de guía turística en la Hacienda Biltmore —añadió, refiriéndose a un famoso lugar turístico.

—Todo el mundo por aquí piensa que soy cherokee —dijo ella con una sonrisa más amplia—. Hola, soy Christina Halcón Rojo —notó la mirada que le lanzaba su primo y se echó a reír—. Él usa el apellido Cortez. A mí me gusta más el nombre indio de nuestra familia.

—Yo soy Drake Stewart —contestó él.

—¿Vives aquí? —preguntó ella.

—Soy ayudante del sheriff.

Ella hizo una mueca.

—Otro poli —sacudió la cabeza y fue a poner los pañales encima de una de las camas—. Mi primo intenta emparejarme con todos sus compañeros —señaló a Cortez—. Por eso me mudé a Carolina del Norte. En Asheville salgo con un policía —le lanzó a Cortez una mirada sagaz—. Naturalmente, no es ni la mitad de mono que tú, Drake —añadió con una mirada pícara.

—Drake ya se iba —dijo Cortez al instante, y se levantó con cuidado para no despertar la niño—. Toma —le dio a Joseph a su prima—. Esta noche va a tener que dormir en tu habitación. Tengo que trabajar un poco en internet.

—Me ocuparé bien de él —tomó a Joseph en brazos y se detuvo en la puerta, junto a la cual estaba Drake—. Puede que volvamos a vernos —dijo con una sonrisa.

Drake se echó a reír.

—Puede que sí, si conseguimos librarnos de él —señaló a Cortez en broma con el pulgar.

—Le gustan las monedas antiguas —dijo ella con un susurro teatral.

—Yo tengo un penique de 1976 —le dijo Drake a Cortez, esperanzado.

El otro se echó a reír, levantó los ojos al cielo y se acercó al ordenador portátil que había instalado en la mesa, junto a la ventana.

—En cuanto enciende ese chisme, no conoce a nadie —dijo Tina—. Será mejor que nos vayamos. Buenas noches, primo.

Cortez asintió con la cabeza mientras se conectaba a internet.

Drake cerró la puerta de la habitación y le lanzó a Tina una sonrisa curiosa.

—Te pareces a él.

—Nuestros padres son hermanos —dijo ella con sencillez—. Es una pena que seamos parientes tan cercanos. Está como un tren. Pero, aunque no lo fuéramos, hay cierta joven en una universidad del este. Se volvió loco por ella. Luego su hermano murió y la chica con la que vivía estaba embarazada. Su familia quería que abortara, pero la madre del primo Jeremiah se puso histérica y dijo que se moriría si eso pasaba. Así que Jeremiah se casó —sacudió la cabeza, dándose la vuelta sin darse cuenta de que Drake sabía que estaba hablando de Phoebe Keller—. Pero la cosa salió mal. La chica quería de verdad a Isaac. Un mes después de que naciera Joseph, se ahorcó en el porche de su casa.

Drake apenas podía creer que Cortez tuviera tan mala suerte.

—Pero tu primo no volvió a buscar a la chica.

—Lo intentó. Pero su familia no quiso decirle nada, excepto que ella lo odiaba —contestó Tina suavemente—. Dice que sólo le mandó un recorte de periódico con la noticia de la boda, nada más. Él volvió a casa. Perdió su trabajo como fiscal del estado porque su madre murió y no podía dejar a Joseph con su padre —Tina sacudió la cabeza—. Lo ha pasado muy mal. Perder a esa chica le hizo polvo. Pero esta noche se ha reído contigo —añadió—. ¡Es la primera vez que oigo reír a Jeremiah en tres años!

Al rayar el día, Cortez había conseguido arañar unas pocas horas de sueño tras agotar el grueso de las bases de datos a las que tenía acceso en busca de pistas sobre la identidad de la víctima. A veces, los casos se resolvían por sí solos. Pero éste iba a ser peliagudo, estaba seguro de ello.

Se puso un traje, se recogió el pelo en una coleta, dejó a Joseph con Tina y se marchó, movido por una corazonada.

La única cosa que tenía clara era que la víctima había estado en contacto con alguna persona que trabajaba en la construcción de alguno de los proyectos urbanísticos del pueblo. Tenía la fotografía del muerto que le había proporcionado el laboratorio de criminalística. Tenía sus credenciales del FBI. Iba a llamar a unas cuantas puertas, a ver si lograba poner nervioso a alguien.

El proyecto de más envergadura iba a ser un hotel con parque temático incluido que se estaba construyendo junto a la linde de Chenocetah, del lado de acá del pueblo. En torno a un monte horadado de cuevas se estaban construyendo otros dos hoteles casi del mismo tamaño, también al borde del término municipal.

Había una caravana que servía como centro de operaciones del jefe de obra. Cortez llamó a la puerta.

La abrió un hombre alto, rubio y bien parecido, de unos treinta y cinco años, que miró a Cortez con curiosidad.

—No estamos contratando —dijo amablemente.

—No busco trabajo —Cortez le mostró su identificación.

El hombre hizo una mueca.

—Disculpe. Esta semana hemos tenido que rechazar a muchos aspirantes. Parece que la mitad de la reserva ha venido a buscar trabajo.

Cortez lo siguió al interior de la caravana y se sentó en la silla recta que le ofreció el otro. La mesa estaba atestada de planos y documentos. Entre ellos había una fotografía con marco dorado de una joven bonita, rubia y de ojos azules, y un trofeo de golf.

—Le ofrecería un café, pero acabo de beberme la última taza y no habrá más hasta que mande a uno de los chicos a la tienda —dijo el hombre rubio educadamente. Cruzó las manos sobre el escritorio improvisado—. ¿En qué puedo ayudar al FBI?

Cortez se sacó la foto del bolsillo y la deslizó sobre la mesa.

—Puede decirme si ha visto alguna vez a este hombre.

El otro se quedó mirando en silencio la fotografía con el ceño fruncido.

—Su cara no me suena. ¿Trabaja para nosotros en alguna subcontrata o algo así? —preguntó con genuina curiosidad.

—Eso es lo que quiero saber —contestó Cortez—. Ha sido asesinado.

El otro se quedó muy quieto.

—¿En nuestras tierras?

—No.

Hubo un suspiro de sincero alivio.

—Menos mal —murmuró, y se secó la frente con un pañuelo—. Me hacen la vida imposible si hay algún retraso —explicó con fastidio—. Nos llegó un cargamento de acero a través de un intermediario, y nos trajeron de menos. Estuvimos de brazos cruzados hasta que llegó el resto. ¡Pensé que el jefe me arrancaba la piel a tiras!

Cortez sacó su libreta y su bolígrafo.

—¿El contratista? —preguntó educadamente.

—El contratista soy yo. Lo siento. Soy Jeb Bennett —se presentó—. De Construcciones Bennett. Mi empresa tiene su sede en Atlanta.

—¿Cuánto tiempo lleva trabajando aquí?

—Tres meses —contestó Bennett—. Si hubiera sabido lo mucho que nos iba a presionar ese tipo, me lo habría pensado dos veces antes de aceptar. No me gusta que se acose a mis hombres cuando trabajan. He tenido que ponerme firme (y soltar unas cuantas amenazas) con algunos subordinados del promotor.

Eso era interesante. Para un tipo con prisas por completar un trabajo, sin duda sería un inconveniente que se descubriera un yacimiento arqueológico en sus tierras. Cortez clavó sus ojos negros en los ojos azules del otro.

—¿Quién es el jefe?

—Theo Popadopolis —contestó él—. En el mundillo hotelero lo llaman *el Gran Griego*. Tiene casi tan malas pulgas como yo, y mira hasta el último penique. Es un hombre hecho a sí mismo. Su padre vino aquí después de la Segunda Guerra Mundial para trabajar como ingeniero eléctrico. Veinte años después, era dueño de una pequeña constructora. Theo heredó el negocio y, veinte años después, era multimillonario.

—¿Y eso lo consiguió legalmente? —preguntó Cortez.

—Quién sabe. Tiene poder. Y lo usa.
—¿Tiene su número de contacto?
Bennett sonrió.
—Desde luego. Ojalá pudiera ser una mosca en la pared cuando hable con él —hojeó un tarjetero y sacó una tarjeta de visita—. Tengo dos. Quédese con ésta. Puede decirle que su número se lo di yo —añadió con un destello de los ojos azules—. Eso le dará que pensar.

Los ojos de Cortez brillaron.
—Cuánta perversidad.
—Sí, ¿verdad? —repuso Bennett—. Si nos declaramos en huelga, se verá en apuros, ¿no? —se levantó—. Si necesita algo más, estaré por aquí, o mi capataz sabe dónde encontrarme.

—¿Quién es su capataz? —preguntó Cortez, movido por un impulso.

—Dick Paso Largo —dijo Bennett—. Es cherokee. Trabaja duro. Un hombre honrado —añadió, desviando los ojos como si no quisiera decir más—. Trabajaba para mí en Atlanta.

—¿Un cherokee de Carolina del Norte? —preguntó Cortez.

Bennett vaciló y luego sacudió la cabeza.
—De Oklahoma.
—¿Podría hablar con él? —preguntó Cortez de inmediato.

—Claro —Bennett asomó la cabeza por la puerta y llamó a voces al capataz. No le hacía falta altavoz. Cortez hizo una mueca. Bennett se echó a reír al notarlo—. Las voces van con el trabajo —le dijo.

Un minuto después, un hombre alto y moreno con ropa de trabajo y casco blanco subía los peldaños. Se detuvo en seco cuando Cortez sacó su identificación y se la mostró.

—¿Qué he hecho? —preguntó al instante.

Cortez arqueó las cejas.

—Si no lo sabe, no me lo pregunte a mí.

El cherokee se echó a reír y su cara se relajó.

—*Osiyo* —lo saludó en el dialecto de los cherokee de Oklahoma: los cherokees del este omitían la «o».

Cortez entornó un ojo.

—Soy comanche.

—Ah. En ese caso, ¡*Ma ruawe*! ¿*Unha hakai nuusuka*? —dijo en comanche, sonriendo—. Hola, ¿qué tal?

Cortez quedó impresionado. Le contestó en comanche.

—¿*Tsaatu, untse*? —sonrió. «¿Cómo es que habla la lengua del pueblo?», preguntó en su propio dialecto.

—Mi madre es comanche —respondió Paso Largo amablemente en inglés—. ¿Qué pinta aquí el FBI? ¿Es que Bennett defrauda a hacienda? —bromeó.

—No. Estamos investigando un asesinato —contestó Cortez y, recogiendo la foto de la víctima, se la mostró a Paso Largo—. ¿Ha visto alguna vez a este tipo?

La reacción del capataz fue inmediata, pero quedó sofocada al instante. Paso Largo parpadeó dos veces, frunció el ceño y se inclinó hacia la fotografía.

—Sí —dijo al cabo de un momento—. Vino la semana pasada, preguntando por unas cuevas.

—¿Unas cuevas? —preguntó Cortez.

—Dijo que era arqueólogo —prosiguió Paso Largo—. Alguien le había hablado de un hallazgo importante, pero no le había dicho dónde buscar. Dijo que lo único que sabía era que estaba en una zona de obras, en una cueva. Por eso quería ver las nuestras.

—¿Qué le dijo usted? —preguntó Cortez.

—Le enseñé las cuevas —contestó Paso Largo—. Echó un vistazo, me dio las gracias y se fue.

—¿Vino en coche? —preguntó Cortez.

—A mí que me registren —contestó Paso Largo, y pareció inquieto—. No lo vi llegar.

—¿Qué van a hacer con las cuevas? —inquirió Cortez, por si acaso tenía que llevar a los técnicos en busca de pistas.

—Nada —dijo Paso Largo sorprendido por la pregunta—. Están detrás de las obras, junto al río, escondidas por un bosquecillo de abetos.

—Pensamos dejar las cuevas tal y como están —añadió Bennett—. Como atracción turística. El Gran Griego conoce a un tipo de por aquí que es experto en espeleología. Va a ofrecer visitas guiadas a las cuevas —sonrió—. Más ingresos por el turismo, a no ser que alguien se quede atrapado en una.

Paso Largo se echó a reír.

—Yo no pienso meterme en ninguna —les dijo—. ¡Hay murciélagos!

—Les diremos a los murciélagos que se vayan antes de que empiecen las visitas —prometió Bennett.

—Buena suerte —le dijo Cortez. Volvió a guardarse la fotografía en el bolsillo sin dejar de observar disimuladamente a los dos hombres, atento a cualquier reacción, pero no vio nada sospechoso—. ¿No conocerán a las demás cuadrillas que trabajan por esta zona, por casualidad?

—Bueno, yo conozco a una —dijo Bennett, y su semblante se crispó—. Paul Corland y su banda. Son de no sé qué sitio de Carolina del Sur. Levantaron un centro comercial y se derrumbó un muro. Murieron dos obreros. Les cerraron el negocio mientras se investigaba el caso, pero al final se echó la culpa a los materiales defectuosos.

—Pero usted no cree que fuera así —repuso Cortez, viendo la fría expresión del más joven.

—No, no lo creo —dijo Bennett—. Cuando llevas un

tiempo en este negocio, aprendes a distinguir a los buenos y a los malos. Corland es un sinvergüenza. A cualquiera que lo contrate sin conocerlo le conviene tener un buen seguro —señaló hacia el norte—. Está construyendo un hotel para no sé qué inversores de por aquí, más o menos a un kilómetro y medio de aquí, cerca del río. Quizá debería usted consultar con los del Congreso del estado y la comisión de urbanismo local. Es sólo una corazonada.

Cortez le tendió la mano.

—Gracias —dijo.

Bennett se la estrechó y se encogió de hombros.

—Yo tengo las manos limpias. No me gustan los estafadores.

—Ya somos dos —contestó Cortez.

—Tres —añadió Paso Largo—. Tómeselo con calma —le dijo a Cortez solemnemente.

—Lo mismo digo —repuso Cortez.

Le dio las gracias a Bennett por su tiempo y preguntó cómo llegar a las cuevas.

—¿Le importa que les eche un vistazo luego? —le preguntó a Bennett.

—No, claro que no —contestó el contratista—. Cuando quiera.

—Gracias.

Cortez pasó con el coche junto a las cuevas al salir de la zona de obras. Quizá hubiera allí algún indicio, algo que le diera una pista. No había llovido desde el hallazgo del cadáver, y no se preveían lluvias en los días siguientes. Tal vez hubiera huellas de neumáticos, un envoltorio de chicle, una colilla que pudiera conducirlos hasta la víctima. Tendría que darse un paseo por allí.

Al día siguiente iría a ver las obras de Corland.

Se pasó por el motel para ver cómo estaban Tina y Joseph, se puso unos vaqueros y se echó una camisa de franela de cuadros, de manga larga, sobre la camiseta negra. Pensándoselo mejor, se soltó el pelo y se puso las gafas de sol.

Dejándose llevar por un capricho, metió el coche en el aparcamiento del museo y subió los escalones de tres zancadas. Marie, que acababa de salir del despacho de Phoebe, se paró en seco al verlo.

—*Siyo* —dijo él amablemente en cherokee mientras ella se apartaba—. Discúlpeme —añadió y, pasando a su lado, se fue derecho al despacho de Phoebe.

Cerró la puerta tras él. Phoebe, que estaba al teléfono, levantó la mirada. Fue como si le dieran con un bate de béisbol en el estómago. Abrió los labios para dejar escapar una suave explosión de aire.

El tiempo se detuvo. Estaba de nuevo en Charleston, había retrocedido, volvía a estar enamorada. Cortez estaba igual que el día que lo conoció, cuando la llevó a seguir el rastro de la camioneta de un delincuente ecológico.

Él se quitó las gafas de sol y se prendió la patilla en el bolsillo.

—Voy a salir a seguir un rastro —dijo—. ¿Quieres venir?

Ella seguía con el teléfono en la mano, suspendido en el aire. Un voz repetía:

—¿Oiga? ¿Oiga?

Phoebe parpadeó y se lo acercó al oído.

—Lo siento, tengo que... Luego la llamo. Gracias.

Colgó, fallando la primera vez hasta que consiguió colocar el teléfono sobre su base.

Se levantó, aturdida, y lo miró con ojos brillantes mientras la sorpresa cedía paso a la furia. ¿Acaso creía Cortez que podía presentarse allí y borrar de un plumazo lo que le había hecho invitándola a seguir un rastro con él? ¿De veras creía que iba a ser tan fácil?

Perdió los estribos.

—Tres años —dijo gélidamente—. Tres largos años. ¡Me mandaste un maldito recorte de periódico...! —buscó el recorte en el cajón y lo agitó en el aire—. Un recorte de periódico, sin una palabra de explicación, sin una disculpa, ¡sin nada! Ni siquiera tuviste la delicadeza de explicarme por qué me habías hablado de un futuro juntos para luego casarte con otra de la noche a la mañana. Y ahora te presentas aquí cuando estoy trabajando como si no hubiera pasado nada, ¿y pretendes que salga contigo a seguir un rastro? —le arrojó el recorte. Sus ojos echaban fuego—. ¡Vete al infierno! ¡Eres más insensible que una víbora, maldito...!

Cortez rodeó la mesa antes de que acabara de hablar. Estiró los brazos, la atrajo hacia sí, la hizo inclinarse y la besó como si estuvieran a punto de ejecutarlo.

—¡Serás...! —masculló ella, debatiéndose. Intentó darle una patada. Pero él le enlazó la pierna con el tobillo y Phoebe cayó pesadamente contra él, agarrándose a sus brazos para no caerse.

Cortez la estrechó con fuerza y la forzó a abrir la boca. Su brazo le rodeaba la espalda como una banda de acero. Phoebe le dio un puñetazo, pero él no lo sintió. Estaba vivo, en llamas, el deseo ardía en él por primera vez desde hacía tres años. Era como un estallido de alegría que se hubiera apoderado por entero de su cuerpo. Dejó escapar un gemido angustiado contra los labios de Phoebe.

Ella quería resistirse. Pero la boca de Cortez le resultaba tan familiar, incluso después de tres años... Él olía como recordaba, y el olor de su colonia le hacía pensar aún en abetos y lugares solitarios. Su boca era ávida, hábil y exigente. Su cuerpo, duro y caliente.

Cortez la deseaba. No podía fingir. Ni ella tampoco, pasados unos segundos. Con un leve gemido de placer, se relajó en sus brazos y abrió los labios. Levantó las manos hacia su cara y metió los dedos entre los largos, densos y limpios mechones de su pelo negro. El pasado y el presente se fundieron. Phoebe lo besó con algo parecido a la angustia.

Pero, tras unos instantes de locura, logró reponerse. Oyó voces a lo lejos. No hablaban en cherokee. Se reían suavemente.

Apartó los labios de la boca devoradora de Cortez.

—Jeremiah..., ¿recuerdas... que la parte de arriba de la puerta de mi despacho... es de cristal? —preguntó.

Él parpadeó, aturdido.

—¿Es que eso importa?

Ella giró la cabeza hacia la puerta. Él hizo lo mismo. Fuera había unas cuantas caritas risueñas y dedos que los señalaban. Por encima de las cabezas de los niños sobresalía la cara pasmada de Marie. Tras ella, cinco desconocidos, entre ellos una mujer rubia y bien vestida, los miraban con perplejidad.

Cortez carraspeó y apartó a Phoebe. Se aseguró de que guardaba el equilibrio antes soltarla y retroceder, manteniéndose cuidadosamente de espaldas a la puerta. Iba recitando la tabla de multiplicar en un intento furioso de aplacar el deseo que se había apoderado de su cuerpo.

Se le habían caído las gafas de sol al suelo. Se agachó lentamente para recogerlas y se las guardó en el bolsillo.

Phoebe se alisó la chaqueta del traje y se atusó el pelo con nerviosismo. Sentía la boca hinchada. Se alegraba de no tener un espejo.

Su público se dispersó entre un sofocado bullicio de risitas. Se quedaron de nuevo a solas.

—¿Cómo has podido? —preguntó ella—. ¡Estás casado! —añadió con voz estrangulada.

—No lo estoy —contestó él escuetamente—. Enviudé hace más de dos años.

Ella todavía estaba intentando respirar normalmente. No era fácil. Le temblaban las rodillas. Se dejó caer en la silla, reuniendo la poca dignidad que le quedaba.

—Ah.

Él también pudo relajarse al fin. Se apoyó en el borde de la mesa, mirándola. Su rostro tenía una expresión solemne.

—Algún día te lo contaré todo, cuando estés listas para escucharme.

—Por mí puedes esperar sentado —replicó ella.

—Una vez te dije que nunca hago nada sin sopesar primero todas las consecuencias —contestó Cortez—. Pensé que... odiarme te ahorraría sufrimiento.

—¿Y por qué iba a sufrir? —preguntó ella con lo que esperaba fuera una voz normal—. Sólo éramos amigos.

Él negó con la cabeza.

—Éramos más que eso.

—No.

La expresión obstinada de Phoebe hablaba por sí sola. No pensaba dar su brazo a torcer, por más pasión que derrochara él intentando convencerla de que todavía le importaba. Cortez tenía que ganarse su confianza.

Pero ella había guardado el recorte de periódico. Cortez se dio cuenta de pronto. Entonces miró el cajón abierto y vio el amuleto que su padre había hecho para ella tres años antes. ¡Todavía lo tenía!

Phoebe vio lo que estaba mirando y cerró el cajón bruscamente.

—¿Recuerdas lo que te escribí sobre ese amuleto? —preguntó él—. Mi padre dijo que lo llevaras siempre contigo. Yo no entendí por qué. Dijo que algún día te salvaría la vida.

Ella se removió en la silla.

—Me dijiste que era curandero.

—Sí. Todavía sigue en activo. Cuando le dije que te había encontrado, volvió a mencionar ese amuleto.

Aquélla era una forma extraña de decirlo. Phoebe levantó los ojos hacia él.

—¿Que me habías encontrado?

Él desvió la mirada.

—Me he expresado mal. Que había vuelto a verte —puntualizó—. Me dijo que debes guardarte el amuleto en el bolsillo, y esto también. Debes hacerlo cada vez que salgas sola —se sacó del bolsillo del pantalón dos grandes pesos mexicanos y se los dio. Pesaban mucho y conservaban aún el calor de su cuerpo.

Ella sintió el peso y el grosor de las monedas.

—¿Qué son?

—Pesos mexicanos muy antiguos. Llevan mucho tiempo en mi familia —dijo él—. Mi padre fue muy concreto sobre dónde debías llevarlos. En el bolsillo derecho del pantalón.

Ella siguió con los dedos las efigies de las pesadas monedas, conmovida por la preocupación del padre de Cortez.

—¿Por qué cree que esto me salvará la vida?

—Tiene visiones —contestó él—. Un psiquiatra diría que son alucinaciones, o el efecto de las migrañas..., que también las tiene. Pero él sabe cosas. Tiene dos hermanos. Uno es asquerosamente normal y vive en California. El otro vivió con su esposa apache en Arizona hasta que ella murió, y luego se quedó allí para criar a su hijo. Tiene el mismo don que mi padre. Su hijo trabaja para la CIA. Mi tío siempre sabe si le pasa algo.

—He conocido a gente con ese don —confesó ella, mirándolo a los ojos—. Tu padre sabía que estaba en peligro antes de que vinieras —dijo de pronto, como si acabara de ocurrírsele.

Él asintió con la cabeza.

—Me dio esas monedas hace un mes. Dijo que te vería cuando viniera a Carolina del Norte.

—¿Sabía... sabía que ibas a venir?

Cortez miró las grandes monedas que ella tenía en la mano.

—Sí. Sabe Dios cómo. Estuve trabajando desde Oklahoma hasta el verano. Pero, como soy indio y están organizando ese nuevo departamento, me destinaron a la Unidad de Investigación Criminal para los Territorios Indios. Me mandaron aquí esta semana, cuando llegó la noticia del homicidio en la reserva de Yonah —titubeó—. En verano me tomé una semana de vacaciones y fui a Charleston.

Ella entreabrió los labios.

—Hace tres años que no voy a Charleston —balbució.

La expresión de Cortez era difícil de describir.

—Lo sé —dijo con pesadumbre.

—Fuiste... fuiste a buscarme —el semblante de Cortez no traslucía nada—. Pero nunca escribiste.

Él cerró los ojos.

—¿Cómo iba a escribir? ¿Qué podía decir para borrar el dolor, Phoebe?

Ella se resistía a pensar en el pasado. Era demasiado doloroso. Respiró hondo.

Al menos, él no sabía lo cerca que había estado de perder la razón al recibir aquel recorte de periódico. Eso salvaba en parte su orgullo.

—Eso fue hace mucho tiempo —dijo puntillosamente—. Es agua pasada.

Él trazó un pequeño dibujo sobre una uña limpia y plana.

—Ven conmigo.

Phoebe lo miró, perpleja.

—Soy la directora del museo —comenzó a decir.

—Pues tómate dos horas libres.

Aquello era una locura, se dijo ella.

—No voy vestida para salir al campo.

—Pasaremos por tu casa para que te cambies.

—No puedo —repuso ella.

Llamaron a la puerta apresuradamente y Marie asomó la cabeza.

—Lo siento —dijo. Se acercó a Phoebe y señaló con la cabeza a la mujer rubia y elegante que permanecía parada junto a un hombre al lado del grupo de chicos—. Hay una maestra ahí fuera. Estaba mirando por la ventana hace un rato. Dice que quiere hablar contigo acerca del decoro del personal —sonrió.

Phoebe carraspeó. Sintió que el rubor le encendía las mejillas.

—Lo siento, ahora no puedo. Voy a estar fuera un par de horas —le dijo a Marie enseguida—. Dile que hable con Harriett.

—Harriett dijo que dirías eso. Y también me dijo que te dijera que mañana tendrás que invitarla a un donut. Y a un café.

Phoebe se levantó.

—Que sean dos. Dile que estoy echándole una mano al FBI.

A Marie le brillaron los ojos.

—¿Así se llama ahora? —preguntó levantando las cejas.

Phoebe, que estaba muy colorada, pasó junto a Cortez, agarró su bolso y salió apresuradamente del despacho.

Cortez se rezagó un momento para sacar del cajón el amuleto. Al pasar junto a Marie, no sonrió. Pero le guiñó un ojo antes de ponerse las gafas de sol.

Marie se quedó en la puerta, abanicándose con la mano para refrescarse. Cortez quizá tuviera mal carácter, pero era el hombre más guapo que había visto nunca, y rebosaba encanto y atractivo. La pobre Phoebe no tenía nada que hacer.

Era como en los viejos tiempos.

Cortez se detuvo frente a la casa de Phoebe y se quedó sentado en el coche mientras ella pasaba junto a Jock y entraba corriendo para ponerse unos vaqueros y unas botas. Cuando volvió a salir, con las gafas de sol puestas, fue como atisbar el pasado. Phoebe usaba gafas para leer, pero no necesitaba ponérselas para ver de lejos.

Cortez salió a abrirle la puerta. Ella se montó y se abrochó el cinturón de seguridad antes de que él se sentara tras el volante e hiciera lo mismo.

—Qué educado —murmuró ella.

—Mi madre nos daba mucho la lata con eso. Isaac nunca le hacía caso. Yo, sí.

Isaac. Su hermano. Phoebe creyó percibir una nota extraña en su voz y lo miró con curiosidad.

—¿Cómo está?

—Murió —respondió él secamente. Arrancó y puso la marcha atrás.

Ella cruzó las manos sobre el regazo y se quedó mirando por la ventanilla, sin saber si debía insistir o no.

—¿Hace poco? —preguntó.

—Hace tres años.

Hacía tres años, él se había casado con otra mujer. Había un niño. Phoebe empezaba a ponerse enferma. ¿Y si...?

Se volvió hacia Cortez con los ojos como platos.

—Estaba embarazada de tres meses —prosiguió él mientras enfilaba el camino en dirección a la carretera–. Sus padres querían que abortara. A mi madre le dio un ataque al corazón. Isaac había muerto.

–Así que te sacrificaron a ti para salvar al niño.

Él cerró los ojos un instante, sintiendo una oleada de emoción. Phoebe seguía siendo tan intuitiva como recordaba.

–Joseph –insistió ella–. No es hijo tuyo. ¡Es tu sobrino!

Hubo una larga pausa. Cortez respiró hondo.

–Es mi sobrino.

Ella volvió a mirar por la ventanilla, sintiéndose entumecida.

–¿No pudiste decírmelo por carta? Con cuatro líneas habría bastado.

–Estaba casado.

–Has dicho que enviudaste…

Él detuvo el coche al llegar a la carretera, lo puso en punto muerto y apagó el motor. Se volvió hacia ella y se quitó bruscamente las gafas de sol.

–Un mes después de dar a luz, dejó a Joseph conmigo para salir a dar un paseo. Necesitaba estar sola, me dijo. Yo estaba navegando por internet, investigando un caso, y no me di cuenta de que tardaba. Tres horas después, pensé que llevaba mucho tiempo fuera. Joseph tenía hambre y yo aún no sabía muy bien cómo preparar un biberón. Lo dejé en la cuna y salí a buscarla –su rostro se crispó–. Había sacado una soga del establo y la había atado a la viga del porche de atrás. La encontró allí colgada. Muerta –ella se llevó una mano a la boca–. No la quería. Era la chica de Isaac. Estaba enamorada de él. Sufría por él. Jamás hubiera sido un matrimonio auténtico, aunque hubiéramos estado juntos diez años. Ella no podía vivir sin él.

Phoebe estuvo a punto de decirle que sabía cómo se sentía aquella mujer.

—Sé cómo se sentía.

Las palabras resonaron en el coche, pero en la voz de Cortez, no en la de ella. Phoebe lo miró con los ojos enormes, pálida y angustiada.

—Tres años —dijo él con esfuerzo—. Sólo podía imaginar el daño que te había hecho. Hubiera querido explicártelo, incluso entonces. Pero mi madre tuvo otro ataque al corazón. Se había estado ocupando de Joseph mientras yo trabajaba en Oklahoma City, y mi padre no podía hacerse cargo del niño. Yo ya había tenido que dejar mi trabajo como fiscal porque me necesitaban en casa. Había llamado a mi antiguo jefe en el FBI. Ahora ocupa un puesto importante. Él me dio trabajo y movió los hilos para que me destinaran lo más cerca posible de Lawton.

—¿Lawton?

—Está en el condado Comanche, en Oklahoma —explicó él—. No estaba muy lejos de casa, así que podía ir y volver en coche a trabajar. Cuando murió mi madre, intenté encontrarte otra vez. Pensé que podían destinarme al sureste, que tal vez te encontrara en casa de Derrie, en Charleston. Pero no estabas allí. Me di por vencido y volví a casa después de las vacaciones.

—Me vine aquí —dijo ella—. No podía quedarme en Charleston. Demasiados malos recuerdos —se moría de ganas de hacerle una pregunta, pero titubeó.

—Quieres saber por qué no le pedí a Derrie tu dirección —adivinó él. Phoebe asintió con la cabeza. Cortez exhaló un largo suspiro—. Lo hice. Pero me dijo que le habías advertido que no te la diera nunca. Dijo que te irías a la tumba odiándome —se encogió de hombros—. Pero aun así no me rendí. Me ha costado mucho tiempo encontrarte, pero al fin lo he conseguido.

—¿Cómo has acabado aquí, trabajando para el FBI? —quiso saber ella.

—Porque estoy metido en la nueva Unidad de Investigación Criminal para los Territorios Indios. Me encargo de todo el sureste, hasta el país de los semínolas —sonrió lentamente—. Cuando mi antiguo jefe se enteró de ese asesinato y recordó que le había dicho que te he habías mudado aquí, logró que me asignaran al caso. Es un buen trabajo, y me gusta hacerlo. Pero han sido tres años muy largos, Phoebe.

—¿Sabías que estaba aquí? —preguntó ella. Él asintió con la cabeza—. ¿Cómo es posible? —exclamó ella.

—No me creerías, si te lo dijera —repuso él.
—Ponme a prueba.
—Me lo dijo mi padre. No sé cómo lo sabía —añadió—. Pero, además de unas capacidades psíquicas asombrosas, tiene algunos amigos en las altas esferas. Incluso en la policía. El caso es que lo sabía —clavó en ella una mirada ansiosa.

Phoebe tenía la incertidumbre escrita en la cara. Cortez estaba allí. Ella había sufrido mucho por él. Pero no confiaba en él. No podía. Tres años antes, la había abandonado sin ninguna explicación.

Él suspiró.

—Veo cómo giran los engranajes de tu cabeza. Casi sé lo que estás pensando. Vas a tardar en volver a confiar en mí —mordió la punta de la patilla de sus gafas de sol, pensativo—. Supón que fingimos que acabamos de conocernos. Yo soy viudo y tengo un hijo. Tú eres la atractiva directora del museo del pueblo. Nada de complicaciones. Ni de reproches. Sólo somos amigos.

Ella le lanzó una mirada recelosa.

—¿Sólo amigos? ¡Pero si me has tumbado en la mesa de mi despacho! —dijo, intentando ocultar el acaloramiento que le producía aquel recuerdo–. Y ahora voy a meterme en un buen lío con la junta directiva si esa maestra presenta una queja.

–Si lo hace, yo hablaré con la junta. Les diré que te quedaste sin respiración y que te estaba haciendo el boca a boca –dijo con sorna–. Puedes desmayarte cuando estén en tu despacho para que les haga una demostración.

Phoebe no quería reírse, pero Cortez tenía una expresión sumamente maliciosa. Ella sofocó una carcajada y se aclaró la garganta.

–Dijiste que íbamos a seguir un rastro. ¿Qué estamos buscando?

–No estoy seguro –contestó él, más relajado, mientras arrancaba el coche–. Pero, si lo encontramos, lo sabré.

Al salir a la carretera, Phoebe miró el lugar donde estaba aparcado el todoterreno la mañana que le llevó a Drake la información sobre la víctima del asesinato. Estuvo a punto de decírselo a Cortez, pero no había motivo. A fin de cuentas, seguramente no era más que un conductor extraviado. Phoebe se lo quitó de la cabeza.

Hicieron en medio de un grato silencio el trayecto hasta las cuevas de la zona de obras de Bennett. Cortez aparcó, se detuvo un instante para sacar la pistola automática del calibre 45 que llevaba en la guantera del coche, en una funda de cuero, y se la guardó bajo el cinturón.

Phoebe lo miró con preocupación.

–Estoy acreditado –le recordó él–. Trabajo para el gobierno y sé usar un arma, si es necesario.

Ella hizo una mueca.

–Yo también, pero no me gustaría tener que hacerlo.

–Por eso Drake te hizo practicar. Si es cuestión de instinto...

—Yo no puedo matar a nadie, Jeremiah —dijo ella, angustiada—. Ni siquiera para salvar mi vida.

Él la observó en tenso silencio.

—Puede que eso llegue a suceder. Quien mató al profesor no va a detenerse si sus negocios corren peligro. He visto gente asesinada por menos de cincuenta dólares y asesinos sorprendidos porque sus víctimas llevaran tan poco dinero encima. No estamos hablando de cerebritos, precisamente.

Phoebe lo miró con lo que esperaba fuera un ansia velada. Jeremiah Cortez seguía siendo el hombre más sexy que había conocido. Era muy viril, pero también muy bello.

—Ahora no tenemos tiempo para eso —dijo él inexpresivamente.

—¡Pero si no sabes lo que estaba pensando! —repuso ella.

Antes de salir, él profirió un sonido gutural que a Phoebe le puso los pelos de punta. Ella salió antes de que le diera tiempo a rodear el coche.

—Creía que te gustaban mis modales refinados —dijo Cortez.

Ella se sonrojó.

—Puedo abrir las puertas yo sola.

Él no hizo comentario alguno.

—Vamos por ahí —señaló las huellas de neumáticos medio borradas que había en el camino—. Tenemos que buscar las huellas de un coche que se para y luego da marcha atrás.

—Aquí hay muchas huellas —comentó ella.

Cortez se acordó de un extraño tipo de huellas que había visto en el aparcamiento de tierra del motel de la reserva donde se había alojado el profesor. Estaban delante del apartamento de la víctima.

—Busca unas huellas a las que les falta un surco vertical en el centro. Creo que a la izquierda.

Ella frunció los labios.

—Conque estás en plan científico, ¿eh? Muy bien —se inclinó y empezó a mirar. Era imposible no recordar la última vez que había salido a seguir un rastro con él—. Dijiste que vendrías a mi graduación y, como lo puse en duda, te pusiste sarcástico.

—Y tú me tiraste una rama —recordó él mientras se inclinaba sobre una huella sospechosa.

—Eras odioso —contestó ella, mirándolo—. Todavía lo eres. Espero tener todavía trabajo cuando esa maestra acabe conmigo.

—Puedes venir a trabajar conmigo —murmuró él—. En un laboratorio forense valdrías tu peso en oro. Uno de tus profesores de la universidad dijo que tenías un talento natural para el análisis de la dentición.

—Yo no te he dicho eso —dijo ella, sorprendida—. ¿Dónde lo has oído?

—Pensé que quizá tus profesores supieran dónde estabas —contestó él con sencillez.

Phoebe se sintió vacía. Hueca. Enferma. Todo el mundo había intentado protegerla de aquel hombre. Ella se lo había pedido. Ignoraba lo que había pasado. Ahora que lo sabía, odiaba darse cuenta de que, tres años antes, ella misma se había condenado. Cortez no la había rechazado por desinterés. Las circunstancias se habían confabulado para alejarlo de ella.

Él se irguió bruscamente y frunció el ceño. Luego regresó al coche, para sorpresa de Phoebe, y sacó lo que se había llevado del cajón de su mesa. Volvió sobre sus pasos y le dio el amuleto.

—Ponte esto y los pesos en el bolsillo derecho del pantalón.

Ella sabía que no serviría de nada llevarle la contraria. Cortez confiaba demasiado en los poderes místicos de su padre.

—Está bien, está bien —se lo guardó todo en el bolsillo. Luego se giró para seguir una huella y, de pronto, sintió un fuerte golpe y cayó al suelo. Una fracción de segundo después, se oyó un estampido.

—¡Phoebe!

Cortez sacó su pistola y empezó a disparar, arrodillado, hacia el lugar del que procedía el disparo.

Se oyó otra detonación y el polvo se levantó junto a Cortez. Pero, unos segundos después, se oyó un golpe seco y el ruido de un motor arrancando, seguido por un vehículo que levantaba la grava no muy lejos de allí.

Cortez no esperó a que el ruido se disipara. Estaba ya de rodillas junto a Phoebe, tocándola ansiosamente.

—¿Estás herida? ¡Háblame!

Ella se quejó y se acurrucó.

—¡Ay, cómo duele! —gimió.

—¡Phoebe!, ¿te han dado? —preguntó él.

Ella consiguió estirar las piernas con esfuerzo y se llevó la mano al costado derecho, junto a la tripa.

—No noto... sangre —musitó.

Él le desabrochó los vaqueros y se los bajó antes de que a Phoebe le diera tiempo a protestar. No tenía ninguna herida abierta, pero se adivinaba un terrible hematoma junto a la zona del apéndice. Cortez lo palpó por encima y sus nudillos rozaron los pesos que acababa de hacerle guardarse en el bolsillo.

De pronto se sintió mareado.

Se miraron con estupor. Él le metió la mano en el bolsillo y sacó el amuleto y las monedas. Había un agujero en el centro de uno de los pesos y una bala incrustada en el segundo, tras él. El vaticinio de su padre le había salvado la vida.

—Te habría dado en la arteria femoral —dijo él con voz fantasmal—. Te habrías desangrado antes de llegar al hospital.

Phoebe se estremeció.

—¡Lo sabía! ¡Tu padre lo sabía!

Cortez la abrazó con fuerza, se sentó en el suelo y la meció, intentando no pensar en lo que podía haber ocurrido.

—Ha escapado —musitó ella contra su garganta.

Cortez tensó los brazos.

—Lo primero es lo primero —le besó la sien y respiró hondo. Sacó el teléfono móvil, que llevaba sujeto al cinturón, y marcó con una mano—. Necesito una ambulancia y que el ayudante del sheriff del condado de Yonah Drake Stewart venga inmediatamente a la parte de atrás de la zona de obras de Bennett. Está al final de la calle Deal, en una cueva, entre un bosquecillo de abetos, junto al límite del término municipal de Chenocetah —dijo—. Estamos a unos cincuenta metros de la linde de la Reserva Indida de Yonah, en un camino de tierra.

—¿Con quién hablo? —preguntó una voz aburrida.

—Con el agente especial Jeremiah Cortez, del FBI —contestó él suavemente—. Ha habido un tiroteo. Dígale a Stewart que eche un vistazo entre los árboles de la derecha del camino.

—¡Un segundo! —dijo la operadora del 911—. Enseguida doy el aviso. No se retire.

—No hay tiempo —dijo Cortez—. El culpable se escapa —colgó y volvió a marcar mientras Phoebe seguía acurrucada a su lado, todavía dolorida—. Necesito que me mandéis un equipo técnico en la furgoneta de Jones —dijo—. Os daré instrucciones.

Volvió a colgar.

—Era mi unidad —le dijo a Phoebe cuando acabó de hablar. Apretó los dientes—. Mira, voy a tener que dejarte en la ambulancia. No puedo ir contigo —parecía estar matándolo no poder acompañarla—. Tengo que esperar a que llegue mi unidad para recoger pruebas. Con un poco de suerte, habrá algún casquillo de bala.

—Está bien —dijo ella con voz ronca—. Ya soy mayorcita. Puedo ir en la ambulancia sola.

Él no sonrió, como quizás hubiera hecho en otra ocasión.

—Podrían haberte matado —masculló.

Ella miró fijamente sus ojos atormentados y se obligó a sonreír a pesar del dolor.

—Ha cometido un error. Ha dado un paso en falso. Lo atraparemos. No esperaba que aquí corrieras peligro —dijo él como si no pudiera creerlo—. No te habría pedido que me acompañaras si hubiera sabido que podía ocurrir esto.

Phoebe le tocó la boca con una mano.

—Esto es mucho mejor que darle explicaciones a una maestra de gramática, créeme.

Él le agarró la mano y se la besó con ansia.

Su preocupación inquietó a Phoebe. No esperaba una reacción tan vehemente.

—Voy a ponerme bien. Luego iremos a atrapar a ese idiota y le pondremos a la sombra. ¿De acuerdo?

—De acuerdo —respondió él con voz estrangulada.

—Recuérdalo y deja de flagelarte. ¿Quién iba a imaginar que se pondrían a disparar en cuanto saliéramos del coche?

—Creo que he asustado a alguien —dijo él fríamente.

—¿Cómo?

Él empezó a contestar, pero el ruido de las sirenas ahogó su voz.

Drake detuvo su coche justo detrás de la ambulancia. Menos de tres minutos después, los sanitarios estaban junto a Phoebe con una camilla. Cortez les explicó lo ocurrido mientras la examinaban. Drake estaba fuera de sí.

—Uno de nosotros tiene que ir con ella —dijo llanamente.

—Mi unidad está de camino —respondió Cortez entre dientes tras dejar de mala gana a Phoebe en manos de los médicos—. No puedo irme.

Drake se volvió hacia él. Cortez tenía el rostro rígido por la preocupación.

—No te preocupes. Yo iré con ella. Se pondrá bien..., te lo prometo.

Eso pareció calmar a Cortez, pero sólo en apariencia. No podía quitarse de la cabeza la imagen de Phoebe muerta.

—Se encuentra bien —dijo Drake con firmeza, muy serio—. Tú atrapa al culpable, ¿de acuerdo? Yo me ocuparé de ella.

Cortez respiró hondo para calmarse.

—Cuando lo encuentre —dijo entre dientes—, deseará haber vivido en otro continente.

—Bien dicho. Te traeré más balas para la pistola —prometió Drake, dándole una palmada en el hombro mientras sonreía animosamente—. Ahora, a trabajar. Phoebe va a ponerse bien.

Cortez se detuvo junto a la camilla cuando los sanitarios habían subido ya a Phoebe, tras asegurarle que no era grave. La agarró de la mano y se la apretó con fuerza.

—Iré a verte en cuanto acabe aquí. Drake va a ir contigo.

—Ah —dijo ella—. Los indios cierran filas.

Él sonrió suavemente.

—Algo parecido —le besó los dedos y le posó la mano sobre la cintura—. Haz lo que te diga el médico.

—¿Dónde está mi amuleto? —preguntó ella.

Cortez hizo una mueca.

—Es una prueba.

—Las monedas, sí, pero el amuleto no. Dámelo —añadió. Él sacó el amuleto con un suspiro y se lo puso en la mano—. Tu padre sabe lo que hace —dijo ella.

—Ya te lo dije. Cuídate.

—Tú también. No estás hecho a prueba de balas y no tienes uno de éstos —levantó el amuleto.

Cortez frunció los labios, se metió la mano en el bolsillo y sacó un amuleto idéntico al suyo.

—Mi padre dijo que yo no necesitaba monedas.

Ella le hizo una mueca y luego sonrió para reconfortarlo. Parecía muy preocupado.

Drake se montó en la ambulancia con ella tras avisar por radio para que uno de sus compañeros fuera a recogerlo más tarde a urgencias y lo llevara hasta su coche. Los sanitarios cerraron la puerta ante el rostro sombrío de Cortez, que seguía con el amuleto en la mano.

—¿Qué pasa con ese amuleto? —preguntó Drake.

—El padre de Cortez lo hizo para mí hace tres años —respondió ella, haciendo una mueca. El hematoma empezaba a dolerle de verdad—. Hoy añadió dos pesos mexicanos. Jeremiah acababa de decirme que me los guardara en el bolsillo, exactamente donde había dicho su padre, cuando me dispararon. Si no los hubiera llevado en el bolsillo, estaría muerta. La bala me dio junto a la arteria femoral.

Drake silbó suavemente.

—Eso sí que es medicina.

—Dímelo a mí. El padre de Jeremiah es chamán. Y también una especie de vidente. No sé si antes creía en esas cosas..., pero ahora sí que creo.

—No me extraña. ¿Qué estabais haciendo Cortez y tú ahí?

—Íbamos a echarles un vistazo a unas cuevas que visitó el antropólogo asesinado. Están detrás de las obras de Bennett. Empezaron a dispararnos casi en cuanto llegamos —Phoebe cerró los ojos y luego volvió a abrirlos de par en par—. Sólo quiero que me remienden y ayudaros a encontrar a la persona que disparó. ¡Luego quiero pasar cinco minutos a solas con ellos!

—Primero tendré que darte unas clases de artes marciales —bromeó Drake.

Ella dejó escapar el aliento que había estado conteniendo.

—Esto duele de lo lindo. No me ha rajado la piel, pero me ha hecho un buen moratón —se llevó la mano con cuidado al lugar del impacto.

Drake cambió de tema. No quería pensar en el daño que podía hacerle a la carne un golpe traumático, aunque no hubiera incisión. Había visto cómo un golpe en las costillas producía daños pulmonares que llevaban a una hemorragia interna y a la muerte.

Más tarde, en el hospital, a Phoebe le hicieron toda clase de pruebas antes de que la doctora, una joven de pelo negro que llevaba un portafolios, entrara en la habitación que le habían asignado.

Miró su portafolios y levantó las cejas al ver a la joven rubia que yacía en la cama.

—Si a mí me hubieran pegado un tiro —dijo—, estaría subiéndome por las paredes. Está muy tranquila, dadas las circunstancias.

Phoebe suspiró.

—Soy antropóloga. ¿Se acuerda de Indiana Jones? —dijo—. Sombrero de fieltro, látigo negro, un pelín engreído...

La doctora se echó a reír.

—Está bien, entendido.

Drake asomó la cabeza por la puerta.

—Tengo que irme —le dijo a Phoebe—. Un compañero va a recogerme en la entrada. Me necesitan para interrogar a la gente que había cerca de las obras. Hasta han llamado a los que trabajan a tiempo parcial. ¿Se pondrá bien, doctora? —le preguntó a la médica.

—Sí —contestó ella.

Drake le hizo un gesto levantando el pulgar.

—Luego te llamo —le dijo a Phoebe, y se marchó.

La doctora se apoyó contra la pared, junto al cabecero de la cama, y se puso a hojear los resultados del laboratorio.

—Bueno —dijo—, tiene un hematoma serio en la ingle. Ocupa una zona sustancialmente más grande que un orificio de bala. Lo cual me trae a la cabeza otra pregunta. ¿Por qué la bala no penetró?

—Llevaba dos pesos mexicanos en el bolsillo cuando impactó —dijo Phoebe con naturalidad—. Atravesó uno y se incrustó en el otro.

Las finas cejas de la doctora se arquearon.

—¿Esperaba que le pegaran un tiro y se había preparado?

Phoebe hizo una mueca.

—A veces la realidad supera a la ficción.

—Soy médico. He visto a un hombre al que dispararon a bocajarro con una escopeta de cañones recortados. Caminó dos kilómetros en busca de ayuda y sobrevivió —dijo la doctora, abriendo la mano con la palma hacia arriba—. Cuéntemelo.

Phoebe se lo contó.

La doctora se quedó callada un minuto. Luego volvió a fijar los ojos en los resultados del laboratorio.

—Yo le mandaría a ese chamán un regalo de cumpleaños el resto de su vida.

—Eso pienso hacer. Me ha salvado la vida.

—¿Por qué le han disparado? ¿Lo sabe?

—Estaba ayudando a un agente del FBI a seguir el rastro de un vehículo sospechoso en un caso de homicidio —contestó Phoebe con calma.

La doctora parpadeó.

—¿Del FBI?

Ella asintió con la cabeza.

—Forma parte de la nueva Unidad de Investigación Criminal para los Territorios Indios del FBI. Ha venido a investigar el homicidio de la reserva de Yonah.

—Y usted estaba siguiendo una pista.

—Le estaba ayudando —puntualizó ella.

—¿Y había ido con él por alguna razón en particular?

—Sí. Acababa de besarme casi hasta asfixiarme en el museo donde trabajo. Los alumnos de un colegio se pararon a mirar. Tenía dos opciones: o salir a buscar pistas, o darle explicaciones a una maestra muy enfadada —hizo una mueca—. Escogí el mal menor. Me gusta pensar que se trata de un ejercicio de valentía en el mejor sentido de la palabra.

La doctora rompió a reír.

—Pues tiene usted mucha suerte. O un don. O quizá un guardián entre la gente pequeña.

—¿Los duendes? —preguntó Phoebe.

—Los *nunnehi* —contestó la doctora—. Los cherokees dicen que la gente pequeña protege a los viajeros en los bosques. A veces se les oye cantar a lo lejos. Es una leyenda bonita, ¿verdad?

Cantar. A lo lejos. En cherokee. Phoebe no dijo nada, pero se entretuvo recordando la melodía que había oído unos días antes, de madrugada.

Seis horas después, Drake, que había vuelto agotado al hospital, la llevó a casa en coche. Los médicos habían querido tenerla en observación toda la noche, pero no encontraron motivos suficientes para justificar su estancia. Phoebe tenía un buen seguro, pero no quería tener que usarlo como no fuera cuestión de vida o muerte.

Cuando llegaron a su casa, Cortez estaba paseándose por el porche.

—Me ha llamado cada hora —confesó Drake—. Tuve que decirle que estábamos de camino, o se habría presentado en el hospital.

Ella sonrió cansinamente.

—No importa.

De hecho, la conmovía que Cortez estuviera tan preocupado, aunque no quisiera admitirlo.

Drake paró delante de su casa y apagó el motor. Salió para abrirle la puerta, pero Cortez se le adelantó; le rodeó la cintura con el brazo y la ayudó a entrar en la casa.

—Creía que ibas a tomarla en brazos y a llevarla dentro —bromeó Drake.

—No puede levantar peso —dijo Phoebe con sencillez—. Se le incrustó un trozo de metralla en el hombre cuando estuvo en Vietnam, durante los últimos días que nuestras tropas estuvieron destinadas allí.

Drake frunció los labios.

Los ojos de Cortez se dulcificaron.

—Había olvidado que te lo conté —dijo.

Phoebe carraspeó, azorada.

—A veces la vida nos da una segunda oportunidad —dijo Drake sin dirigirse a nadie en particular.

—Como a Phoebe hoy —contestó Cortez. Iba vestido con vaqueros y una camisa de franela. Llevaba el pelo suelto, pero enredado, como si unas manos nerviosas se lo hubieran revuelto—. Y por eso no voy a dejarla aquí sola, en medio del campo, toda la noche.

Phoebe vaciló. Entonces se dio cuenta de que faltaba algo.

—¡Jock! —exclamó, temiendo que quien había intentado asesinarla hubiera acabado con su perro.

—Le han dado una habitación en el hospital veterinario del pueblo —contestó Cortez de inmediato—. Van a mimarlo a lo grande.

—¡Pero no puedes hacer eso! —exclamó ella.

—Ya lo he hecho. Haz la maleta, Phoebe —dijo él tranquilamente—. Vas a venirte al motel con Tina y conmigo mientras dure esto.

—¿Hasta cuándo?

—Hasta que atrapemos al responsable —contestó Cortez—. Y será mejor que recuerdes que tira a matar. Si no hubiera sido por los presentimientos de mi padre, ahora estarías en el depósito.

Phoebe sintió que la sangre se le retiraba de la cara. Se sentó pesadamente en el brazo del sofá.

—Lo siento —masculló Cortez—. No quería decirlo de ese modo.

—Pero tiene razón —añadió Drake—. No puedes quedarte aquí sola. Ese tipo no va a detenerse. Y la próxima vez no se conformará con un solo tiro.

—Exacto —dijo Cortez.

Phoebe apretó los dientes.

—Pero parecerá que estoy huyendo.

Ellos dos se miraron.

—Considéralo una retirada estratégica —dijo Cortez al cabo de un momento—. Hasta Quanah Parker, uno de los jefes comanches más famosos, lo hacía de vez en cuando. Y nadie le ha acusado nunca de ser un cobarde, ¿verdad? —le preguntó a Drake.

Drake asintió con la cabeza.

—Verdad.

Ella se mordió el labio inferior, preocupada.

—Dará mala impresión…

—Te quedarás en la habitación de Tina, con Joseph —repuso Cortez con paciencia—. Yo estaré en la puerta de al lado. Estarás a salvo.

En la habitación del niño. El niño era el motivo de que la hubiera abandonado para casarse con una mujer a la que ni siquiera quería. No era culpa del pequeño, pero su presencia reavivaría un recuerdo doloroso. Phoebe aborrecía la idea. Pero la aterrorizaba quedarse allí sola, sobre todo ahora que Cortez le había despojado de su único guardián: Jock.

—Tina te gustará —dijo Drake—. Es muy simpática.

—Sí, es cierto —le aseguró Cortez.

—¿Es pariente de tu difunta esposa? —le preguntó ella.

—Es mi prima —contestó él lentamente.

Algunas veces la gente se casaba con sus primos o primas, pensó Phoebe, aunque no lo dijo en voz alta. Aquello no descartaba a la misteriosa Tina como rival por el amor de Cortez.

Phoebe los miró a los dos. Entonces se dio cuenta de que parecían tan cansados como se sentía ella. Había sido un día muy largo.

—Lo siento —dijo enseguida, levantándose con esfuerzo. Sentía la tripa terriblemente magullada—. Estoy dando la lata, y vosotros también estáis muertos de cansancio. Voy a guardar lo que necesito. ¿Encontrasteis algo por ahí fuera? –le preguntó a Cortez.

Él se relajó un poco y, metiéndose las manos en los bolsillos, se acercó a la ventana para mirar fuera.

–No mucho. Un casquillo de bala. Muy corriente, del calibre 45. Pudo dispararlo una pistola o un rifle –se volvió–. Pero, a juzgar por la velocidad –añadió, mirándola con fijeza–, fue una pistola. Un disparo de rifle habría atravesado la moneda de plata y se habría incrustado en tu cuerpo.

–Entonces, la persona que disparó estaba cerca –sugirió ella.

Cortez asintió con la cabeza.

–Encontramos el casquillo a unos cien metros de donde estábamos tú y yo. Pero de todas formas el que disparó era un experto. No es tan fácil tumbar a alguien a esa distancia sin mira telescópica.

–¿Vas a encargar pruebas balísticas? –preguntó Drake.

Cortez asintió.

–He mandado la bala a nuestro laboratorio en Washington –dijo–. Con un poco de suerte, quizá puedan decirnos dónde fue comprada, y hasta qué clase de arma la disparó.

–¿Había huellas latentes? –insistió Drake.

–Una –dijo Cortez con una sonrisa–. Sólo una parte, pero puede que sirva. Encontramos una cosa más: una colilla.

–Así que la persona que disparó fuma –sugirió Phoebe.

Él asintió.

–Si es que la colilla era suya –añadió–. No hay modo de saber desde cuándo llevaba allí.

–Anteanoche llovió –dijo Drake.

—La colilla no estaba mojada —contestó Cortez.

—De momento, vamos bien.

—¿Al menos puedo volver al trabajo? —preguntó Phoebe después de guardar sus cosas de aseo y ropa para tres días. Lo había metido todo en una maleta que Cortez levantó con la mano izquierda.

—Estaría rodeada de gente —dijo Drake.

—Tienes razón —dijo Cortez al cabo de un momento—. Está bien, pero no salgas de tu despacho a menos que uno de nosotros esté contigo.

Phoebe se resistía, pero no parecía quedarle más remedio que aceptar. Los miró a los dos. No parecían dispuestos a dar su brazo a torcer.

—Está bien —dijo.

Cortez miró su reloj.

—Será mejor que nos vayamos. Tengo una cita temprano.

—¿Con otro promotor? —preguntó Drake—. ¿Quieres que te sigamos, por si acaso hay otro tiroteo?

Cortez se echó a reír.

—Eso ha sido un golpe bajo.

Drake se encogió de hombros.

—Sólo era una pregunta.

—Voy a cerrar —dijo Phoebe. Recorrió la casa habitación por habitación, comprobando las ventanas y las puertas hasta que estuvo segura de que estaban todas bien cerradas.

—Aquí parece que no vive nadie —murmuró Drake—. Ni fotos, ni recuerdos, ni figuritas...

—Casi todas mis cosas están en casa de mi tía Derrie —dijo Phoebe—. Me parecía absurdo traer un montón de cosas que al final tendría que llevarme a otro sitio.

—¿Es que piensas marcharte? —preguntó Drake.

—Hoy no —dijo ella con ironía—. Quería decir algún día. Era un modo de hablar.

Cortez no dijo nada. Abrió la puerta y salió al porche.

Tina salió a recibirlos a la puerta de su habitación y le lanzó a Phoebe una mirada llena de curiosidad.

—Así que tú eres la famosa Phoebe —murmuró con sorna—. Me alegra muchísimo conocerte. Él no me cuenta nada —señaló a Cortez.

—No intentes sonsacarla —le advirtió su primo—. Pero no la pierdas de vista —añadió con firmeza.

Tina se puso seria de pronto.

—Sí, ya me he enterado —dijo—. Me alegro de que estés de una pieza. Menos mal que el padre de Jeremiah es chamán, ¿eh?

—Sí, menos mal —dijo Phoebe—. Sólo estoy un poco magullada. Podría haber sido mucho peor.

—Aquí estarás a salvo —le aseguró Tina—. Soy Christina Halcón Rojo. Ése es también el apellido de él, pero no le gusta usarlo —le dijo a Phoebe, señalando a su primo—. Tiene un sentido del humor espantoso.

—¿Ah, sí? —le preguntó Drake con una sonrisa, y Tina se sonrojó.

—Bueno, el bisabuelo que raptó a la bisabuela de Jeremiah se llamaba Cortés, con «s» —dijo Tina.

Phoebe miró a Cortez con curiosidad.

—¿La raptó? —preguntó.

—La tuvo dos semanas encerrada en una cabaña de troncos, hasta que quedó deshonrada y tuvo que casarse con él —prosiguió Tina—. Tuvieron diez hijos. Él vivió con los comanches, aprendió su lengua, hasta salía de correrías con sus parientes políticos. El abuelo de Jeremiah era el menor de sus hijos.

—¿Estuvieron juntos mucho tiempo? —preguntó Phoebe.

—Cincuenta años —respondió Tina con un suspiro—. ¿No es romántico? Eran enemigos. La gente de ella acababa de atacar a la de él. Incluso mataron a algunos parientes lejanos suyos. Supongo que el amor puede con todo.

—Basta de cháchara. Deja que se vaya a la cama —le dijo Cortez a su prima, tirándole de un mechón de pelo—. Ha tenido un día muy duro.

—Yo cuidaré de ella —prometió Tina.

—Sé cuidarme sola, gracias —le dijo Phoebe a Cortez con firmeza. Los otros tres se miraron—. Nadie ve venir una bala —se defendió Phoebe.

—El padre de Jeremiah sí —puntualizó Tina.

—A la cama. Vamos. ¿Qué tal está mi niño? —añadió, entrando en la habitación detrás de Phoebe y Drake.

Joseph estaba sentado en medio de una de las dos camas, jugando con unos bloques de trapo. Miró a Cortez y sonrió, abriendo sus brazos gordezuelos.

—¡Papá! —exclamó.

Cortez lo aupó, lo abrazó con fuerza y le dio un beso en la mejilla.

—¿Cómo está mi chico? —preguntó con tanta ternura que a Phoebe se le encogió el corazón.

—¡Sé contar hasta cinco, papá! —le enseñó cuatro dedos—. ¿Dónde has estado? ¡Estaba solo! Tina no me ha dejado comer tarta.

—Tarta de chocolate —se defendió Tina—. Se habría pasado toda la noche en vela.

—Yo quería tarta —masculló Joseph. Miró por encima del hombro de Cortez—. ¿Tú quién eres? —le preguntó a Phoebe.

—Es Phoebe —le dijo Cortez, volviéndolo hacia ella—. Le han hecho pupa. Va a pasar la noche con Tina y contigo. Tienes que ayudar a cuidar de ella.

—Vale —dijo Joseph enseguida, y se quedó mirando a Phoebe—. Tienes el pelo rubio.

—Sí, tengo el pelo rubio —dijo Phoebe. No quería que le gustara el niño. Pero tenía unos preciosos ojos negros y la sonrisa de un ángel.

—¿Te gusta leer? —preguntó él.

—Sí —Phoebe se dio cuenta de que empezaba a parecer un loro—. ¿Y a ti?

Joseph sonrió.

—¡A mí me gusta Bob!

Phoebe miró a Tina.

—Bob *el Albañil* —le informó ella—. Unos dibujos de la tele.

—Ah.

—¿Sabes contar cuentos? —insistió Joseph.

—Sí, pero nos vamos a ir pronto a la cama —dijo Tina, saliendo en su rescate. Tomó a Joseph en brazos—. Eso significa que todos los que no sean mujeres o niños pequeños tienen que marcharse —miró a los dos hombres con intención.

—Nos han echado —dijo Drake—. Está bien. Si nos necesitáis...

—Yo estoy en la puerta de al lado —les dijo Cortez a ellas.

—Y yo no voy a separarme del teléfono —añadió Drake—. Cortez tiene el número —señaló a Cortez con el pulgar—. Una última cosa, no os acerquéis a las ventanas.

Phoebe hizo un saludo militar. Drake se echó a reír y salió. Cortez le guiñó un ojo y salió tras él.

—Los hombres son un incordio —le dijo Tina a Phoebe mientras llevaba a Joseph a la cama—. Y parece que tú tienes a dos en el bote.

—Yo paso de los hombres —dijo Phoebe con firmeza.

A Tina le brillaron los ojos.

—¡Eso dicen todas!
—Tengo muchísimo sueño —dijo Phoebe.
Tina se echó a reír.
—Está bien. He captado la indirecta. Yo también tengo un poco de sueño. A Joseph le están saliendo los dientes otra vez. Jeremiah y yo no dormimos mucho anoche.
—¿Los dientes?
—Me temo que es un proceso largo —dijo Tina—. Ya lo verás.

Phoebe no supo a qué se refería hasta que, a las dos de la mañana, Joseph soltó un gemido y empezó a llorar. Sollozaba con fuerza. Tenía la carita caliente y babeaba.

7

—Me duele, Tina —balbució contra el hombro de Tina.
—Lo sé, nene, lo siento —dijo Tina—. Voy por la medicina. Phoebe, ¿puedes sostenerlo un momento? Espera, siéntate para que no te hagas daño en la tripa. Supongo que debe de dolerte mucho.
—Sí —contestó Phoebe, y dejó que Tina le pusiera a Joseph en brazos.
—Me duele —sollozó Joseph, aferrándose a ella.
Apretaba la cabecita contra sus pechos. Olía a jabón y a polvos de talco. Tenía el pelo muy limpio, de un color castaño claro. Phoebe se había acostado con una camiseta de algodón, y sentía la carita mojada del niño a través de la tela.
Nunca había tenido mucho trato con niños pequeños. En su familia no había ninguno. Los veía en el museo, claro, pero no se relacionaba con ellos. Joseph era hijo de Cortez, aunque fuera adoptado. Era el hijo de su hermano. Llevaban la misma sangre, eran de la misma familia, compartían la misma historia.
Ella se había puesto tensa al principio, pero poco a poco se había ido relajando y ahora sujetaba al niño con

bastante naturalidad. Le posó la mano en la espalda automáticamente. Y comenzó a acariciarle.

Tina volvió con una cucharada de jarabe.

—Está buenísimo —le dijo, acercándole la cuchara a Joseph—. Trágatelo, mi niño, y ya verás cómo se te pasa.

Él hizo una mueca.

—No me gusta —gimió.

—Muchas cosas que no nos gustan son buenas para nosotros —dijo Tina cariñosamente. Le metió un dedo a Joseph en la boca y le frotó la encía con el líquido casi transparente.

—¡Puaj! —masculló Joseph.

—Te sentará bien —le aseguró Joseph. Miró a Phoebe mientras se limpiaba el dedo en un pañuelo de papel—. Espera un segundo. Ahora mismo me lo llevo.

—¡No! —gimió Joseph cuando Tina intentó separarlo de Phoebe—. No quiero ir contigo —ellas se miraron con estupor—. Bebe me gusta —dijo el niño, adormilado—. Huele bien —restregó la cara contra su pecho.

Phoebe nunca se había sentido tan enternecida. El niño se aferraba a ella. No quería que lo apartaran de ella. Hasta le había puesto un nombre: Bebe. Resultaba extraño que alguien la necesitara. Phoebe ignoraba si le había pasado alguna vez. Su padre siempre había sido un hombre independiente, sano como una manzana. Y su madre rara vez estuvo enferma hasta que murió. Su madrastra, que se había casado hacía mucho tiempo, la ignoraba. Derrie, su tía, tenía sus propios intereses y nunca necesitaba que se ocuparan de ella. Pero allí estaba aquel hombrecillo al que Phoebe le había guardado rencor desde el día que conoció su existencia. Qué ironía que fuera precisamente él quien la necesitara.

—Quiero a Bebe —balbució Joseph otra vez, aferrándose a ella con todas sus fuerzas.

Phoebe lo estrechó instintivamente y un arrebato de pura alegría se apoderó de ella.

—No importa —dijo Phoebe cuando Tina pareció dispuesta a intentarlo otra vez—. De verdad. Puede dormir conmigo. No me molesta.

—Bebe es muy buena —musitó Joseph con los ojos cerrados, acurrucado entre los brazos de Phoebe.

—Te hará daño en la tripa —dijo Tina, reticente.

—No, qué va —contestó Phoebe con ternura mientras le acariciaba el pelo al niño—. Vamos, hombrecito —susurró—. Vamos a intentar dormir, ¿de acuerdo?

—De acuerdo —murmuró él.

Phoebe volvió a su cama y acurrucó a Joseph contra su hombro. Sonrió a Tina y cerró los ojos. Unos minutos después, el niño y ella se quedaron profundamente dormidos.

A la mañana siguiente, Cortez se quedó parado en la puerta, boquiabierto, al ver la cama que había junto a la de Tina. Joseph estaba arropado sobre los pechos de Phoebe, dormido como un tronco. Y Phoebe también. Parecían una obra de arte.

—No quería separarse de ella —explicó Tina en voz baja, riendo—. Por lo menos ha dormido.

Cortez se quedó mirando a Phoebe en asombrado silencio. El corazón le pedía estrecharlos a los dos entre sus brazos y no separarse nunca de ellos. Aquello fue como una revelación. No esperaba que Phoebe se encariñara con el niño. Se había mostrado incluso remisa a quedarse en la misma habitación que él, aunque hubiera fingido que no le importaba. Pero, por lo visto, Joseph se las había ingeniado para conquistarla.

Tina se fijó en la expresión de su primo y disimuló su

regocijo. Durante los años anteriores, Jeremiah había vivido como un ermitaño. No había salido con nadie. Pero, al verlo con Phoebe, Tina vio también contestadas todas sus preguntas. Comprendió lo que sentía por aquella mujer rubia. Se le notaba a la legua. No era de extrañar que Drake hubiera puesto una cara tan rara cuando le habló de la rubia a la que Cortez había amado y perdido. ¡Era Phoebe y él lo sabía! Además, a él también le gustaba mucho, o Tina era muy mala juzgando el carácter de los demás. Se preguntaba qué sentía Phoebe respecto a Drake.

—Tengo que despertarla pronto —dijo Tina con desgana— o llegará tarde a trabajar.

—Voy a llevarla yo, ya que voy al trabajo.

Tina lo miró con sorna. Su primo no le hizo caso. Se acercó a la otra cama y tocó suavemente el hombro de Phoebe.

Ella abrió los ojos. Eran del azul claro de un día otoñal. Parpadeó.

—¿Jeremiah? —murmuró, aturdida.

Él le apartó el pelo enredado.

—¿Cómo te encuentras?

Phoebe se removió, sintió el peso de Joseph e hizo una mueca cuando, al mover la pierna, el dolor se intensificó.

—Uf —masculló.

Joseph la sintió moverse y abrió los ojos.

—Papá —murmuró, sonriendo—. Bebe huele bien.

—¿Bebe?

Phoebe logró esbozar una sonrisa.

—Soy yo. ¿Estás mejor, pequeño? —le preguntó a Joseph, apartándole el pelo húmedo.

—Sí —asintió él, y bostezó—. Tengo sueño.

Tina se acercó y lo tomó en brazos.

—Bebe tiene que irse a trabajar.

—No —protestó Joseph—. ¡Bebe, quédate!
Phoebe se levantó con esfuerzo, dolorida. Tocó la cara de Joseph con la punta de los dedos.
—Volveré luego. Y te traeré una sorpresa.
—¿Una sorpresa? ¿Un tigre?
Ella se echó a reír.
—Ya veremos —miró a Cortez con curiosidad. Él tenía una expresión… extraña. Se dio la vuelta.
—Te espero en el coche —dijo—. Te dejaré en el museo de camino.
—¿Adónde vas? —quiso saber ella.
—A hablar otra vez con los de las obras.
—Pues ponte una armadura —repuso ella.
Él se limitó a cerrar la puerta sin hacer comentarios.
—Conseguirá que lo maten —masculló Phoebe mientras recogía su ropa y se ponía los pantalones, una camiseta bordada y una chaqueta. Estaba tan dolorida que le costaba vestirse.
—No es ningún blandengue —le aseguró Tina—. ¿No te dijo la doctora que descansaras un par de días? —añadió.
—Me paso el día sentada delante de mi mesa. Eso no puede hacerme mucho daño —le aseguró Phoebe. Se pasó el cepillo por el pelo, se maquilló un poco y se pintó los labios con un color suave—. ¿Lo conoces desde hace mucho? —preguntó.
—¿A Jeremiah? —Tina se echó a reír—. De toda la vida. Me llevaba al colegio por la mañana, cuando vivía en casa. El autobús pasaba cuando quería, porque vivíamos en el quinto pino. Su padre todavía vive allí. Odia la vida moderna. Dice que es la causa de todos nuestros problemas, que la gente no está hecha para vivir en ciudades.
—Tiene razón —tuvo que admitir Phoebe. Se apretó con los dedos la zona herida, bajo los pantalones—. Y tiene un don asombroso. De no ser por él, estaría muerta.

—A veces da miedo —comentó Tina—. Sabe cosas.

Phoebe rebuscó en su bolso.

—En Carolina del Sur, cerca de donde creció mi tía, había una mujer así. Podía ver el futuro. No como esa gente que se anuncia en televisión. Ella veía el futuro de verdad. Decía que era una maldición. La mayoría de las cosas que veía eran malas. No era india, ni chamana. Pero tenía un don.

Tina ladeó la cabeza.

—Supongo que, con tu formación, conocerás a muchos indígenas.

Phoebe asintió con la cabeza.

—Yo creo que la sabiduría terrenal reside en las culturas indígenas antiguas —contestó—. Puede que algún día el saber de los pueblos indígenas permita sobrevivir a una parte de la humanidad.

—¿Sobrevivir?

Phoebe recogió su bolso.

—La humanidad ha evolucionado en un nicho ecológico muy estrecho, dependiente de energías no renovables. Uno de mis profesores de antropología decía que cualquier cultura tan especializada está condenada a la extinción.

—Te gustará el padre de Jeremiah. Habla igual que tú —se rió Tina—. Siempre nos está contando la historia del Guerrero del Arco Iris.

Phoebe sonrió. Ése era el fundamento de sus ideas acerca de la sabiduría de las culturas ancestrales, que estaban llamadas a salvar algún día a la raza humana. Los nativos lo llamaban la leyenda del Guerrero del Arco Iris.

—Estaba empeñado en que Jeremiah fuera a la universidad..., igual que él —añadió Tina.

Aquello sorprendió a Phoebe. A pesar de su refinada educación y de su profundo conocimiento de los pueblos indígenas, imaginaba que la vida del padre de Cortez era menos convencional. Se sintió avergonzada por aquel prejuicio.

—¿De veras fue a la universidad?

Tina frunció los labios.

—Sí. Siempre dice que la educación es la única forma de escapar de la pobreza. Le encanta la historia.

A Phoebe se le iluminaron los ojos.

—Imagínate.

—Lo sabe todo sobre ti, claro —continuó Tina—. Jeremiah no hablaba de otra cosa cuando volvió de Charleston aquella vez —hizo una mueca—. Fue terrible que Isaac se matara así.

—¿Cómo?

Pero, antes de que Tina pudiera contestar, la puerta se abrió y Cortez asomó la cabeza con impaciencia.

—Voy con el tiempo justo.

Phoebe se acercó a la puerta.

—¡Dios no quiera que te retrases por mi culpa!

Tina se echó a reír. Cortez, no. Los sucesos de los dos días anteriores le habían puesto de un humor de perros.

Se detuvo delante del museo y apagó el motor. Había empezado a llover de repente, y a lo lejos refulgían violentos relámpagos.

Miró a Phoebe con los ojos entornados.

—No me gusta perderte de vista —dijo sin ambages.

—No van a dispararme en mi despacho —contestó ella—. Y, hablando de disparar, ¿no estás tentando tu suerte al ir a otra zona de obras? Está claro que hay alguien a quien no le gusta que vayas por ahí haciendo preguntas.

—¿Tú crees que hay un esqueleto neandertal escondido por ahí, en alguna parte? —preguntó él, muy serio.

—No —contestó ella de inmediato—. No niego la posibilidad de que hubiera pueblos indígenas aquí mucho antes de que acabaran las glaciaciones, pero lo más probable es que, de ser así, ya se hubieran encontrado evidencias.

—Entonces, ¿por qué crees que ese profesor hizo una afirmación tan banal?

Ella se quedó pensando. La lluvia arreciaba. Repicaba con fuerza sobre la chapa del coche.

—Creo que quería que alguien investigara un crimen y que pensaba que nadie lo ayudaría a no ser que contara algo espectacular. Sí que creo que se han descubierto restos humanos. Pero no de Neandertal. Alguien está quebrantando la ley para que las obras no se retrasen. Por eso sí pondría la mano en el fuego. Y estoy segura de que están dispuestos a matar para impedir retrasos.

Cortez parecía pensativo.

—Eso pensaba yo.

—Debiste asustar a alguien de la obra a la que fuimos ayer —prosiguió ella, eligiendo cuidadosamente sus palabras—. ¿Tienes idea de quién puede ser?

Él trazó un dibujo con los dedos sobre el volante mientras pensaba.

—El jefe de obra es de Oklahoma y tiene sangre cherokee. El profesor parece ser también de ascendencia cherokee. Creo que puede haber algún vínculo entre ellos.

—Yo también. ¿Por qué no les pides a Drake y a Marie que te echen una mano? —añadió—. Entre los dos, conocen a casi todo el mundo en la reserva.

—Ya se lo he pedido —contestó él. Escudriñó en silencio los ojos azules de Phoebe—. Pero que te dispararan no formaba parte del plan.

—Tu padre me salvó la vida —dijo ella con una sonrisa—. Soy muy dura. Tú vete a atrapar al asesino.

Él soltó una breve risa.

—Haces que parezca muy sencillo.

—Seguramente lo es —contestó ella—. Encuentra la pasta y encontrarás el móvil. Alguien está endeudado hasta las cejas y necesita salir a flote. ¿No?

Él frunció los labios.

—Sí.

—¿No puedes solicitar un mandamiento judicial para revisar las cuentas de las compañías sospechosas?

Él se echó a reír.

—Mira, trabajo para el FBI. Puedo hacer casi todo lo que quiera —le lanzó una mirada severa—. Pero no quiero que vayas por ahí haciendo preguntas. Ya corres bastante peligro.

—Considérame tu ayudante —repuso ella con candor.

Cortez le tocó suavemente el pelo corto.

—Me encantaba largo —dijo.

Ella apartó la mirada.

—Me volví un poco loca cuando recibí ese recorte —confesó—. Me emborraché, me fui de fiesta y acabé en la cama con un tipo al que ni siquiera conocía...

Él cerró los ojos y volvió la cara. Era culpa suya.

¡Culpa suya!

Phoebe deseaba contárselo todo, pero la herida de su abandono estaba aún demasiado fresca. Volvió la cara hacia la ventanilla.

—Ahora soy más mayor y más sabia —dijo—. Supongo que no hay modo de huir del dolor. No queda más remedio que afrontarlo.

Él respiró hondo. No se atrevía a decir lo que estaba pensando. Bastaba con que estuvieran hablando otra vez. No tenía derecho a hacerle recriminaciones.

—Tú no eres la única que actuó irresponsablemente —dijo a regañadientes—. Yo no sabía lo que hacía. Pasaron tantas cosas en tan poco tiempo... Por primera vez en mi vida, no supe qué hacer. Creía que, si me odiabas, te ahorraría sufrimientos.

Ella se rió fríamente.

—Nada de eso.

—Sí. La percepción es una cosa maravillosa —estiró la mano y tomó entre los dedos un mechón de su pelo; sus ojos negros ardían lentamente, llenos de sentimiento, mientras la miraba—. Tenía sueños.

A ella le tembló el labio.

—Yo también —musitó.

A Cortez le dolía la emoción que veía en su rostro. Se miraron, y el dolor se mezcló con un deseo repentino y arrebatador. Phoebe pensó que iba a salírsele el corazón del pecho.

—Estoy muerto de hambre. Ven aquí —dijo él, y la atrajo hacia sí.

La besó bruscamente, sin ternura, como si no fuera a volver a verla nunca más. Ella gimió, indefensa, al primer contacto de sus duros labios. Era como el día anterior, en su despacho, como si sus tres años de separación se hubieran disipado en cuanto Cortez la tocó.

Le rodeó el cuello con los brazos, ajena a la tirantez del cinturón de seguridad y al dolor de su ingle. Devoró sus besos y zozobró en el deseo de fundirse con él.

Cortez soltó los cinturones de seguridad de los dos y la sentó sobre su regazo. Contrajo los brazos para que los pechos de Phoebe se aplastaran contra el suyo. El beso se hacía más lento, más impetuoso, más profundo a cada instante. Sólo se oía el áspero tamborileo de la lluvia sobre el coche y los suspiros ahogados de su respiración mientras se besaban febrilmente.

Él gimió al acariciar con avidez el pequeño seno de Phoebe y sentir el pezón duro en la palma de la mano.

—Jeremiah —jadeó ella en su boca. Ardía de deseo por él y temblaba, indefensa, clavando las uñas en su nuca.

—Tranquila —musitó él, aflojando el abrazo. Levantó la cara y la besó tiernamente en los labios al tiempo que seguía acariciándole el pecho—. Tranquila. No pasa nada. Tengo tantas ganas como tú, Phoebe...

Ella se arqueó y sintió su cálida fortaleza, la dureza de los músculos de su torso. Le encantaban las lentas caricias que sus dedos trazaban sobre su seno. El placer la hacía estremecerse incontrolablemente.

Él le mordisqueó el labio de arriba y luego el de abajo. Entre tanto intentaba meter la mano por debajo de su camiseta bordada. Al fin lo consiguió. Buscó sobre su espalda el cierre del sujetador. Lo abrió. Rodeó con la mano su cuerpo y sintió en la palma el peso de su pecho cálido y terso.

—Qué maravilla —susurró él contra sus labios entreabiertos.

—Qué maravilla —repitió ella, temblorosa, ofreciéndose a su tierna caricia.

Se oyó el ruido de un motor al pararse y una puerta que se cerraba. Pero no se dieron cuenta. Alguien tocó de pronto en la ventanilla. Cortez levantó la cabeza y miró alrededor. Las ventanillas estaban completamente empañadas. No se veía nada fuera. Había una sombra alargada junto al lado del conductor.

—Hay alguien fuera —dijo Phoebe con nerviosismo y, apartándose de él, volvió a su asiento. Le temblaba la mano cuando se echó el pelo hacia atrás.

—Sí —dijo Cortez. Se enderezó la corbata y la chaqueta y bajó despacio la ventanilla.

—El monóxido de carbono puede ser letal —dijo Drake, muy serio.

Cortez parpadeó.

—Gracias por el boletín informativo, ayudante Stewart —contestó en lo que esperaba fuera un tono formal.

—Tenía una mota de polvo —dijo Phoebe—. Jeremiah me estaba ayudando a sacarla.

—¿De dónde? —preguntó Drake, viendo lo descompuesta que llevaba la camiseta.

Ella cruzó los brazos, indignada.

—Eso da igual. ¿Qué quieres?

Él sonrió.

—¿Recuerdas esa maestra que estuvo aquí ayer, la que quería una explicación? —preguntó Drake—. Me ha llamado Marie. Estaba buscándote. Dice que viene para acá para hablar contigo. Supongo que fue ella la que llegó hace unos minutos en el único taxi que hay en el pueblo.

—Oh, no —gruñó Phoebe con la cara entre las manos, imaginando lo que habría visto aquella mujer antes de que se empañaran las ventanillas.

—Marie le ha dicho que se vaya —dijo Drake al cabo de un minuto, riendo—. Pero está dentro, esperándote. Tal vez debas anunciar tu compromiso mientras todavía estás a tiempo de salvar tu empleo.

—No pienso... —empezó a decir Phoebe, avergonzada.

—Sí, lo harás —dijo Cortez con una mirada divertida—. Dile que te lo pedí ayer y que aceptaste. Así te la quitarás de encima.

—Pero eso es muy deshonesto —balbució ella.

Cortez le lanzó una larga y lenta mirada.

—Díselo. De los detalles ya nos ocuparemos más tarde —miró su reloj e hizo una mueca—. Llego tarde. Voy a hablar con ese contratista del que me habló Bennett.

—Ten mucho cuidado —dijo Phoebe al instante.

—Buen consejo —añadió Drake.

—Me voy dentro antes de que las cosas empeoren aún más —murmuró ella, saliendo del coche. Era dolorosamente consciente de que aún llevaba el sujetador desabrochado. Se pasaría por el aseo de señoras en cuanto entrara. No hacía falta darle a la maestra más munición de la que ya tenía.

—Te recogeré a las cinco —le dijo Cortez con firmeza.

Ella se disponía a protestar, pero no encontró motivos para ello. Asintió con la cabeza, sonrió a Drake y entró apresuradamente en el edificio.

Cuando se hubo alejado, Drake se inclinó hacia la ventanilla del conductor. Su buen humor se había disipado de pronto.

—Bennett, el de la constructora, tiene antecedentes —le dijo a Cortez—. Fue arrestado y acusado de violar la ley de aguas por verter disolventes en un arroyo del norte de Georgia, junto con contenedores de pintura y pegamento.

—¿Fue condenado? —preguntó Cortez.

—No. Ni admitió ni negó su culpabilidad, y le concedieron la libertad vigilada. Era su primer delito. Pero en el pueblo todo el mundo sabe que ha invertido hasta el último penique en ese proyecto. Es socio del *Gran Griego*. Por lo visto tuvo que pagar no sé qué indemnización en otro caso y estuvo a punto de arruinarse. No he podido averiguar en qué circunstancias. Pero baste decir que no puede permitirse retrasos en las obras, ni siquiera una semana. Por otra parte, su capataz, ese tal Paso Largo, cumplió condena por robo. Robó algunas piezas de un museo de Nueva York, entre otras cosas. Pasó tres años en prisión.

—Entonces Bennett no está del todo limpio —dijo Cortez, pensando en voz alta—. ¿Por qué contrataría a un ex convicto?

—Porque Paso Largo está casado con su única hermana —contestó Drake. Se miraron con curiosidad—. Bennett es rico. O lo era —añadió Drake.

—Y, por lo visto, Paso Largo no lo es —dijo Cortez—. Si trabaja asalariado, y la hermana de Bennett tiene gustos caros, quizá esté intentando impedir que su jefe lo pierda todo.

—No está mal —dijo Drake con una leve sonrisa—. ¿Alguna vez has pensado en trabajar en la policía? —Cortez le lanzó una mirada esclarecedora—. Pero ¿por qué dispararon a Phoebe? —preguntó Drake.

Los ojos de Drake brillaron, furiosos.

—Quizá porque habló por teléfono con el profesor muerto —hizo una pausa—. Pero eso sólo es una conjetura. Puede sencillamente que se viera atrapada en el fuego cruzado.

—¿Quieres decir que quizá iban por ti?

—Es una posibilidad —Cortez suspiró, irritado—. Si ya ha matado una vez, otra muerte no importa gran cosa, teniendo en cuenta las penas. Pero nada de esto tiene sentido. Un parón en las obras no justifica un asesinato. Tiene que haber algo más. De todas formas voy a ir a hablar con Paul Corland y con el otro constructor. No puedo seguir adelante sin tener todos los datos. Puede que Bennett esté implicado, pero de momento sólo tenemos pruebas circunstanciales.

—Eso parece. Hoy estoy de servicio, si necesitas ayuda —se ofreció Drake.

—Gracias —respondió Cortez sinceramente.

—También le echaré un ojo a Phoebe —sonrió—. No te preocupes —añadió al ver que la cara de Cortez se tensaba—. Yo sé dónde no debo pisar —miró las ventanillas todavía empañadas—. Montárselo en el aparcamiento de un museo, por el amor de Dios. ¿Es que en Oklahoma no tenéis caminos de tierra? En Carolina del Norte tenemos a montones.

—Ya sabes lo que puedes hacer con tus caminos de tierra

—dijo Cortez amablemente mientras arrancaba—. Yo me voy a trabajar.

—Yo también. Ten cuidado.

—Lo mismo digo.

Phoebe salió del aseo y entró en su despacho sigilosamente, confiando en tener un respiro. Pero no fue así. Unos segundos después, Marie, que parecía preocupada, condujo a una elegante señora a su despacho y huyó despavorida.

La señora parecía nerviosa. Sus ojos se movían constantemente. Tenía el pelo rubio, los ojos azules y una bonita figura. Llevaba un traje de diseño que parecía demasiado caro para el bolsillo de una maestra de escuela.

—Soy Marsha Mason —comenzó a decir—. Estuve aquí ayer —titubeó—. Doy clase en un colegio. Le dije a su ayudante que quería hablar con usted sobre cierto asunto de índole moral...

—Soy Phoebe Keller —se apresuró a decir Phoebe—. Lamento lo que vio usted ayer en mi despacho. Mi... novio acababa de pedirme que me casara con él —prosiguió.

—¿Su novio? —la otra pareció confusa.

—Eh, sí —contestó Phoebe con una sonrisa forzada—. Nos conocemos desde hace tres años, pero hemos estado un tiempo separados... Él es agente del FBI.

La otra pareció dar un respingo, pero su rostro permaneció en calma.

—¿Ah, sí? Entiendo.

—Soy muy consciente de cuáles son mis responsabilidades —dijo Phoebe suavemente—. Pero las circunstancias eran... especiales.

—Eso parece —la otra frunció el ceño—. No lleva usted

anillo de compromiso —añadió, fijándose en el dedo anular de Phoebe.

—Todavía no —contestó Phoebe con una sonrisa tímida—. Mi novio es muy impulsivo.

La maestra se aclaró la garganta.

—Bueno, dadas las circunstancias, supongo que es comprensible. Pero en el futuro...

—No volverá a ocurrir —dijo Phoebe resueltamente—. ¿Puedo hacer algo más por usted?

La otra titubeó.

—No. Sí —se corrigió al instante—. He visto que tienen ustedes una notable colección de piezas paleoindias. La figura de la vitrina central es... especialmente llamativa. ¿Puedo preguntar dónde la adquirieron?

Phoebe frunció el ceño. Era una pregunta muy extraña.

—¿Por qué?

La otra vaciló de nuevo, como si intentara dar con una respuesta. Por fin apretó los dientes.

—Hará un año hubo un robo en un museo de Nueva York —dijo solemnemente—. No pretendo acusarla, ni nada por el estilo, pero yo... eh... daba clases cerca del museo y a menudo llevaba allí a mis alumnos. Vi fotografías de las piezas robadas. Una de ellas se parecía a esa figura de la vitrina central.

Phoebe se sintió desfallecer, pero logró salvar las apariencias. Se había olvidado de aquella pieza en particular. Llevaba allí menos de un mes. Se la había ofrecido un tratante de arte y ella había llevado al tratante ante la junta directiva del museo para proponer la compra. Los patronos habían aprobado su adquisición por una suma respetable. Pero Phoebe no quería decírselo a la maestra antes de hablar con Cortez.

Era extraño que aquella mujer hubiera sacado a colación el tema. A decir verdad, tampoco parecía la típica maestra de escuela. Su bolso y sus zapatos eran de diseño, igual que el traje, no había duda. Y el módico sueldo de una maestra no daba para tanto.

—Qué interesante —dijo Phoebe con fingida sorpresa—. Yo he visto un par de figuras parecidas durante los últimos años. Aunque una de ellas era una falsificación, claro.

Los ojos de la otra se aguzaron.

—La suya no parece falsa.

Phoebe levantó las cejas.

—¿Estudió usted arqueología? —preguntó con curiosidad.

—Tengo ciertos conocimientos sobre piezas arqueológicas —respondió la otra rápidamente—. Hay gente que se dedica a saquear yacimientos arqueológicos en busca de piezas valiosas, ¿sabe? —añadió.

El rostro de Phoebe se nubló.

—En efecto —respondió—. Para un auténtico arqueólogo, los saqueadores son la forma más rastrera de vida que existe.

La otra levantó las cejas.

—Y, sin ellos, ¿cómo conseguirían sus tesoros museos como éste?

—Legalmente —contestó Phoebe, cortante—. Gracias a arqueólogos que donan sus hallazgos a museos a través de los cauces legales. Le aseguro que esa figura procede de una fuente respetable, un tratante de arte de Nueva York. La pieza estaba perfectamente documentada. Al parecer, procede de Cahokia y estaba en poder de un coleccionista privado que murió.

—Qué interesante —la otra titubeó—. Mi colegio querría añadir unas cuantas piezas poco costosas a nuestra colección, para nuestra vitrina de exposición. ¿Tiene usted el nombre de ese tratante?

Aquello era cada vez más extraño, pensó Phoebe, y parpadeó.

—Me dio una tarjeta de visita, pero al parecer la he perdido —dejó escapar una breve risa—. Sin embargo, creo que lo reconocería en cualquier parte. Hasta en medio de una multitud. Tal vez pueda llamar a su galería y preguntar de su parte. Ese número sí lo tengo anotado en el expediente de compra...

La mujer había palidecido.

—Pensándolo mejor, no creo que podamos permitírnoslo. Quizá, si se enterara de alguna excavación por aquí cerca, podría avisarme. Así podría pedirles a los arqueólogos algunos trozos de cerámica.

—Es una posibilidad —contestó Phoebe.

—Olvide lo que le he dicho sobre la figura —dijo remilgadamente la señorita Mason—. Estoy segura de que sus piezas no proceden de fuentes sospechosas.

—Ni siquiera se me ha ocurrido pensar que estuviera acusándonos —repuso Phoebe con una sonrisa.

La señorita Mason sonrió a su vez, pero la sonrisa no alcanzó sus ojos azules.

—Bueno, entonces, me voy. Enhorabuena por su compromiso, por cierto.

—Gracias —contestó Phoebe.

—¿Está... está segura de que ese tratante de arte era honrado? —preguntó la rubia de repente, y se sonrojó al ver la mirada recelosa de Phoebe.

—Desde luego —mintió Phoebe.

—Bueno, entonces... —la rubia sonrió débilmente, salió del museo y montó rápidamente en el taxi que la esperaba fuera.

Phoebe la observó marchar, pero no sintió el alivio que esperaba por haber zanjado aquel incidente antes de que pusiera en peligro su empleo. La señorita Mason había hecho un comentario preocupante acerca de aquella figura. Phoebe iba a decírselo a Cortez. Pero primero tendría que revisar sus archivos y seguir la pista de aquella pieza.

Miró de nuevo en silencio la figura de la vitrina.

Phoebe revisó cuidadosamente sus archivos en busca de los datos del individuo que les había vendido la figura. La tarjeta de visita que le había dado no se había perdido, en realidad. Phoebe se lo había dicho a aquella tal señorita Mason porque le parecía sospechosa.

Pero la tarjeta de visita no resultó ser lo que esperaba. Llevaba el nombre de aquel individuo (Fred Norton) y su dirección, así como el nombre de su galería de Nueva York. Pero no había en ella teléfono alguno.

Movida por un impulso, Phoebe marcó el número de información y dio el nombre de la galería. La operadora le dijo que no figuraba en el listín. Había, sin embargo, una galería de nombre parecido, así que Phoebe llamó y preguntó por Norton. Le dijeron que allí no trabajaba nadie con ese nombre.

Colgó y se quedó mirando el teléfono pensativamente. ¿Y si el hombre que le había vendido la figura era el mismo que la había robado?

Phoebe llamó al colegio donde la maestra le había dicho que trabajaba. Preguntó por la señorita Mason y esperó mientras la avisaban.

—¿Señorita Mason? —preguntó cuidadosamente.

—Sí, ¿en qué puedo ayudarla? —contestó una voz desconocida.

—Soy Phoebe Keller, del museo de Chenocetah —se presentó Phoebe—. Quería contestar a una pregunta que me hizo durante nuestra conversación de esta mañana en mi despacho.

Hubo una larga pausa.

—Disculpe, pero debe de haberse equivocado de número. Yo no he estado nunca en su museo.

—Pero su clase estuvo aquí ayer —dijo Phoebe.

—Fue la clase de otra profesora —respondió con suavidad la otra mujer—, no la mía. Yo estaba con gastroenteritis. He vuelto hoy a clase.

Phoebe se quedó mirando su mesa sin verla.

—Pero esa mujer me dijo que se llamaba Marsha Mason —repuso.

—Eso es imposible —contestó la otra, preocupada.

Por lo visto, lo era. Pero Phoebe estaba dispuesta a agarrarse a un clavo ardiendo.

—¿Podría decirme el nombre de la profesora que estuvo aquí ayer?

—Un momento, por favor —se oyeron unas voces sofocadas y la señorita Mason volvió a ponerse al teléfono—. ¿Sigue ahí, señorita Keller?

—Sí —contestó Phoebe.

—Constance Riley llevó a sus alumnos de primer curso al museo. Yo, desde luego, no fui —contestó—. Creo que debería informar a la policía de este asunto. No me gusta la idea de que alguien vaya por ahí haciéndose pasar por mí —añadió con ansiedad.

—Es muy extraño.

—Eso mismo pienso yo. Creo que lo mejor será informar a las autoridades. Pueden contactar conmigo si necesitan hacer alguna comprobación.

—Gracias, señorita Mason.

—No, gracias a usted, querida —repuso la otra con calma—. No me habría enterado si no llega usted a llamar.

—No hay de qué.

Phoebe colgó, cada vez más preocupada. Le había dicho a su misteriosa visitante que sería capaz de reconocer al hombre que le vendió la figura si volvía a verlo. ¿Y si aquella mujer estaba compinchada con él y había ido al museo con la sola intención de averiguar qué sabía ella? Se dejó caer en la silla, sintiéndose amenazada.

Cortez localizó a Paul Corland en su zona de obras, donde estaba supervisando la colocación de ferralla. La obra no estaba muy lejos de la de Bennett.

Corland era un hombre alto y de aspecto rudo, con los ojos oscuros y el pelo rubio. Cortez le mostró su insignia del FBI.

—Me llamo Cortez —dijo—. Le agradecería que me dedicara unos minutos.

—Ya les he explicado a las autoridades que alguien saboteó un cargamento de acero —dijo Corland, irritado. Se quitó un momento el sombrero rígido para secarse el sudor de la frente y volvió a ponérselo con brusquedad. Parecía enfurecido—. ¡Yo no engaño con las vigas de sujeción! —gruñó—. Puede que mi historial no sea impecable, pero le aseguro que lo que ocurrió en Charleston no fue culpa mía.

—No he venido por eso —contestó Cortez con calma—. Quiero saber si ha visto algo sospechoso por aquí en las últimas semanas.

—¿Puedo saber qué está buscando? —preguntó él otro sin miramientos.

—Estoy investigando un asesinato —contestó Cortez con idéntica franqueza.

El otro ladeó la cabeza.

—El arqueólogo, ¿no? —preguntó.

Cortez levantó las cejas.

—Sí.

—Vino a verme —le dijo a Cortez—. Decía no sé qué tonterías sobre unos restos antiguos que alguien había desenterrado. Creía que habíamos sido nosotros. Pretendía entrar en una cueva de por aquí. No le dejé.

—¿Por qué?

—Porque no puedo permitirme parar las obras, y menos aún por una idiotez como ésa —contestó él otro fríamente—. Las demandas que tuvimos que afrontar en Carolina del Sur nos dejaron endeudados hasta las cejas. Mis hombres están haciendo horas extras para intentar ponernos al día. En el último cargamento de acero nos mandaron de menos. Todavía estoy esperando que llegue lo que falta, y llamo todos los días para saber por dónde va el camión.

—¿Dónde está la cueva? —inquirió Cortez.

—No pienso decírselo —respondió Corland hoscamente.

Cortez lo calibró con la mirada.

—Yo no hago amenazas —dijo con frialdad—. Pero, si quiere que se paren las obras, va por buen camino. Estoy buscando a un asesino. Pasaré por encima de usted si es necesario. Lo único que necesito es una orden de registro y un par de periodistas —Corland soltó un improperio—. Eso no va a servirle de nada —continuó Cortez. Había una fría determinación en su rostro—. No le conviene tenerme por enemigo.

—Un agente del FBI, ¡vaya cosa!

—Trabajé varios años como fiscal del estado —le informó Cortez.

Era una amenaza velada, y dio resultado. Los labios de Corland se afinaron hasta formar una línea.
—¿Qué cree que va a encontrar?
—No lo sé. Puede que nada. Si es así, no volverá a verme.
—Eso sí que es un incentivo —replicó sarcásticamente Corland—. Le llevaré a la cueva.

Cortez se adentró tras él en el bosque que había junto al complejo en construcción y subió por un lecho de rocas que llevaba a dos cuevas.
—Espere aquí —le dijo Cortez. Se agachó y se puso a buscar pistas.
—¿Está buscando pistas? —preguntó Corland abruptamente.
—Sí.
Corland se hizo a un lado y se acercó a la otra cueva.
—Yo soy cazador —dijo, agachándose—. Puedo seguir el rastro de un ciervo por las rocas.
Cortez lo miró.
—Si encuentra algo, grite.
El otro asintió con la cabeza.
Tardaron media hora en llegar a la entrada de las cuevas. Pero no había pisadas, ni siquiera en el suelo arenoso que había bajo los lechos de roca salientes.
—Nada —dijo Cortez por fin—. Apostaría mi vida por ello.
—Lo mismo digo.
Cortez se volvió.
—Gracias por su ayuda.
Corland asintió con la cabeza y Cortez dio media vuelta para regresar a su coche.
—Espere un segundo —dijo Corland de repente—. Hay

más cuevas justo al sur del pueblo –le dijo–. Ben Yardley está levantando un hotel allí. Lo sé porque el jefe de obra vino a verme a la hora de comer hace un par de días para hablarme de un empleado. Dijo que había visto movimiento en su obra a altas horas de la noche y que vio pasar un todoterreno a toda velocidad. Quería saber si era uno de mis chicos que estaba tramando algo. Parece que la reputación lo sigue a uno de por vida –añadió con amargura.

Cortez volvió a acercarse a él con el ceño fruncido.

–¿Uno de sus chicos?

–Hace un par de días despedí a un tipo por escaquearse del trabajo –dijo–. Fue a ver a Yardley en busca de trabajo. Su jefe de obra me preguntó por qué lo había despedido, y se lo dije.

Cortez sacó una libreta y un bolígrafo.

–¿Conduce un todoterreno? –murmuró–. Necesito su nombre.

–Fred Norton –dijo Corland–. Conduce un todoterreno Ford último modelo de color negro.

Cortez tomó nota.

–¿Sabe si Yardley lo contrató?

–Corren tiempos difíciles. Nadie se arriesga a contratar a un vago –contestó Corland con indiferencia–. De todas formas, no sé si Norton quería el trabajo. No era un buen peón, según dice mi capataz. Se pasaba el día holgazaneando hasta que se iba a casa.

–Gracias –dijo Cortez–. Le dejo en paz. No volveré. Pero, si se le ocurre algo más, llame a la oficina del sheriff y pregunte por el ayudante Stewart. Él se pondrá en contacto conmigo.

–Lo haré –contestó Corland.

Cortez inclinó la cabeza y se marchó. Le caía bien Corland, a pesar de lo que Bennett le había contado de él. Iría a ver a ese tal Yardley y seguiría indagando sobre las cuevas.

Bob Yardley tenía unos sesenta años, era bajito y calvo y derrochaba energía. Le estrechó con firmeza la mano a Cortez y sonrió.

—Apuesto a que ha venido por lo de ese asesinato —dijo—. ¿Me equivoco?

La disciplinada boca de Cortez se alzó por la comisura.

—Buena deducción.

—De joven fui policía —contestó Yardley—. Pero en la construcción pagan mejor. Siéntese.

Cortez se dejó caer en una cómoda silla frente a la mesa del constructor.

—Tengo entendido que hay una cueva en su zona de obras —comenzó a decir.

—En la montaña hay muchas, pero aquí sólo hay una. Últimamente ha venido alguien a visitarla de madrugada —le dijo Yardley—. Iba a llamar a la policía, pero no llegué a ver al que merodeaba por ahí. Y, a fin de cuentas, no tocaron nada en la obra.

—¿Le dijo a Corland que el intruso conducía un todoterreno? —preguntó Cortez.

—Sí. Era oscuro, pero no lo vi muy bien.

—¿Cuántas veces lo ha visto por aquí?

—Yo sólo una, una vez que vine a la oficina a recoger unos papeles. Pero uno de mis hombres vio movimiento por ahí fuera hará un par de días —hizo una mueca—. Con lo que sé ahora, creo que debió de ser la noche que mataron a ese hombre.

—Si sabía que había una posible relación, ¿por qué no alertó a las autoridades? —preguntó Cortez.

—No quería ponerles tras una pista falsa por si me equivocaba —explicó encogiéndose de hombros.

A Cortez se le aceleró el pulso.

—Me gustaría echar un vistazo a la cueva.

—Claro. Lo llevaré en mi coche.

—Gracias.

A la cueva se entraba por otro lado del bosque. En aquella parte abrupta y pedregosa de Carolina del Norte no había muchas zonas llanas donde construir. El camino atravesaba un pequeño puente de madera y se convertía luego en una vereda en pendiente abierta por las ruedas de los coches.

—Pare aquí, si no le importa —le dijo Cortez a Yardley.

El constructor detuvo su camioneta y apagó el motor.

Cortez salió, se agachó y empezó a buscar pistas. Había muchas. Entre ellas, las huellas de unos neumáticos a los que les faltaba un surco vertical. El corazón le dio un vuelco. Había dado en el clavo.

Abrió su teléfono móvil y llamó a su unidad.

—Daos prisa —le dijo a la jefa de técnicos—. Os espero aquí.

—Vamos para allá —contestó ella, y colgó.

—Ha encontrado algo, ¿verdad? —preguntó Yardley.

Cortez sonrió.

—Sí, creo que sí.

Los técnicos recogieron las pruebas, hicieron moldes de escayola de las marcas de los neumáticos y hasta intentaron sacar las huellas del terso lecho de granito que había a la entrada de la cueva. En el interior de ésta había indicios de movimiento, pero por lo demás la búsqueda resultó decepcionante. No encontraron restos humanos.

Había, en cambio, salpicaduras de sangre en las piedras

del interior de la cueva. Los técnicos procuraron obtener todas las muestras que pudieron empleando una sierra de diamante para cortar la sección de roca donde estaban las gotas.

—Cuánto trabajo para una sola prueba —murmuró Yardley, al que interesaba tanto la moderna ciencia forense que no se había movido de allí.

Cortez señaló a la jefa de técnicos, que estaba supervisando el funcionamiento de la sierra.

—Ésa es Alice Jones —dijo—. La he visto extraer paredes enteras, y hasta suelos, para obtener pruebas. En Texas es toda una leyenda.

Yardley sacudió la cabeza.

—Desde luego es minuciosa. En mi departamento, hace muchos años, también había gente muy buena —levantó la mirada—. Parece que lo mataron aquí. ¿Usted qué cree?

Cortez sonrió.

—Sabe que no puedo contestarle a eso. Ya veremos qué dicen las pruebas.

Pero, en el fondo, Cortez estaba de acuerdo con el ex policía.

Era ya de noche cuando Cortez volvió al pueblo. El museo estaba a oscuras, y por un momento temió que Phoebe hubiera regresado sola a su cabaña. Pero cuando llegó al motel, la encontró sentada en su cama, leyéndole un cuento a Joseph.

Cortez entró en la habitación y volvió a guardarse la llave en el bolsillo.

—¿Qué hacéis en mi cuarto? ¿Dónde está Tina?

—Drake tenía la noche libre y quería ver una película de ciencia ficción que acaban de estrenar, así que se ha llevado a Tina. Yo estoy haciendo de niñera —añadió con una sonrisa—. ¿Qué tal te ha ido?

—Encontramos una cueva y creemos que fue allí donde mataron a la víctima. Hemos encontrado pruebas —añadió cansinamente. Se dejó caer en la cama, junto a ellos, y se tumbó—. ¡Dios, qué cansado estoy!

—¿Has comido?

—No he tenido tiempo —murmuró él.

—Tenemos pizza —dijo Phoebe—. La trajo Drake. Dijo que tendrías hambre y que no te apetecería salir.

Él giró la cabeza y la miró.

—¿Lo animaste tú? —preguntó.

Ella sonrió.

—Sabía que estarías cansado —contestó—. Joseph, siéntate con papá mientras le preparo la cena, ¿vale?

—Vale, Bebe —murmuró el niño. Se acercó a gatas a Cortez y le dio unas palmadas en el pecho—. ¡Hola, papi!

—Hola, hijo —Cortez tomó al niño entre sus brazos y le dio un beso—. ¿Has sido bueno?

—Sí —dijo Joseph con una amplia sonrisa.

A Phoebe no dejaba de asombrarla verlos juntos. Nunca se había imaginado a Cortez con un niño, pero él se comportaba con toda naturalidad. Quería al niño y se le notaba. El sentimiento era mutuo, evidentemente. Saltaba a la vista que Joseph adoraba a su padre.

Cortez sintió sus ojos clavados en él y la miró con una sonrisa.

—No sabías que pudiera ser así, ¿eh? —murmuró con sorna.

—Yo no he dicho una palabra —protestó ella.

Abrió la caja de la pizza, sacó dos porciones calientes y las puso en un plato de papel.

—¿Qué quieres beber?

—¿Hay cerveza? —murmuró él.

—¿Bebes cerveza?

—De vez en cuando, cuando estoy muy cansado —confesó él, pasando las piernas por encima del borde de la cama—. Ha sido un día muy largo.

—Sí —dijo Phoebe, y le dio el plato y una cerveza del minibar.

Volvió a sentarse en la cama con Joseph mientras Cortez se comía la pizza sentado a la mesa.

—La presunta maestra que vino a verme esta mañana era una impostora —dijo. Cortez dejó de beber.

—¿Qué?

—Llamé al colegio donde me dijo que trabajaba, pero no conocían a la mujer por la que pregunté. Nunca ha estado allí. No sabían quién era —hizo una mueca—. Me preguntó por una figura y me habló de un robo reciente en un museo de Nueva York. Hasta me dijo que la figura se parecía a una que robaron.

Él frunció el ceño.

—¿Te dijo algo más?

—No, pero también busqué al tratante de arte que nos vendió la figura hace un mes. La tarjeta que me dio era de pega. Ni la galería ni la persona existen —titubeó—. Le dije a esa mujer que reconocería al tratante si volvía a verlo —Cortez dejó la cerveza sobre la mesa dando un golpe—. Sé que fue una estupidez —reconoció ella—. Pero en ese momento creía que era una maestra. Hasta me dijo que quería hablar con él para comprar unas piezas para la exposición del colegio —se apartó el pelo con nerviosismo, sintiéndose como una idiota. Estaba asustada y se notaba.

—Tú no podías saberlo —dijo él con suavidad—. Ven aquí —Phoebe se acercó a él, la sentó sobre sus rodillas y la besó suavemente—. Todos cometemos errores. Hasta los agentes del FBI —añadió con una cálida sonrisa.

Ella sonrió y se inclinó para besarlo. Le encantaba la súbita intimidad de su relación. Se sentía ya como si formara parte de él.

—¡Bebe está besando a papá! —rió Joseph.

Phoebe levantó la cabeza e hizo una mueca.

—Chivato —dijo, mirando al niño.

—Tiene las orejas muy grandes —murmuró Cortez—. Y los ojos aún más grandes.

Ella se levantó y volvió con Joseph. El niño la abrazó y le dio un beso en la mejilla.

—¡Yo también beso a Bebe! —rió.

Phoebe lo abrazó con fuerza y lo besó.

—Eres un rompecorazones —dijo.

Cortez se echó a reír mientras acababa de comer.

—Voy a darme una ducha rápida, si puedes quedarte con Joseph —le dijo mientras se soltaba la larga melena.

—Claro que sí —le aseguró ella—. Le estoy leyendo cuentos sobre los cherokees.

Él la miró con dureza.

—Sería más apropiado que le leyeras leyendas comanches.

—No tengo —contestó ella con un suspiro—. Esto no es precisamente territorio comanche —añadió de mala gana.

Él sonrió.

—Está bien. No tardaré.

De camino al baño se quitó todo, menos los pantalones, y Phoebe hizo lo posible por no mirar cuando se despojó de la camisa. Cortez tenía un cuerpo magnífico, musculoso, moreno y sensual. Su amplio pecho estaba ligeramente cubierto de vello.

Él notó su mirada embelesada y se volvió hacia ella levantando una ceja.

Phoebe necesitaba una excusa para mirarlo boquiabierta. Se aclaró la garganta.

—Creía que los indios no tenían pelo en la cara ni en el pecho.

—Mi bisabuelo era español —le recordó él con una sonrisa irónica.

—Lo había olvidado.

Cortez la miró casi con avidez. Sus ojos negros codiciaban la esbelta figura de Phoebe, oculta bajo unos pulcros vaqueros y un jersey amarillo de manga larga y cuello de pico que realzaba su tez rubicunda.

—Estás muy guapa, Phoebe —dijo en voz baja.

Ella se sonrojó y se echó a reír, azorada.

—No me tomes el pelo.

Cortez se acercó a ella y la levantó de la cama, estrechándola en sus brazos.

—No tienes ni pizca de ego, ¿verdad? —preguntó con voz áspera—. Eres maravillosa, Phoebe —añadió con los ojos fijos en su boca—. Irresistible, de hecho.

Ella abrió la boca para hablar, pero Cortez la besó y la obligó a abrir los labios al tiempo que le agarraba las manos y se las posaba sobre el vello de su pecho.

—¡Papá está besando a Bebe! —canturreó Joseph.

Cortez la soltó al instante y rompió a reír a carcajadas.

—Adiós a la intimidad —dijo, apartándose—. No es el momento, ni el lugar.

Phoebe lo vio alejarse con el corazón acelerado. Era la primera vez que lo tocaba así, y su cuerpo palpitaba, lleno de deseos inesperados.

—¡El cuento, Bebe! —dijo Joseph, impaciente, y se sentó en medio de la cama con el libro que le estaba leyendo Phoebe. La letra era muy grande, y era una suerte, porque Phoebe se había dejado las gafas de leer en la mesa de su despacho.

Volvió a sentarse en la cama.

—Está bien —dijo con una sonrisa mientras sentaba al niño en su regazo—. Ven aquí. Vamos a acabar de leer esto.

Había una película de dibujos animados puesta. Phoebe la veía con Joseph mientras Cortez trabajaba en su ordenador portátil, conectado a internet.

Él no decía nada, pero sus manos se movían sin cesar. De vez en cuando, Phoebe se descubría mirándolo a hurtadillas mientras trabajaba. Él tenía el pelo suelto y muy limpio. Llevaba una camiseta negra, unos pantalones de chándal del mismo color e iba descalzo. Estaba muy sexy.

Joseph se quedó dormido y Phoebe lo acostó con cuidado en la cama, lo arropó y se tumbó a su lado mientras Cortez seguía con su trabajo.

Largo rato después llamaron a la puerta. Cortez abrió y Tina asomó la cabeza.

—Siento llegar tarde. Había muchísima gente —susurró, mirando a Phoebe y a Joseph—. Puedo llevarme a Joseph...

—Joseph y Phoebe se quedan aquí esta noche —dijo Cortez en voz baja—. Tengo que hablar de unas cosas con Phoebe. Joseph puede dormir con ella en la otra cama.

Tina lo miró extrañada.

—Ha pasado algo, ¿verdad? —preguntó, preocupada.

—Sí —contestó—. Cierra tu puerta con llave y, si oyes algo fuera de lo normal, golpea la pared con todas tus fuerzas. ¿Entendido?

Ella hizo una mueca.

—Drake me dijo que estaba pasando algo, pero no quiso contarme qué. Tú tampoco me lo vas a contar, ¿verdad?

—No puedo, cariño —Cortez sonrió—. ¿Te lo has pasado bien?

Ella tenía una mirada soñadora.
—Sí. Drake es muy simpático.
Cortez ladeó una ceja.
—¿Y el policía de Ashville? —preguntó con sorna.
Ella hizo una mueca.
—¡Uf!
—Lo siento —dijo él—. Pero no te preocupes. Eres soltera.
—Sí, lo soy —dijo ella, inquieta, mirando de reojo a Phoebe—. Pero Drake y yo sólo somos amigos —añadió rápidamente.
—Claro —dijo su primo.
Tina saludó a Phoebe con la mano y ella le devolvió el saludo.
—¿Sabe que va a dormir aquí esta noche? —le preguntó en voz baja a Cortez, porque Phoebe estaba viendo la película y no prestaba mucha atención a la conversación.
—Aún no —reconoció él con una sonrisa—. Pero no pasa nada. Le prestaré una camiseta.
Tina sonrió, dijo buenas noches y volvió a su cuarto.

Cuando acabó la película, Phoebe se levantó y apagó el televisor. Miró a Joseph, que dormía profundamente en la cama de Cortez.
—Supongo que debería irme a la cama —dijo, aunque parecía extrañamente remisa a marcharse.
Cortez apartó la mirada del ordenador y se levantó.
—Le he dicho a Tina que vais a dormir aquí esta noche. Puedes dormir en la otra cama. Tengo una camiseta de sobra —sonrió suavemente—. Teniendo en cuenta la diferencia de estatura, te llegará a las rodillas.
Ella escudriñó en silencio sus ojos negros.
—¿Qué me estás ocultando?

—Drake recordó que había visto un todoterreno negro aparcado al final del camino de tu casa el día que te enseñó a disparar —dijo él.

—Sí —contestó ella enseguida—. Pensaba decírtelo, pero el hombre que había dentro estaba mirando un mapa. Pensé que era un turista que se había perdido.

—El sospechoso conduce un todoterreno negro, Phoebe —contestó él—. Y tú eres la última persona que habló con la víctima.

Ella dejó escapar un suave silbido.

—Madre mía.

—Podría ser peor —dijo él—. Pero estás bien protegida.

—No debí hablarle de ese tratante a esa mujer —dijo ella, apesadumbrada—. Ni decirle que podría reconocerlo en cualquier parte.

Cortez entornó los ojos, pensativo.

—Es curioso que te hablara de un robo —dijo—. Puede que fuera cómplice del ladrón y que ahora haya ciertas diferencias de opinión entre ellos. Quizá te habló de él para que les dieras su nombre a las autoridades y de ese modo implicarlo en el caso.

—¿No hay honor entre ladrones? —se preguntó ella.

—Depende de cuánto dinero esté en juego, según mi experiencia —contestó él—. Si ese hombre es un ladrón, puede que también sea un asesino. Tal vez ella esté implicada y no quiera que la acusen también de complicidad en un crimen. A muchas mujeres no les atrae la vida en prisión.

—En eso tienes razón.

Él se acercó a la cómoda, abrió un cajón y sacó una camiseta negra limpia. Se la dio a Phoebe.

—Todavía tengo que trabajar un rato. ¿Por qué no te acuestas con Joseph e intentas dormir un poco?

—¿Está puesto el despertador? —preguntó ella.

Cortez asintió con la cabeza.

—Me aseguraré de que llegues a tiempo a trabajar —le prometió.

—Gracias.

Phoebe entró en el cuarto de baño y se dio una ducha rápida. Se secó el pelo con el secador del motel y se puso la camiseta. Le quedaba tan grande que parecía tragársela. En realidad, parecía más un vestido holgado que una camiseta. Se echó a reír mientras recogía su ropa y volvía a la habitación.

Cortez seguía concentrado en la pantalla del ordenador. Phoebe le lanzó una mirada ávida antes de tumbarse junto a Joseph y taparse con las mantas. El niño se acurrucó entre sus brazos. Phoebe cerró los ojos. El suave aliento de Joseph la reconfortaba.

Algo la despertó de madrugada. Joseph seguía durmiendo boca abajo al otro lado de la cama. Cortez estaba sentado al borde, junto a ella, y la miraba pensativo en la penumbra de la habitación.

Phoebe se tumbó de espaldas y lo miró, soñolienta.

—¿Ocurre algo? —preguntó.

—Ha habido otro ataque —dijo él en voz baja—. Tengo que irme. Voy a decirle a Tina que venga a quedarse contigo mientras estoy fuera.

—¿A quién han herido esta vez? —preguntó ella.

—Aún no lo sabemos. Ha sido en la obra de Bennett —se inclinó y le apartó el pelo con delicadeza—. Llama a Drake y dile que te lleve al trabajo. No quiero que vayas sola.

—Está bien —prometió ella. Le acarició la mejilla y sintió el olor de su cuerpo limpio en la camiseta que él llevaba—. Ten cuidado —añadió con voz ronca.

Él exhaló un largo suspiro y se inclinó para besarla con ansia. Ella se derritió de inmediato, le rodeó el cuello con los brazos y abrió los labios, ofreciéndose a él.

Cortez lamentaba vagamente que Phoebe hubiera perdido la virginidad por culpa de su traición, pero quizá no fuera tan malo que tuviera experiencia. Así no le dolería la primera vez.

Con eso en mente, deslizó las manos bajo la camiseta y se la quitó al tiempo que la atraía hacia sí. Se detuvo para quitarse la suya y luego la besó de nuevo, apretando sus senos desnudos contra su torso con agónico placer.

—Jeremiah... —susurró ella, estremecida.

Las grandes manos fibrosas de Cortez se movieron arriba y abajo sobre su espalda desnuda, atrayéndola hacia sí mientras la besaba con ansia.

—Me encanta sentir tus pechos —murmuró contra su boca.

Ella sabía que se estaba sonrojando, pero no le importaba. De todos modos, él no podía verla.

Cortez le tocó los pechos y le acarició con suavidad los pezones. Phoebe dejó escapar un gemido. Él levantó la cabeza y de pronto la tumbó en la cama, de espaldas, y le sujetó las manos junto a la cabeza mientras miraba fijamente sus pechos desnudos.

Ella se estremeció. El momento era explosivo. Phoebe se removió, inquieta y ansiosa, sobre la cama.

Él miró sus braguitas rosas y sus largas y esbeltas piernas. Exhaló un brusco suspiro.

—No sabes las ganas que me dan de quitarte las bragas y hacerte mía aquí mismo.

Ella entreabrió los labios y dejó escapar un gemido.

—Pero Joseph...

Cortez miró al niño dormido y sus labios formaron una fina línea. Respiró hondo y volvió a mirarla. Le soltó las muñecas y le acarició los pechos con avidez. Ella se arqueó, indefensa, y gimió de nuevo.

—Tú tienes experiencia. Y yo también. No hay razón

para que no lo hagamos. Pero esta noche no puede ser —logró decir con visible fastidio—. Pero pronto, Phoebe, voy a hacerte mía. Voy a hacerte gritar de placer. Voy a hacer que me claves las uñas en la espalda mientras te poseo. Cuando acabe, no podrás olvidarlo nunca.

Ella se estremeció. ¿Qué había dicho él de que tenía experiencia? No la tenía, pero él no lo sabía. Y ella tampoco quería decírselo. Las palabras de Cortez inflamaban sus sentidos. Deseaba quitarse la ropa y que se tumbara sobre ella, sentir su cuerpo endurecido por el deseo, saborear su boca.

Él se inclinó y le besó los pechos con exquisita ternura, disfrutando del involuntario movimiento de su cuerpo juvenil y de los suaves gemidos que escapaban de su garganta.

—Eres preciosa, Phoebe —susurró al levantar la cabeza—. Y de un modo u otro, antes de que acabe esta investigación, dormirás en mis brazos.

Cortez se reunió con su equipo en la zona de obras de Bennett. En el despacho de Bennett había sido hallado inconsciente un hombre al que habían propinado una brutal paliza. Era Paso Largo, el capataz, y estaba cubierto de polvillo. Los técnicos metieron en bolsas su ropa y sus botas antes de que una ambulancia se lo llevara al hospital. Según los últimos partes médicos, se hallaba en estado crítico.

–Un policía fuera de servicio que pasó por aquí vio las luces encendidas y se extrañó –Alice Jones, la técnica criminalista, señaló al policía vestido con vaqueros–. Las pruebas indican que no le atacaron aquí –le dijo a Cortez con aplomo.

–¿Qué crees que ocurrió? –preguntó él.

Alice exhaló un largo suspiro y entornó un ojo.

–Utilizaron una piedra o algo parecido para golpearlo en la cabeza.

Cortez achicó los ojos.

–¿Y el polvo de la ropa?

Ella se inclinó hacia la ropa de la víctima y la olfateó.

–No es superficial –dijo casi para sí misma–. Huele a

humedad. Ha estado cavando, o puede que bajo tierra. Los zapatos están mojados —añadió, mirando los restos de barro y agua seca de las botas de cuero—. Y tenía telarañas en el pelo —recordó la sangre seca y las telarañas—. Yo diría que ha estado en una cueva, cerca de un cauce de agua.

A Cortez le dio un vuelco el corazón y se levantó. Le pidió prestada una linterna a uno de los patrulleros de la policía local de Chenocetah.

—Voy a ir a dar un paseo por el monte —le dijo a Alice—. Necesito refuerzos —añadió mirando a los tres hombres, a los que casi les doblaba la edad.

—Yo voy con usted —dijo el policía fuera de servicio que le había prestado la linterna, un joven alto y rubio que iba en vaqueros—. Dawes —añadió mirando a uno de sus compañeros de uniforme—, préstame tu linterna, ¿quieres?

—Espera —dijo Dawes—, tengo una de sobra en el coche.

—No tardaremos. Dawes, deme el número de su móvil —dijo Cortez, que sabía que la policía local disponía de teléfonos móviles desde hacía poco tiempo debido a que sus equipos de comunicación estaban muy desfasados.

Dawes se lo anotó en un trozo de papel que arrancó de su libreta.

—Si no lo llamo cada quince minutos, vayan a buscarnos —le dijo Cortez, muy serio. Le explicó a Dawes cómo llegar a la cueva de la zona de obras de Bennett.

—Cuidado con los osos —les dijo Dawes.

—El oso que pueda alcanzarme, que me coma —murmuró Cortez distraídamente—. Jones, avísame en cuanto estén listos los análisis del barro de las botas y de eso que hay en la camisa.

Jones miró la camisa de cerca y frunció el ceño.

—Este material me resulta familiar —murmuró mientras volvía a guardar la camisa en la bolsa de pruebas.

—Luego hablamos —dijo Cortez, y salió acompañado del policía.

En la entrada de la cueva había huellas de neumáticos. Cortez se inclinó con la linterna encendida y las observó detenidamente. A una le faltaba un surco vertical. Sonrió para sus adentros mientras le advertía al policía que no pisara esa huella, y entró en la cueva.

En cuanto volvieran al lugar de los hechos le diría a Jones lo de la huella para que sacara un molde de escayola. Menos mal que su furgoneta iba perfectamente equipada, pensó. Jones llevaba espátulas, picos, brochas y pinceles y una pala de boca ancha, además de un buen montón de bolsas de papel para guardar las pruebas. Rara vez usaba bolsas de plástico: propiciaban la humedad y, por tanto, el moho.

Lo que vio ante sus ojos lo dejó pasmado. Había un esqueleto extendido sobre el suelo de tierra. Había también cuencos y herramientas labradas, además de lo que parecían ser pipas de piedra y pequeñas esculturas.

—¿Qué demonios es eso? —preguntó el policía.

—Creo que un alijo de piezas arqueológicas robadas, pero tengo que comprobarlo. Tendrá que venir un antropólogo.

—Será un milagro encontrar uno a estas horas —rió el policía.

Cortez levantó una ceja.

—Por raro que parezca, sé exactamente dónde encontrar uno.

Phoebe estaba profundamente dormida cuando alguien la despertó zarandeándola suavemente por el hombro. Abrió los ojos y vio la cara de Cortez.

—¿Qué hora es? —murmuró.

Él sonrió y le apartó el pelo de los ojos.

—Las dos de la mañana —dijo en voz baja—. Necesito que te levantes y te vistas. Creo que he encontrado las piezas que robaron de ese museo de Nueva York.

Ella se despejó de inmediato.

—¡Me tomas el pelo!

—No —él la ayudó a levantarse tirando suavemente de ella—. Vístete. Te espero fuera —añadió susurrando para no despertar a Joseph y Tina.

A Phoebe le entusiasmaba la idea de participar en una auténtica investigación. Se puso unos vaqueros, una camiseta y una cazadora vaquera, unos calcetines y unas deportivas. Ni siquiera se paró a peinarse o maquillarse. Exactamente cinco minutos después estaba en el coche.

Cortez sonrió complacido.

—Eres rápida.

—Tenía una amiga que tardaba media hora sólo en maquillarse —comentó ella con una sonrisa mientras se abrochaba el cinturón—. Claro, que era guapísima. Yo nunca he sido guapa, así que normalmente no me molesto en maquillarme.

Él frunció el ceño.

—Pero si eres una preciosidad —dijo inesperadamente—. ¿No lo sabías?

Ella se quedó mirándolo, sorprendida. Aunque no era la primera vez que Cortez le hacía un cumplido sobre su físico, todavía le costaba creerle.

Él arrancó y salió del aparcamiento marcha atrás.

—Nunca había conocido a una mujer tan poco vanidosa —murmuró—. Eres inteligente, eres bonita, eres generosa. Podría seguir —añadió con una mirada divertida—, pero no quiero que te lo creas.

Phoebe sonrió.

—Gracias.

Él se encogió de hombros.

—Lo digo en serio —dijo—. Supongo que tampoco creerás que, hace tres años, tenía pensado volver a por ti —ella se quedó callada. Cortez miró su semblante serio—. Hasta tenía el billete de avión a Charleston. Pero luego Isaac... murió —su expresión se endureció al detenerse en un semáforo—. No te imaginas el revuelo que hubo en mi familia. Su novia estaba embarazada. Los padres de la chica querían que abortara. Mi madre tuvo un infarto y acabó en el hospital. Me suplicó que salvara al niño. El único modo de hacerlo era casarme con Mary. Ella aceptó de mala gana, y me dijo que quería el divorcio en cuanto Joseph cumpliera un mes.

Ella no quería preguntar, pero tenía que saberlo.

—¿Pensabas que... podías... quererla?

—No —contestó él llanamente—. Y ella tampoco a mí. Nunca dejó de llorar la muerte de mi hermano. Joseph tenía apenas un mes y yo había iniciado los trámites del divorcio, como ella me había pedido, cuando se mató. Dejó una nota, sólo cuatro palabras: *Me fui con Isaac*.

Ella se mordió el labio inferior. Podía imaginarse cómo se había sentido aquella joven. Así se había sentido ella cuando Cortez no volvió.

Él giró la cabeza y la miró entornando los ojos.

—Así era como te sentías tú, ¿verdad?

Ella puso cara de sorpresa.

—Bueno..., sí —confesó.

Él miró hacia otro lado.

—Yo también —dijo—. No me importaba el trabajo, ni mi vida. Cambié de empleo porque prefería viajar. Así no tenía que verla sufrir por Isaac. Ni tenía tiempo para sufrir por ti.

La furia se apoderó de Phoebe por segunda vez en una semana.

—¿Que tú sufrías por mí? —preguntó—. ¿Tú, sufrir? ¿Y tuviste la desfachatez de mandarme un recorte de periódico para anunciarme tu boda? —dijo con aspereza—. ¡No me escribiste ni una maldita palabra!

Aunque ya habían pasado por aquello, Phoebe no le había perdonado aún por la crueldad con que le había notificado su boda.

Cortez paró en un aparcamiento desierto, apagó el motor y le tendió los brazos. La besó como si quisiera fundirse con ella. Se desabrochó el cinturón de seguridad y la sentó sobre sus rodillas. El beso era cada vez más ardiente, más devorador. Gimió como si sintiera dolor.

A Phoebe ni siquiera se le ocurrió resistirse. Su cuerpo palpitaba por entero. Le rodeó el cuello con los brazos y se aferró a él mientras lo besaba con toda su alma. Era como si los tres años anteriores no hubieran tenido lugar. Lo deseaba con desesperación. Lo quería más que a su propia vida.

Él gimió otra vez y aumentó la presión de su boca. Phoebe abrió los labios y sintió que el mundo giraba a su alrededor en un brumoso torbellino de puro deseo.

Pareció pasar una eternidad antes de que él levantara la cabeza. Jadeaban los dos como si hubieran estado corriendo. Sus ojos se encontraron a la tenue luz de las farolas. Phoebe estaba aturdida. El leve temblor de su cuerpo parecía reflejar la inquietud que estremecía los brazos de Cortez. Él metió las manos bajo su chaqueta y su blusa, y Phoebe no protestó. Sus manos se afanaban también bajo la camisa y la chaqueta de Cortez, regocijándose en el tacto de su vello y de su cálida musculatura. Se besaron con ansia, y ella dejó escapar un ronco gemido.

Totalmente absorto, sin otro pensamiento que el alivio del deseo, él acercó la mano al botón y la cremallera de sus pantalones. Pero ella le tapó la boca con la mano y se apartó.

—¿No nos están esperando? —musitó, temblorosa.

—¿Quién? ¿Esperándonos dónde? —preguntó él, aturdido.

—Los técnicos. En la escena del crimen —respondió ella.

Cortez respiró hondo y exhaló lentamente, aflojando los brazos. Se quedó mirándola como si acabara de darse cuenta de que la estaba abrazando. La ayudó a incorporarse y dejó que volviera a su asiento.

—Menudo autodominio —masculló con sorna mientras volvía a abrocharse el cinturón de seguridad y arrancaba el coche. El parabrisas y las ventanillas estaban completamente empañados. Se echó a reír suavemente. Aquello era una repetición de su fogoso encuentro delante del museo. Encendió la calefacción y se recostó en el asiento, esperando a que hiciera efecto.

Se volvió hacia ella y la miró en silencio, sombríamente.

—He sido muy brusco. ¿Te he hecho daño?

—No me habría dado cuenta, aunque me lo hubieras hecho —confesó ella, con la mirada atrapada en la suya. Todavía luchaba por respirar con normalidad. Le temblaban las manos cuando se abrochó el cinturón de seguridad.

Él lo notó. Le agarró una mano y se la apretó con fuerza mientras la miraba.

—Pase lo que pase, no voy a perderte otra vez —dijo con voz cortante.

Ella sabía que se lo estaba comiendo con los ojos. No podía remediarlo. Era lo más importante en el mundo para ella. Le apretó la mano y sus ojos se llenaron de lágrimas.

—No llores, cariño —musitó él, y se inclinó para besarle tiernamente los ojos húmedos—. No llores. No pasa nada —su boca se deslizó sobre la nariz y las mejillas de Phoebe. El corazón se le había desbocado en el pecho. Aquella mujer significaba para él más que la vida misma—. Phoebe... —murmuró, buscando de nuevo su boca.

Pero esta vez el beso fue tierno, suave, delicado. Cortez acarició su mejilla y siguió su contorno mientras la besaba. En algún lugar al fondo de su mente oyó una especie de ronroneo. Estaba tan absorto en el sabor de Phoebe que no se dio cuenta de que un coche se había detenido junto al suyo. Antes de que pudiera apartarse de ella, se oyeron unos golpes apresurados en la ventanilla y la puerta se abrió bruscamente.

El ayudante del sheriff Drake Stewart sacudió la cabeza, sonriendo.

—Sabía que erais vosotros cuando vi las ventanillas empañadas —comenzó a decir.

Phoebe estaba sofocada y jadeante. Cortez la soltó y se irguió, exhalando un suspiro.

—¿Es que hoy no trabajas? —le preguntó a Drake.

Drake sonrió.

—Eso mismo iba a preguntarte yo —respondió—. Nos ha llamado tu unidad. Están preocupados por ti porque dijiste que enseguida volvías.

Phoebe se enderezó la cazadora vaquera, miró la expresión divertida de Drake y se aclaró la garganta.

—Me he desmayado y Cortez me estaba reanimando —dijo, muy seria, usando la explicación que Cortez le había sugerido la otra vez que los pillaron en el coche en una situación comprometida.

Cortez rompió a reír.

—Phoebe, no puedes desmayarte estando sentada —le explicó.

—¡Chaquetero! —exclamó. Señaló a Drake—. ¡Se lo estaba tragando!

—No, de eso nada —dijo Drake, riendo—. Oye, será mejor que os pongáis en marcha. Está empezando a nevar —añadió, y abrió la mano enguantada para demostrárselo. En realidad, no era nada extraño que nevara la última semana de noviembre en las montañas de Carolina del Norte.

—Ya nos vamos —contestó Cortez, y luego titubeó—. Tenemos una víctima de una paliza en el hospital. Es Paso Largo, el de Construcciones Bennett —añadió—. Si ese alijo que estamos investigando es lo que creo, la vida de Phoebe corre ahora más peligro que antes. ¿Y si doblarais las patrullas por el museo y por los alrededores del motel cuando estemos allí?

Drake se puso serio.

—Ya me he ocupado de eso —le aseguró—. Me enteré de lo de Paso Largo por la radio. Tened mucho cuidado —añadió.

—Tú también —contestó Cortez.

Salió del aparcamiento y miró a Phoebe, divertido.

—No sé por qué te avergüenzas tanto —le dijo—. Drake también es humano.

Ella se aclaró la garganta.

—Claro.

—A no ser que te avergüences por otra razón —añadió él despacio, con el ceño fruncido—. ¿Había algo entre vosotros antes de que apareciera yo?

—Sí —contestó ella de inmediato—. Ensaladas, tres días por semana. Drake se pasaba por el museo y nos llevaba la comida.

Cortez le sostuvo la mirada.

—¿Nada más?

Phoebe podía haberle mentido. Sintió incluso la tentación de hacerlo. Pero no se le daba muy bien. Hizo una mueca y cruzó las manos sobre el regazo. Se quedó mirando por la ventanilla.

—Creo que se sentía atraído por mí —reconoció con un suspiro—. Pero no era mutuo —lo miró con amargura—. Yo no quería volver a saber nada de los hombres.

Cortez se sintió mal, pero se alegró de todos modos. Tomó la carretera que llevaba a la zona de obras de Bennett.

—Es un buen tipo.

Ella sonrió.

—Tina piensa lo mismo.

—Estaba saliendo con un policía en Ashville —dijo él—. No sé si él me perdonará alguna vez por haberla traído aquí para que cuide del niño.

—Tina ya es mayorcita. Puede hacer lo que quiera —repuso ella.

—Lo sé —sonrió él—. Es una chica muy especial.

—Me dijo que tu padre fue a la universidad.

—¿Y eso te sorprende? —preguntó él, divertido—. ¿Qué esperabas? ¿Que viviera en una tienda y anduviera por ahí en traje de batalla?

Ella se echó a reír.

—Aunque así fuera, me daría vergüenza admitirlo.

Él sacudió la cabeza.

—Te asombraría saber cuánta gente nos ve así —le dijo—. Las películas y la literatura no han sido de gran ayuda.

—Todos somos culpables de caer en estereotipos, hasta cierto punto —contestó Phoebe—. Pero yo no tengo excusa.

Cortez estiró un brazo y la tomó de la mano.

—Lo estás haciendo muy bien.

Ella le apretó la mano.

—Recordaré que has dicho eso.

La unidad de criminalística, dirigida por Alice Jones, los estaba esperando cuando rodearon con cuidado el perímetro hecho de pequeñas estacas de madera y cordel que marcaba los límites de la zona donde se estaban recogiendo pruebas y entraron en la cueva.

—¡Cielo salto! —exclamó Phoebe al ver el esqueleto.

Ajena a cuantos la rodeaban, se acercó a él, teniendo cuidado de pisar en terreno duro para no remover el polvo. Se arrodilló junto al cráneo.

—¿Puedo levantarlo? —preguntó.

Alice sacudió una mano.

—Ya lo hemos inspeccionado en busca de huellas y restos materiales —dijo—. Hemos tenido mucho tiempo —añadió con intención, viendo la boca hinchada y el pelo enmarañado de Phoebe... y la expresión culpable de Cortez—. Ya he sacado moldes de las huellas de los neumáticos, hemos embolsado todos los restos y el fotógrafo ha venido y se ha ido, tanto de la caravana como de aquí —levantó una mano enguantada para atrapar unos copos de nieve—. ¿No es una suerte que no nos haya cubierto la nieve o nos hayan comidos los osos negros mientras esperábamos aquí, con este frío?

Cortez se disculpó, pero Phoebe no estaba escuchando. Estaba enfrascada examinando la prominencia que presentaba el cráneo encima de las cejas.

—Es un varón —dijo para sí misma. Le dio la vuelta al cráneo y se fijó en los pómulos altos y las anchas cavidades sinoidales.

Inspeccionó la dentición del maxilar superior —el único que conservaba algunos dientes, pues al inferior le faltaban todos— y comprobó el dibujo de los dientes. Examinó luego el arco ciliar, la inclinación posterior de los pómulos y las órbitas, altas y redondeadas, de las cuencas oculares.

La frente elevada, sumada a los demás rasgos, le bastó para hacer un dictamen antes incluso de examinar minuciosamente el resto del esqueleto, cuyas articulaciones de hombros, cadera, codos y tobillos eran muy anchas, y cuyas tibias eran cortas y presentaban una densa capa ósea.

Por fin miró a Cortez mientras le echaba un último vistazo al cráneo.

—Son restos de Neandertal —dijo—. Me apostaría mi reputación profesional.

—¿De Neandertal? —masculló Alice Jones con el ceño fruncido—. Pero entonces tendrían...

—Sí —dijo Phoebe—. Entre cuarenta mil y doscientos mil años de antigüedad, dependiendo de la localización. Es muy probable que provengan de Europa, África o el Medio Oriente. Nunca se ha encontrado un esqueleto de Neandertal en América. Y, además, tampoco es el esqueleto de un indígena —añadió con aplomo—. Pero para demostrar eso tendréis que hacer análisis.

—¿Todo eso se puede saber mirando un esqueleto? —preguntó asombrado uno de los agentes de policía.

—Sí —contestó Alice Jones antes de que Phoebe pudiera decir nada, y sonrió al ver la sorpresa de Phoebe—. Hice varios cursos de antropología física antes de decidirme por la carrera forense. He estado en algunas excavaciones. De hecho, te recuerdo de un curso que hice en la Universidad de Tennessee. Eres Phoebe Keller. ¡Íbamos a la misma clase!

Phoebe la reconoció y se echó a reír.

—¡Sí! ¡Es verdad! Me alegro mucho de volver a verte, Alice.

—¿Qué hay de los otros objetos? —preguntó Cortez.

Phoebe hizo una mueca. Se resistía a dejar el cráneo, que parecía hablarla. Sólo por los huesos podía aventurar la edad, el sexo, el estado físico y quizás incluso la forma de la muerte de aquel espécimen. Por la dentición podía deducir la raza, los hábitos alimenticios y la edad. No quería parar. Pero Cortez tenía razón: aquello era la escena de un crimen, no un laboratorio.

Recogió un fragmento de cerámica y le dio la vuelta, fijándose en el dibujo y la composición.

—Periodo Woodland tardío del sureste, dos mil años de antigüedad —dijo para sí misma. Dejó el fragmento y siguió examinando las puntas de proyectil—. Puntas de lanza de Folsom —murmuró—. Podrían ser paleoindias y datar de unos doce mil años atrás, o quizás incluso musterienses —sonrió al ver sus caras de pasmo—. Tecnología lítica neandertal. Útiles de piedra fabricados a mano —frunció el ceño mientras estudiaba los demás artefactos. Había pipas hechas de argilita roja, muy antiguas, pero difíciles de datar sin sus manuales de litología. Había también dos figurillas funerarias con forma humana, muy antiguas y suntuosas. Levantó la primera con gran cuidado, le dio la vuelta y se fijó en el material y la factura.

—Periodo de Hopewell —dijo.

La otra figura era del mismo periodo. Las dos pipas, muy raras y valiosas, databan también del periodo de Hopewell. Las dejó con delicadeza en el suelo y se levantó, todavía con el ceño fruncido.

—¿Qué ocurre? —preguntó Cortez.

—Estos objetos son de distinta procedencia —dijo ella—. El esqueleto es neandertal. En cuanto a la cerámica, el dibujo es característico de Swift Creek. Data del periodo Woodland, es decir, de entre mil y algo menos de dos mil años de antigüedad. Pero las puntas de flecha son de Folsom. O sea, de unos doce mil años antes de Cristo. Podrían ser mucho más antiguas, incluso quizás neandertales, aunque no lo creeré hasta que lo hayamos verificado. Las pipas y las figurillas, en cambio, son del periodo Woodland intermedio, de la cultura Hopewell del valle del Ohio, que dominó en la parte sureste de los Estados Unidos entre el siglo I y II de nuestra era y que se caracteriza por la construcción de túmulos —añadió—. He visto figurillas funerarias casi idénticas a éstas en algunos museos de Nueva York. De hecho, la figura que compramos hace poco más de un mes se parece mucho a éstas —se volvió hacia los técnicos—. Es imposible que todas estas piezas procedan del mismo yacimiento. Completamente imposible.

—Estoy de acuerdo —añadió Alice Jones.

—¿Qué has dicho de esa figura que compró el museo el mes pasado? —le preguntó Cortez.

—Parece hacer juego con estas dos —contestó ella llanamente—. Creo que ésas son las piezas que robaron en ese museo de Nueva York. Eso explicaría por qué están todas en un mismo lugar, con independencia de su antigüedad. Qué chapuza, esconder así piezas tan valiosas.

—Aquí hay algo que no cuadra —dijo Alice—. ¿Recuerdas esa muestra que recogí en la camisa de la víctima? No estaré segura hasta que la lleve al laboratorio, pero estoy casi convencida de que es tejido cerebral. Y no es de la víctima.

Cortez soltó un silbido entre dientes. Aquello podía significar que había otra víctima, otro muerto, quizá no muy lejos de allí.

—Esto no tiene sentido.

—Dímelo a mí —dijo Alice.

—Vamos a poner en marcha los análisis —le dijo Cortez a Alice—. Necesito respuestas, y ya.

—Cuenta conmigo, jefe —contestó ella con una sonrisa.

—Yo voy a informarme sobre el robo en ese museo y a meter en el ordenador la información que me dio Phoebe sobre el tratante de arte que le vendió la figura, a ver si hay algo en nuestra base de datos —dijo Cortez, refiriéndose a la base de datos nacional de delincuentes identificados–. Habrá que mantener vigilado este sitio las veinticuatro horas del día.

–Genial. ¿A quién le va a tocar el primer turno? –dijo uno de los policías locales, mirando con fastidio al joven rubio que había ido a la cueva con Cortez.

–Pueden echarlo a suertes –dijo Cortez–, pero no quiero que nadie merodee por aquí cuando nos vayamos. Además, los quiero escondidos. Si aparece alguien, tráiganmelo esposado. ¿Entendido?

–Entendido –dijo el policía rubio, muy satisfecho de sí mismo.

–Te llevo a casa, Phoebe –le dijo Cortez, tomándola del brazo–. Hasta luego, chicos.

Estaba rayando el alba contra las montañas. Phoebe ni siquiera tenía sueño.

–¿Podemos pasarnos por mi casa de camino al motel? –le preguntó a Cortez–. Necesito cambiarme de ropa y me encantaría darme una ducha.

–Eso puedes hacerlo en el motel –contestó él.

–Sí, allí no tengo mi jabón, ni mi champú, ni mi crema –le recordó ella.

Él miró su reloj.

–Supongo que tenemos tiempo. Ya es un poco tarde para irse a la cama.

–Me daré prisa –le prometió ella–. Tengo que estar en mi despacho a las ocho y media.

Dejó a Cortez en la cocina, haciendo café, y corrió al cuarto de baño. Se desvistió rápidamente y se envolvió en una toalla de baño mientras ajustaba la alcachofa de la ducha. Se estaba quitando la toalla cuando la puerta se abrió a su espalda.

Dejó escapar un gemido audible y clavó la mirada en los ojos negros de Cortez. Él no podía apartar la mirada.

—Iba a preguntarte si querías una galleta con el café —murmuró, sólo a medias consciente de lo que decía.

Sus ojos se deslizaron por el cuerpo de Phoebe, sobre la piel desnuda y tersa que dejaba al descubierto la toalla, que apenas le cubría los pechos y las caderas. Estaba preciosa así, con el pelo ondulado y revuelto.

Cortez sintió que su cuerpo se envaraba. Ansiaba arrancarle la toalla y tirarla sobre el suelo. Apretó los dientes, luchando con la tentación.

Ella lo miraba con ojos suaves y dilatados. Era tan guapo... Parecía un sueño. En los últimos tres años, jamás había estado alejado de sus pensamientos más de diez minutos seguidos. Había soñado con amarlo en la oscuridad, con llevar un hijo suyo en su vientre. El deseo se había intensificado desde que compartía habitación con él y con Joseph. Lo deseaba ansiosamente. Pero él tenía un hijo y una carrera, y sólo estaba allí de paso, buscando a un asesino. Resolvería el caso y volvería a marcharse. Si ella pudiera ir con él, si pudieran tener hijos juntos...

La luz pareció apagarse en sus ojos al mirar los de Cortez.

—¿En qué estabas pensando? —preguntó él bruscamente.

—En... bebés —balbució ella.

El rostro de Cortez se contrajo. Luego posó la mirada en su cintura y sus ojos comenzaron a iluminarse, llenos de emoción. Tres años atrás, si no hubiera sentido el escrúpulo de arrebatarle su virginidad, podría haberse acostado con ella. De ese modo, habría tenido recuerdos de los que alimentarse. Pero se había marchado, la había rechazado, le había hecho tanto daño que ella había acabado en la cama de otro hombre por puro despecho. Su primera vez había sido con un extraño, en medio de una borrachera. Por culpa suya. ¡Por culpa suya!

Sin embargo, si ella se había vuelto sexualmente activa, no había razón para que no la tomara. La deseaba con furia desde que le había dejado quitarle la camiseta y mirarla. Aquel ansia había ido creciendo por momentos, hasta hacerse irrefrenable.

Con fría determinación se llevó las manos a la chaqueta. Se la quitó y la tiró al cesto de ropa que había junto a la puerta. Le siguió la camisa mientras Phoebe lo miraba boquiabierta, con el corazón acelerado.

Cortez se soltó el pelo antes de desabrocharse los pantalones. Se lo quitó todo, excepto los calzoncillos de raso negro que llevaba bajo la ropa. Se acercó a la puerta del dormitorio y la cerró con llave. Luego regresó al cuarto de baño y se acercó a Phoebe con deliberación.

Ella abrió la boca para protestar, pero era ya demasiado tarde. Cortez le arrancó la toalla y la atrajo hacia su cuerpo poderoso mientras la besaba violentamente, haciendo huir de la cabeza de Phoebe cualquier idea de resistirse.

—Hace tres años te dejé en el hotel sin mirar atrás —dijo con aspereza contra sus labios entreabiertos—. Fui un idiota. Pero esta vez no voy a marcharme, Phoebe. Ni tú tampoco.

Volvió a apoderarse de su boca al tiempo que se quitaba los calzoncillos y los dejaba caer al suelo. Al notar su miembro, Phoebe sintió asombro y un leve temor ante la fortaleza de su cálido cuerpo y la amenaza inminente de su virilidad, que se apretaba contra su carne desnuda.

Debía decírselo, pensó, aturdida. Quizá le doliera. ¿Lo notaría él? Decían que los hombres no se daban cuenta...

Él gruñó contra su boca y de pronto la metió bajo la ducha, con él. Phoebe sintió el agua en la espalda mientras las manos de Cortez recorrían su cuerpo, explorando su desnudez con lentas y tiernas caricias, tan sorprendentes como excitantes.

Él le enjabonó el cuerpo y se enjabonó luego a sí mismo. Atrajo las manos de Phoebe hacia sí, animándola a explorar su cuerpo al tiempo que él descubría los deliciosos contornos del de ella.

Le lavó el pelo mientras su pecho se restregaba provocativamente contra los pezones duros de Phoebe, excitándola aún más. Mientras ella se aclaraba el pelo, él se enjabonó el suyo y levantó luego la cara hacia la ducha para quitarse la espuma.

Cuando acabaron, Cortez cerró el grifo y la ayudó a salir de la bañera; salió tras ella, recogió la toalla y la usó para secarla. Sacó otra toalla del armario para secarse y luego otra para que se quitaran la humedad del pelo. Enchufó el secador y secó primero el pelo corto y rubio de Phoebe. Después, se secó la larga melena negra.

Cuando acabó, dejó a un lado el secador y apartó a Phoebe para contemplar su desnudez. Ella contuvo el aliento, fascinada y aturdida de placer por la intensidad de su mirada.

Él la agarró de la mano y la condujo fuera del cuarto de baño. Entraron en el dormitorio, donde una colcha cubría la cama de matrimonio. Él apartó las mantas, dejando al descubierto una sábana de flores. La tumbó sobre ella y notó que Phoebe se dejaba hacer sin rechistar. Podía ver cómo latían las venas de su cuello, cómo se habían endurecido sus pezones, cómo temblaban sus miembros mientras esperaba a que él se tumbara a su lado, en la cama.

Le apartó el pelo y se inclinó para besarla suavemente, rozando apenas sus labios. Le mordió el labio de arriba y luego el de abajo, deslizando la lengua bajo su húmeda tersura en medio de un silencio que sólo amplificaba la agitación del aliento de ambos.

Metió una pierna lentamente entre las de ella y se las separó. La miró a los ojos fijamente al tiempo que bajaba la mano, trazando enloquecedoras filigranas en la parte interna de su muslo, hasta llegar arriba.

Ella gimió y se estremeció. Pero Cortez ignoró la súbita protesta de sus dedos.

—Déjame —musitó.

Phoebe procuraba ocultar su nerviosismo. Sus ojos se movieron involuntariamente hacia el miembro de Cortez. Él advirtió su curiosidad y se apartó de ella para que le viera mejor. La expresión de su cara le excitó aún más y su respiración se hizo agitada.

Volvió a acariciarla con ansia, sintiendo bajo los dedos su suave humedad. Ella se retorció, indefensa, y un leve grito escapó de su garganta.

Debía de hacer mucho tiempo, pensó él con avidez. Sus reacciones eran las de una novicia.

La tocó con determinación, con una suave cadencia que hizo que Phoebe levantara las caderas de la cama para apretarse contra su mano. No podía dominarse. Ansiaba el placer que Cortez le estaba enseñando a sentir. Cerró los ojos y se estremeció.

—No sabía que... que fuera así —musitó entrecortadamente.

Cortez apenas la entendió. Palpitaba de placer mientras Phoebe se restregaba contra él. Su cuerpo era casi líquido, se fundía bajo su mano, suplicándole más.

Phoebe se estremeció una y otra vez. La caricia de Cortez comenzó a abrirse paso en su carne, a penetrarla. Ella abrió las piernas, convulsionándose. Unos segundos después, él se detuvo y la miró con estupor.

Phoebe se dio cuenta de que había dejado de acariciarla. Abrió los ojos y apenas pudo articular palabra. Casi vibraba de placer.

—No pares —susurró, enfebrecida.

Cortez se inclinó y clavó los ojos en los de ella. Su mano comenzó a moverse vigorosamente. Ella gimió y apretó los dientes.

—Sí —dijo él—. Al parecer tu encuentro de una noche no fue tan alocado como me dijiste, Phoebe —añadió en tono acusador.

Se apartó de ella con un áspero suspiro y se sentó, apoyando la cabeza en las manos. Su cuerpo palpitaba, lleno de frustración.

10

Phoebe exhaló un largo suspiro mientras lo miraba. Cortez estaba sufriendo. Lo notaba en la rigidez de su cuerpo.

Movió involuntariamente las caderas sobre la cama, ansiosa por experimentar de nuevo las deliciosas sensaciones que Cortez despertaba en ella.

—Tengo veinticinco años —musitó.

Él suspiró bruscamente.

—Y todavía eres virgen. No puedo, Phoebe.

Ella se sentó, estremecida por el deseo, y deslizó la mirada sobre su cuerpo.

—Sí puedes —jadeó—. Claro que puedes —apretó los pechos contra su espalda y le rodeó con los brazos el amplio pecho cubierto de vello. No le quedaba orgullo—. No puedo hacer esto con nadie más. No puedo. Por favor... —susurró, angustiada.

Él arqueó la espalda para apretarla contra sus pechos.

—Phoebe, no tengo preservativos —masculló.

Phoebe se quedó quieta. Ella tampoco tenía. Pero deseaba terriblemente a Cortez. Más de lo que había deseado nada en toda su vida.

Él se giró y la abrazó, de modo que la cabeza de ella quedó apoyada en el hueco de su codo. Deslizó los dedos sobre su vientre, sobre el moratón que le había dejado la bala, hasta sus pezones de puntas erectas. Dejó escapar un áspero gemido.

Ella se arqueó y entornó los ojos. Sus caderas se movían incontroladamente.

—Me muero —gimió.

—Yo también —contestó él con aspereza. Siguió el contorno de uno de sus pezones mientras veía cómo palpitabas las venas de su cuello—. ¿Cuándo fue tu último periodo? —preguntó casi con desesperación.

—Hace dos semanas —susurró ella.

—Entonces éste es el peor momento —masculló él.

Ella lo miró a los ojos. Pensó en un bebé. Se le esponjó el cuerpo y se estremeció al pensar en la posibilidad de tener un hijo propio.

El rostro de Cortez se crispó al ver su expresión ansiosa.

—Nunca he pensado en engendrar deliberadamente un hijo.

Ella tragó saliva.

—Yo tampoco.

Él le acarició un pecho y movió la mano para sentir el pezón duro en la palma húmeda.

Phoebe intentaba respirar con normalidad, pero no podía. Posó la mano en el amplio torso de Cortez y sintió sus músculos cubiertos de vello. Echó la cabeza hacia atrás para ofrecerle la boca.

Él volvió a tumbarla sobre la cama y apartó la almohada de un manotazo. Se arrodilló lentamente entre sus muslos y los separó. Clavó los ojos en los de ella. La miró codiciosamente y su aliento se hizo audible.

Phoebe se estremeció cuando comenzó a acariciarla despacio, con ternura, sin apartar los ojos de ella.

—No has tenido ninguna experiencia —dijo—. Vas a notarlo cuando te penetre.

—No me importa —musitó ella febrilmente.

—A mí sí —se tumbó sobre ella, apoyándose en un codo mientras con la otra mano seguía acariciando su sexo húmedo—. Voy a hacer que alcances el orgasmo. Y luego voy a penetrarte.

Ella se sonrojó, a pesar de que el deseo la embargaba por completo. Abrió los labios para exhalar un suspiro de estupor.

—Habría sido difícil, en cualquier caso —musitó él, inclinándose sobre sus pechos—. Tú estás muy tensa, y yo estoy muy excitado.

Ella se preguntó si podía desmayarse estando tumbada. Lo que Cortez le hacía a su cuerpo era como un lento suplicio. Abrió las piernas un poco más mientras el placer comenzaba a hacerse pavoroso.

Sus gemidos de placer excitaban intensamente a Cortez. Abrió la boca sobre uno de los pechos de Phoebe y chupó el pezón erecto mientras seguía acariciándola con la mano. Ella se estremecía rítmicamente. Levantaba las caderas, incitándolo a darle placer. Movía la cabeza sobre la almohada. Clavaba las manos en ella a ambos lados de la cabeza. Gemía ásperamente, con los dientes apretados, mientras empezaba a girar en una espiral de increíble tensión.

Cortez levantó la cabeza y la miró fijamente a los ojos.

—Abre los ojos y mírame —dijo.

Phoebe apenas podía enfocar la mirada. Su cuerpo se alzaba y caía con cada pálpito de placer. Ansiaba algo que se le escapaba. Su mente parecía concentrada en la meta distante que, sin embargo, estaba muy cerca. Gemía con cada caricia y sus ojos aturdidos miraban casi con temor los de Cortez.

—Avísame —susurró él con voz ronca, sin pestañear.

Su propio corazón le hacía estremecerse. Sentía su cuerpo latir con insistencia. Las palabras no tenían sentido, y luego sí. ¡Ella ya casi... casi... casi estaba... allí!

—¡Ah! —gritó ella con aspereza al tiempo que su cuerpo se convulsionaba por entero en una oleada de placer tan intenso que se creyó morir.

—Sí —gimió Cortez, y súbitamente se movió, se tumbó sobre ella y la penetró.

Phoebe sintió su acometida, pero aquello sólo formaba parte del placer, del palpitante ardor que sacudía su cuerpo.

Las manos fibrosas de Cortez le agarraron las muñecas. Su peso la aplastaba contra el colchón al tiempo que sus caderas se movían con violencia, penetrándola, poseído por un deseo febril y angustioso.

Ella lo miró a los ojos mientras se convulsionaba, y vio que su rostro se tensaba, se endurecía, y que sus ojos brillaban como negros diamantes. Cortez gemía y se estremecía. Y, entre tanto, el ritmo se hacía más insistente, más urgente, más feroz y exigente.

Él se inclinó para besarla con ansia, y sus alientos se mezclaron en el febril arrebato de la satisfacción. Sus cuerpos latían al mismo tiempo; las piernas recias de Cortez temblaban cuando se hundía dentro de ella. Levantó la cabeza y la miró a los ojos mientras el ritmo se hacía enloquecedor y el ruido de los muelles casi sofocaba el de la frenética respiración de ambos.

De pronto, Cortez se arqueó y quedó inmóvil, con los ojos dilatados y negros. Luego, su cuerpo comenzó a convulsionarse.

—Phoebe —dijo ásperamente—, estamos haciendo un bebé —susurró con voz trémula, sosteniéndole la mirada mientras el mundo se desvanecía a su alrededor.

Sus palabras aumentaron aún más la fiebre que los

consumía. Phoebe lo miró mientras el clímax lo zarandeaba sobre ella. Él tenía el rostro tenso y los ojos crispados al tiempo que la marea de la pasión mecía su cuerpo.

Aquello superaba todas sus fantasías. Phoebe lo sintió estallar dentro de sí, notó explotar el fuego de su pasión. Cortez gritó y ella se quedó mirándolo hasta que se le nublaron los ojos. Se relajó de pronto y sintió que él la penetraba aún más mientras se vaciaba en los últimos latidos del clímax.

Él se derrumbó entre sus brazos, sudoroso y trémulo, igual que ella. Phoebe lo abrazó débilmente y las lágrimas comenzaron a correr por sus mejillas. Se frotó involuntariamente contra su cuerpo todavía excitado para aferrarse a los ecos del éxtasis, que la asaeteaban con exquisitos estremecimientos de placer.

Cortez se quedó tumbado sobre ella, sintiéndola moverse. Estaba anonadado. Ninguna de sus experiencias sexuales podía compararse con aquélla. Se restregó contra ella suavemente y gimió al sentir que el placer lo atravesaba de nuevo. Levantó la cabeza y la miró a los ojos. Se movió de nuevo mientras miraba su cara. Se dio cuenta de que seguía sujetándole las muñecas. La soltó y se apoyó sobre las manos, a ambos lados de la cabeza de Phoebe. Se alzó y miró sus cuerpos unidos. La miró a los ojos y se alzó de nuevo, sin separarse de ella.

—Mira —le dijo.

Ella miró... y se quedó sin respiración. Nunca había soñado que aquello pudiera ocurrir, y mucho menos que el dolor fuera lo último que la preocupara.

—¿Quieres contarme otra vez lo de ese encuentro que tuviste la noche que recibiste mi recorte de periódico? —preguntó él con aspereza.

—Lo intenté —masculló ella—. Pero no eras tú. No pude.

—Yo tampoco —dijo él.

Phoebe lo miró fijamente en medio del leve fulgor de la satisfacción física.

—Pero estabas casado —dijo lentamente.

—Ella quería a mi hermano. No quería a nadie más. Ni yo tampoco. Te deseaba a ti, Phoebe. Todavía te deseo.

—¡Pero han pasado tres años! —exclamó ella, asombrada.

—Sí, ya lo he notado —él miró de nuevo sus cuerpos sudorosos—. Hemos hecho el amor y todavía estoy excitado, ¿lo sientes?

Ella se sonrojó.

—Eres muy... directo.

Él la miró a los ojos.

—Y estoy muy excitado —murmuró mientras movía las caderas. Phoebe abrió los labios. Se sentía intimidada. Él sonrió con ternura—. Esta vez no te dolerá —musitó con suavidad, y se alzó para rozarse contra ella de la manera más excitante posible al tiempo que veía cambiar su expresión del temor al ansia.

Phoebe lo miraba mientras se movía sobre ella. Sentía que su cuerpo se aceleraba, que el placer volvía a crecer dentro de ella.

—No hemos usado nada —logró decir débilmente.

—A ti te encantan los niños —dijo él con calma—. A mí también —se hundió en ella en una larga y lenta acometida que la hizo estremecerse de placer—. Quiero hacerte un hijo. No lo he dicho para excitarte. Aunque te ha excitado, ¿verdad, cariño? —musitó, y se inclinó para besarla con delectación—. A mí también —le mordió el labio de abajo. Volvía a respirar agitadamente; sus jadeos acompañaban el ritmo ansioso de sus movimientos—. Nunca había hecho el amor así, Phoebe —susurró trémulamente—. Nunca había sentido nada parecido.

—Yo... tampoco —murmuró ella, y se arqueó de repente—. ¡Cielo... santo! —exclamó, convulsionándose.

—Tu cuerpo está sensibilizado, igual que el mío —jadeó él contra su boca—. Si lo hago despacio, puede que vuelvas a tener un orgasmo.

Ella no contestó. No podía. El placer la tenía atenazada. Cortez la miró a los ojos. Sus movimientos se hicieron más lentos, más profundos, más vehementes. Ella se sonrojó. Sus ojos tenían una expresión febril. Su cuerpo reaccionaba al cuerpo de él en medio de un silencio cargado de dicha.

De repente, abrió la boca y dejó escapar un gemido. Había creído que el placer había alcanzado su cota más alta, pero sólo era un repecho. Quedó allí suspendida, indefensa, aterrorizada porque él pudiera detenerse. Le agarró las muñecas y se arqueó, suplicándole en silencio.

—No voy a parar, nena —susurró él para tranquilizarla—. Aún no has llegado, ¿verdad? Álzate. Eso es. Álzate. Hazlo otra vez. Otra vez. ¡Sí! —metió una mano bajo ella, la agarró de las nalgas y la obligó a levantar las caderas. Ella jadeaba incontroladamente, cegada, ansiosa por alcanzar la satisfacción.

—¡Jeremiah! —gritó, y su voz palpitó, llena de temor y de gozo.

—Sí, nena —musitó él con avidez, penetrándola con vehemencia—. ¡Sí!

Ella se puso rígida de repente, clavó los ojos en él y dejó de respirar, con los dientes apretados y el rostro feroz.

—Qué hermosa eres —susurró él mientras todavía podía, fascinado por la dicha que veía casi tangiblemente en su cara. Y entonces el placer se apoderó de él con el mismo fervor con que se había apoderado de ella. Dejó escapar un áspero gemido, su cuerpo quedó rígido y se convulsionó.

Era casi doloroso. Sentía tan cerca el cuerpo de Phoebe

que los dos parecían compartir el mismo aliento, el mismo espíritu. Quería mirarla, pero no podía. Tenía los ojos fuertemente cerrados mientras saboreaba cada latido de placer que atravesaba su cuerpo rígido como el acero.

Una luz cegadora brillaba tras sus ojos. Por fin se dejó caer sobre ella, agotado. Apenas podía respirar. Sintió bajo él la respiración agitada y el latido frenético del corazón de Phoebe. Se apartó de ella, se tumbó de lado y la atrajo hacia sí, pasando una pierna sobre las suyas mientras luchaban por recobrar el aliento.

–No puedo creer que me hayas dejado hacerlo –musitó él, tembloroso.

–Yo no puedo creer que haya sentido algo así –contestó ella–. Creía que iba a morir.

Cortez acarició su piel suave.

–Yo también –murmuró–. Nunca había sentido una pasión así.

Ella se puso colorada y su rostro se iluminó, radiante, pero un instante después pareció ensombrecerse.

–¿No lo dirás porque acabamos de hacer el amor? –preguntó, recelosa–. Una vez leí en un artículo que los hombres dicen en la cama muchas cosas que no sienten.

Él levantó las cejas y sonrió, divertido.

–Algunos hombres puede que sí. Yo no –posó la mano sobre su mejilla–. Pero ahora tenemos otra complicación.

Ella hizo una mueca, escudriñando sus ojos.

–Ninguno de los dos ha pensado en cómo podían complicarse las cosas por no tomar precauciones.

–A eso exactamente me refiero –Cortez gruñó en voz baja al recordar lo que le había dicho en el ardor de la pasión. En ese momento, la idea de engendrar un hijo le había parecido irresistible. Ahora tenía la sensación de haber empujado inconscientemente a Phoebe a aceptar una intimidad que tal vez no deseaba.

Ella no era de las que abortaban. Tendría el niño y se arrepentiría de aquello toda la vida.

Cortez se sentía culpable.

Ella trazó la línea de su boca con el dedo índice. Le encantaba mirarlo y acariciarlo. Era agudamente consciente de la indolente fortaleza de su cuerpo, pegado al suyo. Con él se sentía a salvo.

Pensó en llevar un hijo de Cortez en su vientre y se quedó sin aliento. Quería decírselo, pero él parecía de pronto muy distante. Se había separado de ella sin moverse un ápice.

Phoebe metió la mano entre su pelo para atraerlo de nuevo hacia ella.

Él sonrió y acarició su cabello suave mientras ella hundía las manos en su larga cabellera negra.

—Me encanta tu pelo —dijo ella—. Siempre me ha gustado.

—A mí me gustaba el tuyo largo —contestó él.

Ella sonrió con tristeza.

—Me lo corté el día que recibí el recorte de periódico.

Él cerró los ojos un instante.

—No podía pensar, el día que te lo mandé —exhaló un largo suspiro mientras estudiaba su cara ovalada—. No fue sólo que Isaac muriera, Phoebe. Murió cuando huía de la policía. Tenía problemas con la ley desde hacía años. Bebía demasiado y no sabía lo que hacía hasta que lo arrestaban. El día que murió, acababa de robar en una licorería. El dueño de la tienda lo hirió gravemente. De haber vivido, habría ido a la cárcel.

—¡Tu pobre madre! —exclamó ella—. Y, además, enferma del corazón.

—Una muerte violenta es lo peor para una familia —repuso él—. Me volví un poco loco. Por eso no te escribí —sus ojos reflejaban la tristeza que sentía—. Lo que ocurrió me rompió el corazón. Quería mucho a mi hermano.

—Yo lo habría entendido, si hubiera sabido lo que estaba pasando —contestó ella, apesadumbrada.

Él esbozó una sonrisa.

—Ahora, después de estos años, me doy cuenta.

—Intenté salir con otros —añadió ella—. Pero ya no confiaba en los hombres. Había renunciado a tener pareja, a un futuro feliz, cuando llegué a Chenocetah. Pensaba consagrarme a mi trabajo.

—Eso pensé cuando por fin te localicé —dijo él con una sonrisa desganada—. Pero saber dónde estabas no sirvió de gran cosa. No encontraba una buena excusa para venir a verte. Entonces el destino lo dispuso todo en mi favor.

—Sí. Todo se unió de pronto, como los eslabones de una cadena. ¿Sabes?, al principio estaba resentida con Joseph —confesó.

—Ya lo sabía —contestó él con calma.

—Pero no duró mucho —murmuró ella, recordando los bracitos del niño anudados a su cuello—. Se acurrucó a mi lado y no quería irse. Me conquistó.

Él se echó a reír.

—Se le dan bien las mujeres. Que te lo diga Tina.

—Se parece mucho a ti —comentó ella—. Nadie pensaría que no es hijo tuyo. ¿Le contarás lo de su padre cuando sea más mayor?

—Sí —dijo él—. Isaac no era mala persona —añadió—. Pero tenía una debilidad: el alcohol. Era una de esas personas que se ponen violentas cuando han bebido demasiado. Empezó a beber cuando era apenas un adolescente. Intentamos alejarlo de la bebida, pero fue imposible. Todos nos sentimos culpables cuando murió.

—Contra el destino no se puede luchar —dijo ella, abstraída—. Yo perdí a mis abuelos en un accidente de tren hace dos años, en Europa, nada menos. Habían ido de vacaciones. Fue muy duro para Derrie y para mí.

—No lo sabía.

Ella lo miró a los ojos.

—Yo no sabía lo de Isaac, ni lo de tu madre.

Cortez le devolvió una mirada intensa y curiosa. Phoebe daba la impresión de acabar de descubrir el significado del placer. Él se alegraba de haberle ofrecido aquel regalo. Pero ahora se preguntaba si su entrega la había impulsado el deseo... o sólo la curiosidad. Estaba anonadada por lo novedoso de aquella intimidad. Eso no significaba que lo quisiera, ni que quisiera un matrimonio convencional. ¿Acaso no había dicho que su meta era convertirse en una mujer independiente y entregada a su profesión?

Miró más allá de ella y sintió que la inquietud se apoderaba de nuevo de él. Hizo una mueca y la soltó, poniéndose en pie.

—No tiene mucho sentido irse a la cama. Son las ocho de la mañana. Será mejor que nos demos una ducha rápida y salgamos de aquí. Usa tú el baño primero.

Ella estuvo a punto de sugerir que se ducharan juntos, pero Cortez estaba de pie, de espaldas a ella, y no se volvió cuando salió de la cama. Con un suspiro cargado de inquietud, se fue al cuarto de baño.

Hicieron en silencio el trayecto en coche hasta el museo. La intimidad que habían compartido durante la hora anterior parecía no haber existido nunca. Había estropeado algo entre ellos. Phoebe había creído que los acercaría aún más, pero, por el contrario, los había separado bruscamente.

Cortez paró a la entrada del museo.

—Necesito que me digas todo lo que sepas sobre el hombre que os vendió esa figura —dijo—. Las notas me sirvieron, pero necesito toda la información que puedas conseguir del resto del personal del museo, si lo vieron.

—Hablaré con los patronos de tu parte —le dijo ella—. Una cosa más. Esa mujer que vino a verme era alta, rubia y elegante. Llevaba zapatos y bolso de diseño. De Aigner —añadió, refiriéndose a un famoso diseñador francés—. Tenía un lunar en la mejilla derecha, justo encima del labio superior. Tenía acento sureño, aunque no muy fuerte, y los ojos azul oscuro.

—Eres increíble —dijo él con suavidad.

Ella logró esbozar una sonrisa.

—Qué va. Sólo tengo buena memoria —escudriñó sus ojos intensamente—. Ten cuidado. Esto se está poniendo peligroso.

—Eres tú quien me preocupa —repuso él—. Espera aquí hasta que venga a recogerte. Si no puedo venir, le diré a Drake que te lleve al motel. La policía local va a aumentar las patrullas por esta zona. Hay un asesino suelto. Y no creo que vaya a dejar de matar.

—Yo tampoco —contestó ella. Quería decir algo más; deseaba preguntarle cómo se sentía después de lo que habían hecho. Pero, al final, la venció la timidez. Sonrió y salió del coche—. Hasta otra, FBI —bromeó.

—Adiós, Indiana Jones —murmuró él con una sonrisa forzada.

Ella entró riendo en el museo.

Pero, al quedarse sola, le pareció que el mundo se le venía encima.

Cortez se comportaba como si nada hubiera pasado. ¿Eran todos los hombres así? ¿De veras se desentendían en cuanto habían saciado sus necesidades físicas? ¿O era acaso que Cortez tenía mala conciencia porque sabía que ella era virgen?

Llegó a la conclusión de que preocuparse por eso no iba a servirle de nada, como no fuera para que le salieran más canas. Encendió el ordenador e imprimió la lista del número de teléfono de los patronos del museo. Iba a recavar toda la información que pudiera sobre el misterioso individuo que les había vendido la figura. Como si no se lo hubiera dicho ya todo a Cortez. Quizás él sólo se lo había pedido para mantenerla ocupada, para que no se preocupara. Y dio resultado.

Cortez, mientras tanto, estaba en la oficina de Jeb Bennett.

—No puedo creer que Paso Largo esté en el hospital —dijo Bennett apesadumbrado cuando le informó sobre los acontecimientos de la noche anterior—. Es un buen trabajador, honrado y leal. ¿Quién querría hacerle daño? ¿Y por qué?

—Confiaba en que pudiera decírmelo usted —repuso Cortez con calma. Iba trajeado y se había recogido el pelo en una pulcra coleta. Parecía de la cabeza a los pies un agente del FBI.

Bennett se recostó en la silla.

—Me temo que no sé mucho sobre él —dijo con cierta crispación, sin mirar a Cortez a los ojos—. Lleva varios años trabajando para mí. Nunca he tenido queja.

Cortez había reparado en algo que recordaba vagamente de su primera visita a la oficina de Bennett. Había una fotografía enmarcada: una mujer bonita, rubia y de ojos azules, elegantemente vestida. Tenía un lunar en la mejilla. ¿Qué le había dicho Phoebe sobre aquella misteriosa mujer?

—¿Es su esposa? —preguntó, señalando con la cabeza la fotografía.

—¿Qué? Ah, no. No estoy casado —respondió Bennett con una mueca—. Al menos, ahora. Es mi hermana, Claudia.

Cortez procuró que no se le notara lo interesado que estaba en aquel inesperado vínculo.

—¿También se dedica a la construcción? —preguntó.

Bennett se echó a reír.

—A Claudia no le gusta mancharse las manos. Es tratante de arte.

Una respuesta muy interesante, y Bennett tenía cara de lamentar haberse ido de la lengua. Cortez notó que no le había dicho que Paso Largo había estado en prisión, ni que estaba casado con Claudia.

—¿Cómo está Paso Largo? —preguntó Bennett rápidamente, como si quisiera despistar a su interlocutor.

—Sigue inconsciente —respondió Cortez—. Las lesiones son graves. Si muere, habrá que buscar a un sospechoso de asesinato.

Bennett se irguió en la silla. Parecía inquieto.

Cortez achicó los ojos. Aquel tipo estaba implicado en el caso. Se inclinó hacia delante.

—Si sabe algo y no me lo dice, puede acabar acusado de complicidad. Y las penas son duras.

Bennett lo miró a los ojos y titubeó.

Antes de que pudiera decir nada, el teléfono móvil de Cortez comenzó a vibrar insistentemente en su bolsillo. Lo sacó y lo abrió.

—Cortez.

Era Alice Jones.

—Tengo el informe preliminar sobre lo que saqué de la camisa de la víctima. Definitivamente, es masa encefálica. También había algo de tierra. Es de otra cueva, no de la de anoche. Saqué a un biólogo de la cama y lo puse delante del microscopio para que la analizara. Es de una cueva húmeda. Una cueva con murciélagos.

A Cortez le dio un vuelco el corazón. La cueva de Yardley. Estaba seguro.

—Jones, vales tu peso en pizzas. Reúne al equipo. Nos encontraremos en el aparcamiento de la esquina de Harper y Lennox. ¿Entendido? —añadió, convocándolos en un punto neutral para no tener que hablar delante de Bennett. No se fiaba de él.

—Entendido, jefe —dijo Alice, y colgó.

Cortez se levantó.

—Tengo que irme —dijo, estrechándole la mano a Bennett—. Parece que tenemos una buena pista.

Bennett pareció vacilar.

—¿De qué se trata? —preguntó de pronto.

—Nos mantendremos en contacto —dijo Cortez sin contestar a su pregunta.

Salió de la oficina pensativo.

En cuanto se perdió de vista, Bennett levantó el teléfono.

En el museo, Phoebe intentaba eludir las miradas curiosas de Marie. Estaba segura de que nadie sabía que había estado con Cortez esa mañana, pero daba la impresión de que Marie lo intuía. Por fin resolvió que el mejor modo de solventar el problema era encararlo.

Llamó a Marie a su despacho y cerró la puerta.

—Llevas toda la mañana mirándome con cara rara —le dijo—. ¿Se puede saber qué pasa?

Marie se dejó caer en una silla, aliviada.

—No sabía cómo decírtelo —confesó.

Phoebe se sintió incómoda. Estaba chapada a la antigua, a su modo, aunque acabara de abandonar una abstinencia de tres años satisfaciendo su deseo por Cortez. Pero no quería compartir aquello con todo el pueblo.

Marie hizo una mueca y apartó la mirada.

—Ya sabes que Drake es mi primo.

—Sí, claro —contestó Phoebe, desconcertada.

—Pues, es que... —Marie hizo otra mueca—. Anoche estaba besando a Tina, la prima de Cortez. Pero besándola de verdad, ¿sabes? —miró a Phoebe con compasión y arrepentimiento.

Phoebe arqueó las cejas, profundamente aliviada.

—¿Eso era lo que no querías decirme?

—Sí. Lo siento mucho. Sé que Drake te prestaba mucha atención, y sé que se sentía muy atraído por ti...

Phoebe levantó una mano y sonrió alegremente.

—Drake me cae muy bien —dijo—. Es un hombre maravilloso. Pero no estoy enamorada de él, Marie.

—¡Menos mal! —exclamó Marie, y se llevó una mano a su generoso pecho. Se echó a reír—. Me sabía mal decírtelo, pero no quería que te enteraras por casualidad. Creo que está colado por la prima de Cortez.

—Yo también lo creo —contestó Phoebe—. Tina es muy simpática. Deberías verla con el sobrino de Cortez —añadió suavemente—. Le encantan los niños.

—¿Sabes si está saliendo con alguien? —insistió Marie.

—Estaba saliendo con un policía en Ashville —contestó Phoebe—, pero, entre tú y yo, creo que el pobre no tiene nada que hacer. Drake es especial.

Marie sonrió, radiante.

—Yo también lo creo, aunque sea mi primo —ladeó la cabeza—. He oído que anoche agredieron a un hombre y que está en el hospital.

Phoebe no sabía qué querría Cortez que le contara a una persona ajena al caso. Se limitó a sonreír.

—¿Ah, sí? —preguntó.

Marie levantó una ceja.

—No vas a decirme nada, ¿verdad? Intenté sonsacar a

Drake, y me dijo lo mismo. Pero otro primo mío dice que Cortez y tú salisteis en coche del pueblo de madrugada y que había un montón de policías y de coches del sheriff cerca de una cueva, en una zona de obras de por aquí.

—Tienes demasiados primos, Marie —dijo Phoebe con firmeza—. Y yo tengo que ponerme a trabajar, o nos despedirán a las dos.

Marie se echó a reír.

—Está bien —se levantó, agitó una mano y volvió a su trabajo.

Phoebe soltó un suspiro de alivio. Por lo menos nadie hacía especulaciones sobre ella y Cortez. Aún, al menos. Aquél era un secreto que no quería compartir todavía.

Al día siguiente, Cortez llegó a la zona de obras de Yardley antes que la furgoneta del equipo de criminalística, el coche patrulla de Drake y el agente de la policía local, que iba en su propio vehículo. Aquello iba a llamar la atención, pero no podía hacerse nada al respecto. Cortez tenía el presentimiento de que iban a encontrarse ante la escena de otro crimen.

Cruzaron el puentecillo y bajaron por el sendero que, adentrándose en el bosque, llevaba al pequeño saliente rocoso. Se oía borbotear el riachuelo a lo lejos.

Cortez hizo señas al equipo para que se quedara atrás mientras se inclinaba para inspeccionar una huella de neumático reciente. Faltaba el surco vertical. Les señaló la marca a Alice Jones y a su equipo. Ellos la esquivaron cuidadosamente y se dirigieron a la entrada de la cueva.

El sol estaba alto y hacía calor para estar a últimos de noviembre en aquella región montañosa. Cortez no vio nada sospechoso, pero al acercarse a la cueva se le encogió el estómago. Apretó los dientes cuando llegó a sus fosas nasales un olor leve, pero inconfundible. Sabía lo que era.

Y también Alice Jones, que lo miró con preocupación. Él se apartó para dejarla pasar y les indicó a los demás agentes que lo siguieran. A unos pasos de la entrada de la cueva, bajo el saliente, en la roca húmeda de la espaciosa cueva, aparecieron ante su vista unos zapatos. Pertenecían a un hombre tendido en el suelo.

Estaba muerto.

La víctima yacía boca abajo. Tenía la mitad del rostro desfigurado y el resto ensangrentado. No le habría reconocido ni su propia madre. La sangre formaba un charco alrededor de su cabeza. En las rocas, a un lado de la víctima, muy por encima de su cabeza, se veían salpicaduras de sangre y pegotes de tejido cerebral. Había una sola pisada visible, y marcas de brochazos allí donde las demás habían sido borradas.

El muerto era un hombre alto y delgado, vestía un traje caro y zapatos de piel que parecían igualmente costosos. Tenía los brazos doblados a ambos lados de la cabeza. Estaba rígido.

Alice Jones trabajaba con denuedo para dar con la hora aproximada de la muerte. Nadie prestaba mucha atención a lo que hacía. La muerte resultaba perturbadora incluso para los investigadores más experimentados. El forense no había llegado aún. Tanner, uno de los miembros de la unidad de criminalística, estaba tomando fotografías del cadáver y de sus inmediaciones. Encima del capó del coche tenía una cámara de vídeo que serviría como refuerzo para documentar el lugar de los hechos.

Alice había colocado ya varias tarjetas de colores junto a las pruebas para que Tanner las fotografiara. Un agente uniformado de la policía local iba poniendo alrededor del cuerpo pequeñas estacas de madera unidas por un carrete de hilo, siguiendo las órdenes de Alice. Otro agente permanecía apostado a unos metros de distancia para preservar el lugar de los hechos.

Alice se acercó con una pala de boca plana y una bolsa con otras herramientas pequeñas, como espátulas, brochas y pinzas. Parecía estar pálida y de mal humor.

—¿Dónde está el resto del equipo? —preguntó Cortez, asombrado—. Sólo veo otro agente del FBI.

—Es el día de Acción de Gracias, ¿no lo habías notado? —masculló ella, dejando la pala—. Todo el mundo tiene familia, menos Tanner y yo. Pero su especialidad es la fotografía, no la medicina forense. Así que aquí estoy, sola, de no ser por el agente Dane, que está vigilando la entrada, y por el agente Parker, que ni siquiera trabaja en homicidios. Lo suyo son los robos.

—¿No te han dado más? —preguntó Cortez, perplejo.

—En su departamento también celebran Acción de Gracias, Cortez, así que no podían prescindir de más agentes —contestó ella con sorna—. Tienes suerte de que no tenga marido, ni novio, ni nadie que me invite a salir.

—Vale, ya te he entendido —dijo él con un suspiro.

Jones pareció apaciguarse.

—Perdona —murmuró, avergonzada—. Es que esto me supera. Estoy acostumbrada a trabajar al menos con un criminólogo experto. Esto va a requerir tiempo y pericia.

—Qué lástima que no dispongamos de un antropólogo forense —murmuró Cortez.

Alice Jones sonrió con orgullo.

—Estoy haciendo un curso por internet de técnicas forenses aplicadas a la dentición —dijo.

—¡Jones! —exclamó él, animándose—. ¡Eres una maravilla!

Ella se echó a reír.

—Se agradece que aprecien tu trabajo, jefe. Tanner, Parker y yo vamos a estar muy liados —titubeó—. Pero, si pudieras traer a esa amiga tuya antropóloga, sería de gran ayuda —dijo, poniéndose seria—. Dijo que había estudiado antropología forense, y seguramente sabe más de excavaciones de lo que yo sabré nunca. Aquí hay mucho trabajo para un solo técnico —miró a Cortez—. ¿Es escrupulosa?

—Iré a preguntárselo —contestó Cortez.

—Recomendaré que te suban el sueldo —prometió ella.

—No servirá de nada —repuso él con un suspiro—. Nuestro presupuesto está ya en los huesos.

—Era sólo hablar por hablar —dijo ella—. No sé si te has fijado, pero llevo unos zapatos que tienen cuatro años, y no puedo permitirme cambiar de gafas.

—Díselo al jefe de operaciones —le aconsejó él, refiriéndose al agente especial al mando de la unidad—. Pero no esperes gran cosa. Hace poco me dijo que su hijo ha pedido otra beca porque el dinero que tenían ahorrado para pagarle los estudios tuvieron que gastárselo en los plazos de la hipoteca.

Jones se incorporó.

—¡No necesitamos saber si los monos sudan! —exclamó con vehemencia. Cortez, Tanner, Parker y el agente Dane se volvieron y la miraron con sorpresa. Ella frunció el ceño—. Bueno, ahí es donde va el presupuesto de la agencia, junto con el otros muchos departamentos, en becas como ésa para estudios que no le importan a nadie, salvo a unos pocos investigadores —masculló—. El Congreso no tiene sentido de la proporción.

—Te propongo como representante sindical de nuestra

unidad —dijo Cortez al cabo de un momento—. ¿Votos? —dijo alzando la voz.

Tanner levantó la mano. Y los agentes de la policía local también.

—Eh, vosotros no sois del FBI —les dijo Tanner.

—¿Estás seguro? —preguntó el agente Parker—. Hace dos años que no me suben el sueldo.

Cortez sacudió la cabeza. Le echó a la víctima un último vistazo y frunció el ceño al recordar la gravedad de la situación. Si se investigaban asesinatos, había que tener sentido del humor, pensó distraídamente, o uno se volvía loco.

—Me pregunto quién será —dijo en voz alta.

—Es la víctima número dos del expediente 45728 —contestó Jones.

Él le lanzó una mirada que hablaba por sí sola y se fue a buscar a Phoebe.

Aunque era Acción de Gracias, Phoebe se había compadecido de los turistas extranjeros que querían ver el museo. Estaba recogiendo sus cosas y Marie acababa de acabar el recorrido por el museo cuando Cortez entró en el despacho.

El verlo de nuevo tras lo ocurrido, después del modo en que se habían despedido, fue para Phoebe como un mazazo. Apenas podía respirar. Con sólo mirarlo, un leve estremecimiento de placer recorría sus terminaciones nerviosas.

A Cortez le ocurría lo mismo, pero lograba disimularlo. Llevaba toda la vida aprendiendo a ocultar sus emociones más profundas, y ello le servía en situaciones como aquélla. Se metió las manos en los bolsillos.

—¿Eres escrupulosa? —preguntó sin preámbulos.

—Define «escrupulosa» —contestó ella.

—¿Te importa ver a un hombre al que le falta la cara y una pequeña parte por detrás del cerebelo y ayudar a Alice Jones a excavar alrededor del cuerpo para recoger pruebas?

—¿Quieres que vaya a ver un muerto? —preguntó ella con los ojos como platos.

—Bueno..., sí —contestó él con cierto titubeo.

Phoebe rodeó la mesa, recogió su bolso y se acercó a la puerta mientras él seguía conteniendo el aliento.

—¡Vamos! —le dijo—. ¡Se va a enfriar el rastro!

Cortez pasó junto a Marie, que los miraba con curiosidad, y la siguió.

—Marie —le dijo Phoebe con una sonrisa—, tendrás que encargarte del negocio. ¡Voy a asesorar al FBI!

Marie miró con fastidio a un grupo de turistas que estaba murmurando acerca de las etiquetas de una de las vitrinas.

—¿Puedo ir a asesorar yo también? —preguntó.

—Lo siento, sólo puede escaparse un miembro del personal al día —murmuró Phoebe, sonriendo—. Cierra en cuanto se vayan nuestros invitados. Luego te llamo.

Se montó en el asiento del acompañante del coche de Cortez y se abrochó el cinturón de seguridad.

Él se deslizó tras el volante e hizo lo mismo, lanzándole una mirada irónica.

—Y yo que pensaba que tendría que persuadirte.

—¿Me tomas el pelo? Siempre me ha fascinado la ciencia forense —contestó ella—. Hice varios cursos en la universidad y de vez en cuando he asesorado a la policía local cuando encontraban restos humanos. Hasta he visto una autopsia.

Él apretó los dientes.

—Yo también, pero sin mucho entusiasmo.

—¿Sabes quién es el muerto? —preguntó ella.
—No, pero si se lo preguntas a Jones, te dirá que es varón y está muerto.
Ella sacudió la cabeza, sonriendo.
—Ésa es nuestra Alice.
—No es un espectáculo agradable, Phoebe —le dijo él.
Ella le lanzó una mirada.
—La muerte nunca lo es —dijo—. Un inspector de policía de Georgia me dijo una vez que conseguía superar los peores momentos recordándose que es el último abogado de los muertos. Depende de él que el culpable sea atrapado y pague por los crímenes que ha cometido. A mí me gusta verlo de esa forma.
—A mí también —repuso él suavemente.

No hablaron mucho de camino a la escena del crimen.
Phoebe se mostraba extrañamente tímida. Él se sentía culpable por cómo habían ocurrido las cosas entre ellos. Nunca había pretendido empujarla a mantener una relación física con él.
Aparcó cerca del lugar de los hechos y salió primero, indicándole a Phoebe que lo siguiera pisando sus huellas. No quería alterar las pruebas.
Phoebe dejó el bolso en el coche y siguió a Cortez al interior de la cueva. Vaciló un segundo al ver el cadáver. Pero enseguida se obligó a seguir adelante.
Alice Jones, que estaba excavando lentamente la zona alrededor del cuerpo, se detuvo.
—Gracias por venir —dijo cansinamente.
Había que levantar las finas capas del suelo una por una, pasar la tierra por un cedazo y embolsar y etiquetar todos los indicios, por nimios que fueran. Era una trabajo

y, a medida que iba subiendo la temperatura, también fatigoso.

—Ahora que no están aquí, echo de menos al resto de mi equipo —añadió Alice.

—No tiene importancia —contestó Phoebe—. Dame espátula y dime qué quieres que haga.

—Primero echa un vistazo a la víctima, si quieres —dijo Alice, dirigiéndola hacia el único punto de la entrada por el que se podía pasar para no alterar la escena del crimen—. Por el ángulo de la herida, yo diría que le dispararon por la espalda mientras estaba inclinado hacia delante. Había salpicaduras de sangre en las rocas donde debía de estar la cabeza mientras estaba agazapado. La herida es pequeña por detrás, grande por delante, y el orificio de entrada es pequeño y de contornos precisos.

Phoebe frunció el ceño mientras observaba la herida.

—Un revólver —dijo—. Y le dispararon desde atrás y desde arriba.

—Es más que probable —repuso Alice—. Si supiéramos el calibre, sabríamos el vector de salida y dónde buscar el casquillo. Creo que fue un solo tiro, con un revólver de calibre alto, a bocajarro. El agente Parker está por ahí, buscando el casquillo con un detector de metales.

Eso explicaba el extraño zumbido que Phoebe había oído al entrar en la cueva.

—Está bien —dijo, quitándose la chaqueta—. Cuando quieras.

Alice sonrió con desgana y le dio una espátula.

Examinar la escena del crimen era un trabajo arduo y agotador. Phoebe había estado muchas veces en excavaciones, pero la presencia del cadáver la ponía nerviosa. El rigor mortis estaba bastante avanzado, y el cadáver empezaba a hincharse al calor del día y a emanar un leve y desagradable olor dulzón.

Alice estaba examinándolo para intentar concretar la hora aproximada de la muerte.

—Yo diría que lleva aquí entre doce y dieciocho horas —le dijo a Cortez distraídamente—, teniendo en cuenta el avance del rigor mortis y la temperatura corporal. Cuando le hagamos la autopsia podremos concretar la hora, pero creo que no variará mucho.

—Eso significa que fue asesinado ayer —dijo Cortez.

—Posiblemente anoche —añadió Alice—. Ya he comprobado su temperatura corporal —murmuró, y miró con sorna a sus compañeros, que apartaron la mirada—. Teniendo en cuenta que el cuerpo pierde entre un grado y un grado y medio cada hora después de la muerte, la temperatura encajaría con mi cálculo de la hora aproximada de la muerte. Murió ayer, sobre las onces de la noche, hora más, hora menos, si tenemos en cuenta los informes meteorológicos de anoche. Hizo unos quince grados menos que ahora. Hablaré con los chicos del Instituto Meteorológico para que me manden un gráfico y el informe de las temperaturas de ayer en esta zona antes de redactar el informe.

—Metedlo en la bolsa y que la funeraria del pueblo mande una ambulancia a buscarlo. Que se quede allí hasta que podamos enviarlo al laboratorio de criminalística del estado para hacerle la autopsia —le dijo Cortez—. Si tenemos suerte, el encargado de la funeraria te dejará sacar las huellas latentes y algunas muestras de ADN para nuestro laboratorio con ayuda del forense del pueblo.

—Siendo fiesta, no va a ser fácil conseguir resultados inmediatos —le recordó Alice.

—Vamos, sé que tienes mucha confianza con los del laboratorio, Alice —respondió Cortez—. ¿No estuviste saliendo con uno de los ayudantes nuevos?

Ella carraspeó.

—La verdad, jefe, es que lo tiré encima de una mesa de la cafetería. No creo que mencionando mi nombre adelantemos nada —los demás la miraron con estupor. Ella se sonrojó—. No fue aposta. Él me apartó la silla y yo me tropecé con mis propios pies y él se cayó encima de un plato de puré de patatas con salsa de carne.

—¿Y qué hiciste? —preguntó Phoebe, estupefacta.

Alice se sonrojó aún más.

—Me levanté y salí huyendo —confesó—. Creo que no estoy hecha para el romanticismo.

—Menos mal, porque eres la mejor técnico forense que tengo —repuso Cortez con una sonrisa.

Ella sonrió.

—¿Sobre ese aumento...?

—Ponte a trabajar.

Ella le hizo un saludo militar, le guiñó un ojo a Phoebe y volvió a tu tarea.

Había dos muestras que hicieron a Cortez levantar las cejas cuando Alice se las enseñó. Una era un cabello largo y rubio. La otra, unos restos minúsculos de maquillaje en polvo que encontraron en la solapa de la víctima cuando le dieron la vuelta para meterlo en la bolsa.

—Crees que había una mujer con él —dijo Cortez.

Alice asintió con la cabeza.

—No sé si las pruebas materiales van a proporcionarte un nombre, pero indican que hubo un testigo. Había al menos una persona con él antes de que muriera.

—Eso es de gran ayuda —dijo Cortez.

Entornó los ojos. Estaba pensando en la fotografía de

la hermana de Bennett. Aquella mujer tenía el pelo largo y rubio. Su marido, Paso Largo, seguía en el hospital, inconsciente. Tenía que haber algún tipo de conexión. Pero no dijo nada en voz alta.

Llegó la ambulancia y la víctima fue introducida en otra bolsa para su transporte. Alice se fue a su furgoneta para seguir a la ambulancia hasta el tanatorio, y se despidió apresuradamente de Cortez y Phoebe. Tanner regresó con ella al motel. Los policías recogieron sus cosas y también se marcharon. Phoebe ya había llamado al museo y le había dicho a Marie que se fueran todos a casa y cerrara. De todas formas, no iría nadie más el día de Acción de Gracias.

Cortez le abrió la puerta del acompañante de su coche y esperó hasta que se hubo abrochado el cinturón para cerrarla.

Phoebe lo miró con cierta incomodidad mientras él se abrochaba el cinturón.

—¿Nunca te sientes... bueno... sucio después de examinar la escena de un crimen?

Él esbozó una sonrisa.

—Cada vez —confesó, y alzó una ceja—. Te ha afectado más de lo que pensabas, ¿eh?

Ella le devolvió la sonrisa con cierta timidez.

—Sí —dijo. Cruzó los brazos sobre el pecho y se quedó mirando por el parabrisas mientras Cortez conducía de regreso a Chenocetah—. Parecía tan indefenso...

—Las víctimas siempre parecen indefensas —contestó él—. Por eso nos esforzamos tanto por resolver los crímenes. Uno no puede quitarse de la cabeza la imagen de la víctima, pero al menos detener a alguien alivia la frustración.

—Es tan complicado... —musitó ella—. Primero aparece un antropólogo diciendo que ha encontrado un esqueleto de Neandertal. Luego muere asesinado y a mí me disparan, y después dan una paliza a ese tipo de la constructora. Y ahora aparece otro muerto con un pelo rubio en la chaqueta y rebozado de polvos faciales —miró a Cortez—. ¿Cómo se encaja todo eso?

—Con pruebas físicas e interrogatorios —Cortez se detuvo en un semáforo, a la entrada del pueblo.

—Sospechas de alguien —dijo ella.

Él metió primera y se echó a reír.

—Eres muy intuitiva.

—La mujer que vino a verme al museo era rubia —recordó ella—. No recuerdo que llevara polvos faciales, pero tenía el pelo largo y rubio y un lunar.

Cortez asintió con la cabeza y pisó el acelerador cuando el semáforo se abrió. Phoebe lo observó ansiosamente y el corazón se le aceleró al recordar sus besos. Aquel intenso escrutinio llamó la atención de Cortez. La miró suavemente.

—Ten cuidado —la advirtió—. Estoy agotado, pero recuerdo muy bien lo que pasó en tu cabaña ayer.

Ella se sonrojó un poco.

—Fue… increíble.

Él asintió y apretó la mandíbula, desviando la mirada.

—Y estamos investigando un asesinato.

—No hay tiempo para arrumacos —tradujo ella con un suspiro.

Él se echó a reír a pesar de sí mismo.

—Además, el día de Acción de Gracias.

Ella hizo una mueca.

—¡Se me había olvidado! Tengo un pavo. Iba a asarlo y a invitaros a cenar a ti, a Tina y a Drake.

Él arqueó las cejas.

—Qué gran idea —sus ojos negros brillaron—. ¿Quieres que lleve maíz y venado? —añadió.

Ella lo miró con enojo.

–No vamos a hacer de peregrinos –replicó–. Además, tú perteneces a una tribu de las llanuras, no a las tribus del este que se mezclaron con los inmigrantes británicos –frunció el ceño–. De hecho, creo recordar que muchos de los primeros colonos no sabían cultivar la tierra y robaban comida a los pueblos indígenas...

–Punto primero –comenzó a decir él con indolencia–, los pueblos indígenas no conceden mucha importancia a las posesiones materiales. Lo compartimos todo, incluyendo la comida. La codicia es un concepto que no va con nosotros. Punto segundo, la nación comanche es una rama de la nación shoshone. Pero consideramos que cualquier miembro de nuestras diversas bandas forma parte de nuestra familia. Y la familia es el concepto más importante que tenemos.

–La familia debería ser lo más importante –murmuró ella, sonriéndole–. Define quién eres –le lanzó una larga mirada–. Tú has tenido que luchar por tu identidad toda tu vida, ¿verdad?

Él asintió con la cabeza.

–A los miembros de una minoría racial les cuesta mucho conquistar su amor propio. Las estadísticas hablan por sí solas. La educación refuerza nuestra conciencia de valía. Por eso mi padre y muchos otros miembros de nuestra comunidad se esfuerzan por poner en marcha programas que ayuden a vencer la pobreza.

Ella asintió.

–El activismo ha hecho avanzar mucho a los pueblos indígenas. Sobre todo el activismo político.

Él se echó a reír.

–No me hagas hablar. Mi padre se pasa la vida organizando seminarios sobre cómo recaudar fondos para programas de desarrollo. Es un planificador nato –se detuvo ante una señal de stop a las afueras de la ciudad y se giró para mirarla con afecto. Pero sus ojos se entristecieron de repente.

—¿Qué ocurre? —preguntó ella.

—Estaba pensando en la familia. En lo que sacrifiqué por la mía. No me arrepiento, porque la vida de Joseph vale cualquier sacrificio. Pero han sido tres años muy largos y solitarios, Phoebe —le dijo.

Los ojos de Phoebe reflejaban el mismo dolor, la misma tristeza y soledad que los de él. Ella recostó la cabeza en el cabecero y se quedó mirándolo fijamente.

—Durante mucho tiempo te odié —dijo—. Nunca se me ocurrió que quizá no me habías abandonado por propia voluntad. Me siento un poco avergonzada por eso. Debí darme cuenta de que, para que cambiaras de idea, tenía que haber pasado algo muy grave.

Él la tomó de la mano.

—No nos conocíamos lo suficiente —contestó con calma—. Unas cuantas conversaciones, un par de besos, y tiramos por caminos distintos. No podías saber que me tomaba tan a pecho estas cosas. Quise decírtelo. Pero Isaac ya tenía problemas, y yo sabía que se avecinaba una crisis familiar. Tenía muchas ilusiones puestas en lo nuestro. Pero se interpuso el destino.

Ella entrelazó los dedos ansiosamente con los de él.

—Te habría esperado toda la vida, si lo hubiera sabido —dijo, pero se le quebró la voz.

Él puso el coche en punto muerto, le quitó el cinturón de seguridad y la abrazó. Sus bocas se encontraron ávidamente. Cortez dejó escapar un gemido, abrió la boca y devoró la de Phoebe.

Ella se estremeció al rodearle el cuello con los brazos.

—Estoy ardiendo —dijo con voz estrangulada.

—Sí —Cortez la estrechó contra su pecho mientras deslizaba la boca por su garganta. Se estremeció.

—Llévame a casa, Jeremiah —musitó ella entrecortadamente.

—Enseguida.

Quería oponerse. Era una mala idea. Pero ella lo besó con angustiado fervor. Él no tenía fuerzas para resistirse. Con manos temblorosas puso el coche en marcha, dio media vuelta y puso rumbo a la cabaña, pisando el acelerador.

No la soltó en todo el camino.

A Phoebe se le aceleraba el corazón cada vez que recordaba el placer exquisito que le procuraba su cuerpo fuerte y fibroso. Cortez era cuanto había soñado, hecho realidad.

Pero él no era ciego al peligro y mantenía los ojos fijos en la carretera. No se veía ningún otro vehículo. De momento, todo iba bien.

Él tenía que seguir trabajando en el caso. Pero a fin de cuentas era Acción de Gracias, y llevaba todo el día trabajando. Se merecía un poco de diversión, aunque se resistiera a pensar en Phoebe en esos términos. Lo que hallaba en su cama era casi sagrado.

Aparcó detrás de la cabaña y apagó el motor. Tenía el cuerpo agarrotado, pero su mente seguía funcionando a toda máquina.

Ella lo observó con ansiedad.

—Iba a aquel café de Charleston todos los días con la esperanza de volver a verte —dijo con voz ronca—. Y entonces, el último día, allí estabas.

Los ojos de él brillaron.

—Yo hacía lo mismo, totalmente en contra de mi voluntad. Tenía muchos motivos para no enamorarme de ti.

Ella le sonrió.

—Lo sé. Pero al final ninguno importó.

Él exhaló un profundo suspiro.

—Todavía hay obstáculos —afirmó.

—Todo el mundo tiene obstáculos, Jeremiah —le recordó ella—. Pero, teniendo en cuenta cómo han sido estos tres últimos años, prefiero los obstáculos.

Él trazó la línea de sus labios con el dedo índice.

—Sí, yo también —titubeó—. Pero sigues sin saber gran cosa de los hombres.

—Estás en una situación perfecta para enseñarme todo lo que necesito saber —repuso ella.

Él bajó la mirada hacia su blusa, bajo la cual se adivinaban sus pezones duros. Phoebe lo deseaba. Él recordó el sabor de sus pechos, su imagen cuando había estado a punto de hacerla suya en la habitación del motel.

Echó mano de los botones. Ella se los desabrochó y abrió luego el cierre frontal de su sujetador, dejando al desnudo sus pechos ante los ojos de Cortez.

—Cielo santo, Phoebe —murmuró él.

Ella se desabrochó el cinturón de seguridad, se acercó a él y atrajo su cabeza hacia la piel tersa y bienoliente de sus pechos. Él abrió la boca sobre uno de sus pezones duros y lo lamió ansiosamente. Ella se arqueó y dejó escapar un gemido.

Cortez siguió estrechándola entre sus brazos mientras devoraba su cuerpo suave. Apenas podía pensar.

—Vamos dentro —dijo con aspereza—. Aprisa.

Cortez apenas recordaba haber cerrado con llave la puerta al entrar. Phoebe entró primero en el cuarto de baño. Él cerró la puerta y la desvistió hábilmente entre besos ardientes. Acercó las manos de Phoebe a su camisa y su corbata y la besó mientras ella le devolvía el favor.

Unos minutos después, se metieron en la ducha y estuvieron a punto de estallar mientras se enjabonaban en un frenesí de deseo. A Cortez le costó gran esfuerzo aclararse y secarse. Después, los besos se hicieron arrebatadores y el deseo estuvo a punto de estallar de nuevo en su cuerpo sobreexcitado.

La tumbó en la cama, a su lado. Tenían los dos el pelo mojado porque él sabía que no había tiempo para secárselo.

Phoebe le rodeó los muslos con las piernas y se arqueó hacia él. Cortez la penetró con una suave y tierna acometida. Contuvo el aliento al sentir la facilidad con que ella le franqueaba el paso. Y ella también. El ardor de su encuentro era como un pálpito de dicha. Phoebe gimió en voz alta al tiempo que se alzaba hacia él, ofreciéndose a sus ojos. Su trémulo deseo era tan evidente que volvía loco a Cortez.

Él le separó más las piernas. Sus ojos negros brillaban en la semioscuridad del dormitorio. Por encima del pálpito desbocado de sus corazones y del roce de la carne sobre las sábanas sólo se oía el chirrido de los muelles de la cama mientras él se hundía rápidamente en el cuerpo de Phoebe.

Gimió y se estremeció cuando el placer comenzó a exigir satisfacción. La agarró de las muñecas y se las clavó al colchón a ambos lados de la cabeza.

—Me estás... matando —sollozó ella con ojos tan febriles como su cuerpo.

—Moriremos juntos —masculló él—. Mírame a los ojos. No los cierres. Mírame. ¡Mírame!

Ella abrió la boca en un grito febril mientras él la penetraba con el cuerpo tenso como una soga y los labios apretados. Se arqueó hacia él, sollozando. Su cuerpo, excitado por los movimientos furiosos de las caderas de

Cortez, exigía satisfacción. Clavó las uñas en su espalda, las hundió en su carne. Gimió, indefensa, y sus ojos se dilataron mientras él se hundía en ella con violencia, una y otra vez.

Cortez le levantó el muslo con firmeza al tiempo que encontraba al fin el ritmo y la presión necesarios para que el placer estallara dentro de ellos. Phoebe se aferró a él.

—No… pares… no… pares… no… pares —sollozó. El sudor ahogaba en humedad su cuerpo acalorado.

Él quedó suspendido sobre ella, con los ojos llenos de pasión, y luego se hundió en su interior con sus últimas fuerzas, con la mirada clavada en ella. Phoebe se convulsionó de repente bajo él y gritó.

Cortez se puso rígido. Dejó escapar un áspero gemido y cayó sobre ella, aplastándola contra el colchón mientras se estremecía incontrolablemente.

—Phoebe —le susurró al oído con voz profunda y palpitante, como su miembro dentro de ella—. Phoebe… nena… nena…

Ella le enlazó las piernas con las suyas y se estremeció de nuevo, anegada por un placer casi doloroso. Le rodeó la espalda húmeda con los brazos y se aferró a él. Se estremecieron juntos, deliciosamente, en los estertores del éxtasis, en un silencio palpitante, dulce y hambriento.

Cortez se estremeció de nuevo y empezó a levantarse, pero ella lo sujetó.

—No —susurró a su oído—. Por favor, no… por favor… no he… acabado…

Él se apoyó en los codos y levantó la cabeza. Miró sus ojos dilatados y frenéticos y empezó a moverse sobre ella. Vio que ella experimentaba leves e infinitos espasmos de placer y sonrió a pesar del cansancio.

—Sí, está bien, ¿verdad? —musitó, bebiéndose con los

ojos su satisfacción–. El cuerpo de una mujer es capaz de experimentar un clímax infinito –añadió, y movió bruscamente las caderas de modo que ella se envaró y dejó escapar un sollozo–. Pero puedo darte mucho más. Puedo darte otro orgasmo...

Se movió de nuevo bruscamente. Su cuerpo era de pronto un instrumento que tocaba como un tesoro de incalculable valor. Condujo a Phoebe a un nivel de gozo que ella nunca había experimentado. Se puso rígida, abrió la boca y los ojos casi con horror cuando él volvió a llevarla de nuevo hacia la espiral del éxtasis. Gritó con una voz que no reconoció, y luego gimió interminablemente cuando aquel gozo arrebatador se disipó en cuestión de segundos.

Sollozó contra la garganta de Cortez y él la abrazó y la reconfortó en medio de un denso silencio.

–Antes no fue así –logró decir ella–. Estaba asustada.

Él le besó los párpados húmedos.

–Y esto es sólo el principio –musitó–. Apenas hemos empezado.

Ella echó la cabeza hacia atrás y escudriñó sus ojos. Seguía temblando.

–¿De verdad?

–De verdad –se inclinó y la besó con ternura–. Pero tenemos que parar por ahora.

–¿Por qué? –preguntó ella, alarmada.

Él sonrió con indulgencia.

–Cuando me retire, lo comprenderás –dijo él con malicia. Levantó las caderas y ella apretó los dientes–. Hasta las cosas buenas, en exceso, pueden ser perjudiciales –dijo cuando estuvieron tendidos el uno al lado del otro–. ¿Ves lo que quiero decir?

Ella hizo una mueca.

–No me había dado cuenta.

Él suspiró.
—Hay otra cosa de la que no te has dado cuenta.
Ella levantó las cejas.
Él señaló su miembro.
Phoebe tardó un momento en percatarse de por qué lo estaba mirando.
—Uf —dijo.
—«Uf» no es el nombre que yo le pondría a nuestro primer hijo —le informó él con humor negro.

12

Phoebe se sentó a su lado. Su cuerpo palpitaba todavía levemente, sacudido por los efectos retardados del placer. Se estremecía, y tenía aún el pelo mojado, y el cuerpo sudoroso.

Cortez se recostó en las almohadas y la observó con codiciosa ternura.

—No ha habido tiempo —dijo ella, poniéndose a la defensiva.

Él posó la mano sobre su muslo y sonrió.

—¿Me he quejado yo? —preguntó con suavidad—. Sólo he dicho que no le pondría «Uf» a nuestro hijo.

A ella se le aceleró el corazón.

—Entonces, ¿vamos a tener uno enseguida?

Él arqueó las cejas y puso una expresión malévola.

—A este paso, sin duda. La verdad es que llevaba un preservativo en la cartera.

Ella hizo una mueca.

—Estaba tan ocupada intentando quitarme la ropa que no se me ha ocurrido preguntar.

Él se echó a reír.

—Ya somos dos.

Ella deslizó la mirada con ansia sobre su cuerpo recio y fibroso.

—Me ha dado esa... sensación —él levantó una ceja—. Como... como lo que debe sentirse al engendrar un hijo —balbució, poniéndose colorada—. La última vez pensé que no podía ser mejor.

Los ojos de él se ensombrecieron.

—Yo también. Pero hemos alcanzado un nivel que para mí también era desconocido.

—¿En serio? —susurró ella, fascinada, porque él tenía mucha más experiencia que ella.

Él exhaló un largo suspiro mientras la observaba con intensidad.

—Phoebe... —hizo una pausa; parecía preocupado—. Me cuesta encontrar las palabras...

—No pasa nada —lo interrumpió ella con ansiedad, por si acaso él se sentía otra vez culpable e intentaba evitar un compromiso—. No tienes que decir nada.

Él la agarró de las manos y la estrechó en sus brazos. Pero no la besó. La acurrucó a su lado y se limitó a abrazarla.

—Cuando acabe con este caso —dijo con voz acariciadora—, hablaremos.

Ella le frotó el pecho con la mejilla. En cierto modo, era un modo de postergar las cosas. Cortez no le había prometido nada. Pero Phoebe sabía que sentía algo por ella, aunque sólo fuera deseo. Quizá fuera más.

—Está bien.

Él le acarició el pelo húmedo. Sus emociones eran tan profundas que no lograba expresarlas en voz alta. Confiaba en que ella entendiera. Estaba casi seguro de que sí. Se sentía en paz por primera vez desde hacía años. Se quedó mirando el techo sin verlo, y el suave peso del cuerpo de Phoebe disparó en él una dolorosa erección. Dejó escapar un gruñido.

Ella sintió su tensión y se sentó, posando la mirada en esa parte de él que delataba sus más íntimos pensamientos.

Cortez la miró a los ojos.

—Te dejo, si quieres —dijo ella con suavidad.

Él se sentó y la besó con vehemencia.

—Los amantes no se infligen dolor deliberadamente —susurró, y le sonrió—. Gracias, pero es sólo un reflejo —se inclinó hacia ella con actitud conspirativa—. Yo también estoy cansado.

Los ojos de Phoebe se agrandaron. Se echó a reír.

—¿Ah, sí?

—Sí —se puso en pie y la hizo levantarse, deleitándose la mirada con su desnudez—. Así que ¿qué te parece si nos damos una ducha rápida, nos vestimos y le preguntamos a Drake si le apetece traer a Tina y a Joseph para celebrar Acción de Gracias?

Ella lo observó con sorpresa.

—Sería estupendo.

Cortez se inclinó y le besó con ternura los párpados.

—Estamos los dos agotados, de momento. Y puede que sea lo mejor —añadió con un brillo en la mirada—. Tengo que concentrarme en el trabajo un par de días, en vez de en tus pechos —los miró y resopló—. ¿Tienes idea de lo bonitos que son?

Los ojos de Phoebe parecieron reír.

—Son pequeños.

—Tonterías —se inclinó y los besó—. Son perfectos. Me excito cada vez que los miro —se echó a reír de repente.

—¿De qué te ríes?

—Estaba intentando imaginarte hace tres años quitándote la blusa para mí.

Ella se sonrojó.

—En aquella época era un poco mojigata.

—Pero ya no —dijo él con una sonrisa.

Ella se echó a reír.

—No, ya no —siguió el contorno de sus labios con los dedos. Sus ojos parecían ensombrecidos por un recuerdo doloroso—. Tenía tantas ganas de que subieras a mi habitación el día de la fiesta de graduación… —murmuró.

—Yo también. Pero tenía un presentimiento —añadió en voz baja—. No, no tengo el don de mi padre. Pero tenía la sensación de que algo malo iba a pasar. Y resultó que tenía razón. Lamento haberte hecho tanto daño —dijo—. Cuando Drake me dijo que intentaste suicidarte…

—¿Te dijo eso? —exclamó ella.

—Se lo oyó decir a Marie —contestó él.

—Pues no es cierto —dijo ella de inmediato—. Antes de venir a Carolina del Norte, tomé demasiadas pastillas para el dolor de cabeza y la tía Derrie se llevó un susto de muerte —añadió—. Pero no quería suicidarme —sonrió con desgana—. La verdad es que quería vivir para vengarme de ti —rió—. La venganza me hizo seguir adelante. Y luego tú entraste en mi despacho como si no nos conociéramos de nada.

—Fue un mal día —dijo él.

—Para mí también —hizo una mueca—. Si te perdiera otra vez…

Cortez la estrechó en sus brazos y ahogó sus palabras con un beso ansioso.

—Jamás te dejaré —musitó—. ¡Jamás! Cuando me tienda en la oscuridad, aún seguiré susurrando tu nombre…

Ella dejó escapar un sollozo y se aferró a él. El beso creció y creció en intensidad y finalmente alcanzó su clímax, dejándolos a los dos débiles y temblorosos. Se abrazaron con fuerza durante largos minutos, sin decir nada, hasta que por fin pudieron separarse.

Ella se enjugó las lágrimas. Cortez se inclinó y le besó los ojos.

—No llores —musitó con ternura—. No volveré a dejarte. Lo juro.

—No dejes que te maten de un tiro —dijo ella con firmeza.

Él sonrió.

—No, eso tampoco lo haré.

Ella le devolvió la sonrisa, algo llorosa.

Cortez suspiró.

—Tengo ganas de comer, si te apetece cocinar. Tú haz el pavo y la guarnición, y yo abriré todas las latas —sonrió.

—Y yo que pensaba que ibas a ofrecerte a hacer pan.

Él frunció los labios.

—Una vez hice pan. Mi padre intentó dárselo al perro, y el perro salió corriendo. Desde entonces no he vuelto a hacerlo.

—En ese caso —dijo ella con dulzura—, sacaré unas latas para que las abras.

Drake se presentó con Tina y Joseph apenas dos horas después. Alice Jones, a la que Cortez había llamado para invitarla, llegó al mismo tiempo. Cortez sabía que no tenía familia ni amigos íntimos, y que era muy divertida.

Eso, hasta que Phoebe la invitó a ir con ella a la cocina para ayudarla con el pavo. Cortez se quedó sentado en el cuarto de estar con Tina, Joseph y Drake, y se puso a hablar con éste de los resultados de sus interrogatorios.

Phoebe puso el pavo en una bandeja de horno cubierta de papel de aluminio, con la pechuga hacia arriba. Estaba acabando de preparar la guarnición con una mezcla de galletas, pan de maíz, salvia y cebollas en un cuenco cuando miró por casualidad a su invitada.

Allí estaba Alice, inclinada sobre el pavo con el ceño

fruncido. Había sacado su lupa y estaba inspeccionando la pechuga.

—¿Alice? —dijo Phoebe lentamente.

—Un fuerte golpe en el esternón —estaba murmurando Alice para sí misma—. Herida de entrada justo aquí. Hematomas. Pérdida de tejido...

—¡Alice, por el amor de Dios, es un pavo muerto! —exclamó Phoebe.

Alice la miró con estupor.

—Claro que está muerto. Sólo quiero saber cómo murió. Por si hay algo turbio —sonrió.

Phoebe gruñó en voz alta y le tiró un paño de cocina.

—¿Qué está pasando ahí? —gritó Cortez desde el cuarto de estar.

—¡Alice le está haciendo la autopsia al pavo! —contestó Phoebe.

—¡En Nochebuena no estás invitada, Alice! —amenazó Cortez.

—¿Qué quieres que haga, si hay un cadáver en la cocina? —repuso Alice—. ¡Tengo que mantener afiladas mis habilidades! Además —masculló, mirando el pavo con el ceño fruncido—, creo que este bicho ha sido asesinado.

Se oyó refunfuñar en el cuarto de estar. Phoebe se echó a reír y volvió a su guarnición.

«Es como una gran familia», pensó Phoebe mientras miraba a sus invitados, reunidos en torno a la mesa.

Drake hablaba sin parar con Cortez, pero parecía ignorar a Tina. De hecho, Tina también parecía ignorarlo a él. Tenía a Joseph sentado en el regazo porque Phoebe no tenía ninguna silla alta, e iba metiéndole pedacitos de pavo con salsa de arándanos y dándole leche para que tragara.

Después de la cena, Drake salió al porche. Phoebe salió

tras él, tras comprobar que dos de los otros tres adultos estaban enfrascados en una encendida discusión acerca de manchas de sangre y pruebas forenses. Tina acunaba a Joseph y parecía enfadada.

Drake estaba en un rincón del porche, mirando las montañas lejanas.

—Eh, ¿qué te pasa? —preguntó Phoebe con suavidad.

Él la miró e hizo una mueca.

—Tina y yo hemos discutido.

—¿Por qué?

Él la recorrió en silencio con la mirada.

—Sólo le dije que era muy divertido ir a verte al museo, que sabías mucho sobre la historia de mi pueblo. Que eras muy inteligente.

—¿Y?

—Tina sólo fue al instituto —murmuró Drake—, igual que yo, y no sabe mucho de historia. Además, tiene mucho temperamento. Tan pronto se está riendo como se enfada —sus labios formaron una fina línea—. Quizá debería volver a Ashville y casarse con ese policía tan perfecto. Por las cosas que cuenta Tina, cualquiera diría que ese tipo es capaz de luchar con un tiburón sin despeinarse.

—Puede que esté intentando ponerte celoso —sugirió Phoebe.

Él se echó a reír sin ganas.

—Creía que entre nosotros podía haber algo bonito —dijo él, hablando casi para sí mismo—. Pero está celosa de ti —entornó los ojos—. ¿Ese agente del FBI —dijo señalando el cuarto de estar— es su primo? ¿O son parientes lejanos y está loca por él?

—Bueno..., no sé —balbució Phoebe—. Él sólo me dijo que eran primos —el corazón le dio un vuelco—. ¿Por qué crees que está loca por él? —preguntó.

—Porque no habla de otra cosa, ni siquiera de ese poli

de Ashville —dijo, irritado—. Que si Jeremiah esto, que si Jeremiah lo otro. Cree que es perfecto. Haga lo que haga yo, él lo hace mejor. Eso incluye conducir, hablar, mantener una conversación y hasta respirar.

Phoebe se acercó a él, sonriendo.

—Mira, los primeros días son siempre difíciles. Puede que te esté poniendo a prueba, ¿sabes?

Él tomó un mechón de su pelo rubio y se puso a juguetear con él.

—Eres una buena mujer —dijo, muy serio—. Y lo digo en el mejor sentido. Me caes muy bien.

Ella sonrió.

—Tú a mí también, Drake.

Él le devolvió la sonrisa. Se quedaron en el porche, haciéndose compañía. Inocentemente. Pero, para dos pares de ojos negros que miraban por la ventana del cuarto de estar, aquello no parecía tan inocente.

Las cosas empeoraron cuando Cortez recibió una llamada de Bennett acerca del estado de Paso Largo. El capataz de Construcciones Bennett había vuelto en sí.

—Tengo que ir a hablar con él —le dijo Cortez a Tina tras hablar con el constructor—. Tenemos que irnos.

—Yo no puedo ir —dijo Phoebe enseguida, y señaló la mesa y los platos sucios—. Tengo que recoger todo esto y guardar la comida.

—Te espero y te llevo en coche —dijo Drake con naturalidad—. No entro a trabajar hasta las siete.

—Gracias, Drake —dijo Phoebe, sonriéndole.

Dos pares de ojos miraron a Drake con enojo. Él no lo notó.

Alice Jones, que veía avecinarse una tormenta, recogió su bolso y su chaqueta.

—Bueno, os agradezco la cena, pero yo también me voy. Tengo que escribir el informe sobre nuestro fiambre.

—¿Vas a hacer un informe sobre nuestro pavo? —exclamó Phoebe.

Alice la miró con condescendencia.

—Sobre el cadáver de la cueva, Phoebe. Hacer un informe sobre un pavo no tiene sentido —levantó una ceja—. Nos hemos comido todas las pruebas —sonrió.

Phoebe se echó a reír, sacudiendo la cabeza.

—Cuánto te he echado de menos, Alice.

—Lo sé, siempre surto ese efecto sobre la gente —dijo ella—. En Texas hay un forense que ahora mismo está llorando a moco tendido porque dimití para aceptar este trabajo.

—Me compadezco de él. Pero podrías tomarte el resto del día libre, ¿sabes? —le aconsejó Phoebe—. Todavía es Acción de Gracias.

—Vivo para mi trabajo —repuso Alice con una sonrisa—. Tengo la furgoneta fuera.

—¿Has venido en la furgoneta? —preguntó Cortez, pasmado.

—Sí, por si acaso encuentro algún muerto. Así no tengo que volver al motel a por mis herramientas —le dijo Alice—. Con la frecuencia con que encontramos muertos últimamente, no es tan descabellado —añadió con el ceño fruncido.

—Me alegra que hayas venido, Alice —dijo Phoebe con una sonrisa—. Ha sido como en los viejos tiempos.

—Yo también lo he pasado bien.

—Ha sido un placer conocerte —le dijo Tina. Levantó en brazos a Joseph, que estaba un poco enfurruñado—. Entonces, nos vamos. Gracias por la cena, Phoebe —masculló sin mirarla.

—De nada —dijo Phoebe, y frunció el ceño al mirarla. No entendía la súbita frialdad de Tina.

Drake lo notó y le lanzó a Tina una mirada fría. Pero eso sólo consiguió empeorar las cosas. Ella salió con Joseph en brazos, sin dirigirle la palabra a Drake. Cortez fue tras ellos. Miró a Phoebe. Él también parecía extrañamente distante.

—Drake, déjala en el motel cuando vuelvas al pueblo —ordenó—. Todavía hay un asesino suelto.

—Lo recordaré —Drake titubeó—. ¿Qué te parece si me avisas si le sacas algo a Bennett? —preguntó.

—Si es algo útil… —repuso Cortez.

Salió tras Tina y Joseph, jugueteando con las llaves del coche, sin decirles adiós. No miró atrás.

Phoebe sintió un nudo en el estómago. Era igual que la última vez. En el dormitorio, Cortez era todo ternura; el sueño de cualquier mujer. Pero, en cuanto se ponía la ropa, volvía a ser un agente del FBI.

Phoebe tenía la sensación de que había una enorme distancia entre ellos.

Drake sentía algo parecido.

—¿Nos hemos perdido algo? —preguntó cuando oyó arrancar el coche y la furgoneta.

—Eso me pregunto yo —murmuró ella mientras empezaba a recoger la mesa.

Cortez estaba absorto en sus pensamientos. Apenas unas horas antes, Phoebe y él habían estado más unidos que muchas parejas. Su atracción física no dejaba de crecer. Cada vez que la tocaba, era como empezar de nuevo. Llevaba a Phoebe en la sangre, en el corazón, en la cabeza. Ella formaba parte de él.

Pero de pronto él parecía haber perdido pie, y no sabía por qué. Phoebe parecía rara cuando Drake y ella entraron en la casa, y su forma de mirarlo le había hecho sentir una especie de vacío. ¿Habría descubierto ella de pronto que sentía algo por Drake? ¿La había empujado él a una relación física demasiado pronto, y Phoebe se arrepentía ahora?

—No puedo creer que me sintiera atraída por ese tipo —masculló Tina en el asiento del pasajero. Se giró para mirar a Joseph, que iba tras ella, en su asiento para bebés—. Me apuesto lo que quieras a que hay algo entre ellos.

Cortez no le prestaba atención. Tenía los ojos fijos en la carretera. No le gustaba cómo había mirado Phoebe a Drake. El otro era más joven y llevaba rondándola una temporada, le llevaba el almuerzo y hasta la había enseñado a disparar. ¿Hasta qué punto eran íntimos? Y, si ella sentía algo por él, ¿por qué de pronto pasaba tanto tiempo con Drake? ¿Acaso se arrepentía de su relación? ¿Estaba intentando dar marcha atrás y usaba a Drake como escudo?

Ella era virgen. Tenía principios. Él la había seducido creyendo que tenía experiencia. ¿Acaso le culpaba por ello?

—Estás muy callado —le dijo Tina.

Él se removió en el asiento.

—Estaba pensando en el hombre asesinado —mintió—. Necesito más información sobre Bennett.

—Trabajo, trabajo, trabajo —gruñó ella.

—Mantén las puertas cerradas —contestó Cortez, haciendo oídos sordos a su comentario. Detuvo el coche frente a las habitaciones del motel—. No abras a nadie —añadió con firmeza—. Han muerto dos personas. No quiero que corráis ningún riesgo —dijo mientras la veía levantar a Joseph del asiento del coche.

—Tendré cuidado —contestó ella—. Pero tenlo tú también —añadió—. No estás hecho a prueba de balas.

–Luego nos vemos.

Aguardó hasta que estuvieron dentro de la habitación para poner el coche en marcha y alejarse.

El hospital estaba atestado de gente. Noviembre era un mes frío y los virus y la gripe ya estaban haciendo de las suyas en las montañas.

Paso Largo estaba en una habitación del segundo piso. Había recuperado momentáneamente la conciencia, pero sólo para quejarse de dolor. No podía contestar preguntar. Cuando Cortez entró, sorprendió a dos personas hablando en voz baja: una de ellas era Jeb Bennett, de Construcciones Bennett, y la otra una rubia con un lunar en la mejilla. Cortez la reconoció de inmediato: era Claudia, la hermana de Bennett a la que había visto en la fotografía en el despacho del constructor.

Bennett se levantó. Parecía extrañamente compungido.

–Cortez, ¿no? –balbució, tendiéndole la mano. Cortez se la estrechó y notó que la tenía fría y pegajosa–. Eh… ¿qué tal va la investigación? ¿Están progresando?

–Hemos encontrado otro cadáver –contestó Cortez. Notó que la rubia, que seguía sentada, retorcía el bolso entre sus manos bien cuidadas.

–¿Otro? –exclamó Bennett.

–Sí. Lo encontramos en una cueva, junto con algunas piezas arqueológicas que parecen robadas. Un miembro de mi unidad lo está comprobando en este momento –dijo Cortez cuidadosamente.

–Pero si es Acción de Gracias –rió Bennett–. ¿Quién va a trabajar hoy?

–Un equipo ya ha inspeccionado la escena del crimen y ha recogido pruebas forenses –dijo Cortez–. De hecho, fue incluso una antropóloga.

—¿Y de dónde sacó una un día de fiesta? —quiso saber Bennett.

—Es la directora del museo del pueblo —contestó Cortez. La rubia sofocó un gemido—. En realidad —añadió Cortez lentamente—, ahora mismo vengo de su casa. Nos ha preparado la cena de Acción de Gracias.

—¿Crees que el muerto pudo robar esas piezas? —preguntó Bennett.

—No sabremos nada hasta que analicemos las pruebas.

—¿De qué clase de piezas se trata? —preguntó la rubia con deliberada indiferencia.

Cortez, que tenía mucha experiencia en interrogatorios, notó que estaba extrañamente nerviosa y que no se atrevía a mirarlo a los ojos.

—Había un esqueleto de Neandertal, para empezar —dijo—. Y una figura muy parecida a una que hay en el museo de Phoebe Keller —titubeó—. Usted es la hermana de Bennett, ¿no?

—Sí —respondió Bennett—. Es Claudia Bennett..., mi hermana. Y la esposa de Paso Largo —añadió con visible turbación. Notó que Cortez no parecía sorprendido. A fin de cuentas, era policía. No hacía falta escarbar mucho para desenterrar los antecedentes delictivos de Paso Largo y averiguar que estaba casado con Claudia. De pronto recordó con angustia que le había dicho a Cortez que apenas conocía a Paso Largo. Sin embargo, aquel hombre era su cuñado. Eso tampoco se lo había mencionado.

—Sí —dijo Claudia de inmediato—. Mi marido fue agredido. ¿No han detenido a nadie todavía? —añadió con beligerancia.

—Yo no llevo casos de asalto —le dijo Cortez—. Estoy aquí para investigar un asesinato en la reserva india. Estoy asignado a la nueva Unidad de Investigación Criminal de los Territorios Indios, perteneciente al FBI. Colaboramos en la investigación de homicidios y delitos federales en diversas reservas. También enseñamos a la policía local a utilizar las últimas técnicas de investigación.

Claudia tragó saliva.

—Entonces, por eso avisaron al FBI —dijo, intranquila—. ¡Pero dijeron que el cadáver estaba en un camino de tierra a las afueras del pueblo!

—El cartel de la reserva estaba en el suelo. Sospechamos que el asesino tiró el cuerpo del antropólogo de noche y no se dio cuenta de dónde estaba.

—Ah, entiendo —miró a Cortez con cautela—. ¿Y dice que había una figura?

—Sí —él frunció los labios—. La señorita Keller recibió una extraña visita la semana pasada. Una mujer que le habló del robo de unas piezas similares en un museo de Nueva York. La señorita Keller dice que podría identificar no sólo al tratante de arte que le vendió la figura, sino también a la mujer que se presentó posteriormente en el museo bajo una falsa identidad.

—¿De veras? —la rubia palideció. Sus dedos se crisparon sobre el bolso—. ¿Ha hablado usted de un... de un tratante de arte? —balbució.

—Un impostor —repuso Cortez—. Le hemos investigado. Incluso estuvo empleado en una obra de por aquí. Puede que intentara vigilar su alijo hasta que encontrara compradores. Estamos buscando un todoterreno negro que creemos fue usado para trasladar a la primera víctima a otro emplazamiento —hizo una pausa y los miró a los dos. Ellos parecían palidecer por momentos. Su plan estaba funcionando. Mientras les revelaba lo que sabía sobre él caso, ellos temblaban como hojas..., exactamente como esperaba. Claudia era la más pálida de los dos—. Ahora tenemos otro cadáver. Las pruebas materiales lo relacionan con Paso Largo.

Bennett miró a su hermana con ansiedad.

—Pero Paso Largo está inconsciente —dijo—. Él mismo es una víctima. ¡No podría haber matado a nadie!

—Yo no he dicho eso —contestó Cortez.

—La otra víctima, ¿es un hombre o una mujer? —preguntó la hermana de Bennett.

—Un hombre.

—¿Sabe quién es? —insistió ella.

Él sacudió la cabeza.

—Habrá que identificarlo por las huellas dactilares o la dentición —contestó—. Está desfigurado. Le dispararon en la nuca.

Bennett tenía de pronto mala cara. Su hermana parecía a punto de desmayarse.

Cortez entornó los ojos.

—Si saben algo sobre este caso, les conviene decírmelo ahora.

Ellos se miraron. La hermana de Bennett se repuso y sonrió vagamente.

—¿Qué vamos a saber nosotros de un asesinato? —preguntó con sencillez. Se acercó a su marido y lo tomó de la mano—. Espero que encuentre a la persona que le hizo esto a mi esposo —añadió—. ¡Me alegra tanto que vaya a recuperarse! —sollozó y se enjugó los ojos. Cortez notó que los tenía secos.

—Le avisaremos si se nos ocurre algo que pueda servirles de ayuda —dijo Bennett con firmeza—. Mientras tanto, si necesita algo, lo que sea...

Cortez decidió marcarse un farol. No se habría atrevido de no saber que Phoebe estaba en el motel, con Tina, perfectamente a salvo.

—Quiero hablar con la señorita Keller otra vez, en su casa. Ella habló con la primera víctima. Dijo que se había acordado de algo acerca del tratante de arte. También vio al final del camino de su casa el todoterreno negro que creemos está implicado en el caso. Podrá actuar como testigo de cargo.

La hermana de Bennett entornó los ojos, pero no dijo nada. Se volvió hacia su marido y se puso a estirarle la sábana sobre el ancho pecho.

—Avísame si puedo hacer algo —repitió Bennett con una sonrisa forzada.

—Lo haré —le dijo Cortez—. Pero, dadas las circunstancias, estoy seguro de que entenderán que me veo en la obligación de ordenar que la policía vigile a Paso Largo. Hasta que encuentre uno mejor, él es el principal sospechoso —añadió con voz cortante mientras observaba atentamente sus reacciones.

Bennett parecía preocupado. Claudia, en cambio, pareció relajarse. Cortez comprendió de inmediato que había dado en el clavo.

Salió a su coche, sintiéndose muy satisfecho de sí mismo. Se apostaría junto a la cabaña de Phoebe y, con un poco de suerte, el culpable (o culpables) iría a su encuentro. Estaba seguro de que los Bennett sabían más de lo que querían admitir. Quizá Claudia Bennett supiera quién era el asesino. O quizá lo supiera el propio Bennett. Y estaba, además, la cuestión del cabello rubio encontrado en el cuerpo de la segunda víctima...

Tendría que vigilarlos muy de cerca.

Phoebe acabó de recoger los restos de la cena y fregó los platos con ayuda de Drake. Intentaba mostrarse alegre, pero tenía un mal presentimiento respecto a la actitud de Tina. La prima de Cortez se había convertido en su antagonista sin que Phoebe pudiera discernir el motivo. A menos que, en efecto, Tina fuera una pariente lejana de Cortez y se hubiera dado cuenta de que lo quería a él y no a Drake. Quizá veía en Phoebe una rival y se proponía deshacerse de ella.

Era una idea inquietante. Tina era joven y bonita, pero además era comanche. Eso le proporcionaba cierto ascendiente sobre Cortez, sobre todo si él sólo sentía por Phoebe una atracción física.

—Será mejor que nos vayamos —le recordó Drake—. Tengo que llevarte y ponerme el uniforme. Entro de servicio dentro de un rato.

—Voy por la chaqueta y el bolso, y lista —dijo ella con forzada despreocupación.

Cerró la casa y regresaron al pueblo en medio de un grato silencio.

Drake aparcó delante de la habitación de Tina en el motel, apagó el motor y se volvió hacia Phoebe apoyando un brazo sobre su asiento.

—Si tienes oportunidad, intenta averiguar por qué está Tina enfadada conmigo, ¿quieres? —le pidió con calma—. Me gustaría saber qué he hecho para que se ponga así.

Ella sonrió.

—Haré lo que pueda.

Drake le acarició el pelo suavemente.

—Eres una buena chica, Phoebe Keller —dijo en voz baja. Se inclinó y le besó la frente—. Si no estuvieras colada por ese tío del FBI, intentaría conquistarte.

—Tú también eres un buen chico —contestó ella—. Pero lo de Cortez dura ya tres años. Supongo que es un hábito que no puedo romper.

—Mala suerte —dijo él, riendo—. Bueno, será mejor que te vayas antes de que haya más cotilleos. He visto moverse las cortinas —señaló la habitación de Tina.

Phoebe salió y llamó a la puerta. Tina la dejó pasar, pero parecía enfadada. Joseph estaba tumbado en una de las dos camas, profundamente dormido. Tina tenía los ojos rojos e hinchados. Había visto el tierno beso que le había dado Drake, y estaba deshecha.

—Ha sido una cena estupenda, Phoebe —dijo Drake en la puerta, sonriéndole—. Gracias.

—No hay de qué.

—Te has tomado muchas molestias —añadió Drake, y miró fijamente a Tina—. Pero yo soy el único que ha tenido la delicadeza de darte las gracias.

Tina lo miró con furia.

—¡No necesito que me des lecciones de cortesía!

Él arqueó las cejas.

—¿He dicho yo eso?

—Tengo que ir por mi maletín —murmuró Phoebe, mirando a su alrededor—. Tengo unas notas sobre ese tratante de arte... —titubeó al ver todas sus cosas apiladas en un montón en el suelo, incluida la ropa que tenía colgada en el armario y todas sus cosas de aseo. Su maletín también estaba allí.

—Esta habitación es muy pequeña para dos mujeres adultas y un niño —masculló Tina sin mirarla—. Voy a decirle a Jeremiah que pida otra habitación para ti. Aquí somos demasiados.

Phoebe se sintió aturdida al ver la mirada rabiosa de Tina. Se sonrojó, sintiéndose de pronto como una intrusa. Era evidente que allí no la querían. Pensó en su cabaña, donde estaba rodeada de sus cosas. Allí por lo menos no tendría que aguantar desplantes. Por lo visto Tina estaba loca por Cortez y furiosa con ella. Quizá Cortez sintiera lo mismo. Pues bien, ella no estaba dispuesta a que la usaran como chivo expiatorio.

Se arrodilló junto a sus cosas.

—Drake, ¿me ayudas a llevar todo esto al coche, por favor? Luego podrías llevarme al museo para que recoja mi coche.

Tina recordó lo que Jeremiah le había dicho sobre la posibilidad de que Phoebe estuviera en peligro. Por eso estaba en el motel. Los celos no eran excusa suficiente para poner en riesgo su vida.

—Mira, no lo… no lo decía en serio —dijo lentamente.

Phoebe no la miró. Se movía con rapidez y eficiencia. En cuestión de minutos llevó todas sus cosas al coche de Drake y se montó en el asiento del pasajero.

Drake miró a Tina con exasperación.

—Dile a Cortez que yo me ocupo de ella —dijo con frialdad—. Conmigo estará más segura que contigo, niñata insensible.

Dio media vuelta y volvió al coche. Tina corrió al lado del pasajero, angustiada.

—Phoebe, no te vayas —le suplicó.

Phoebe la miró con furia.

—Me voy a casa. Estoy harta de ti, de tu presunto primo y de vuestros cambios de humor. Tengo una pistola y sé disparar. Dile a Cortez que sé cuidar de mí misma —miró a Drake, que se estaba montando en el coche—. Vámonos —dijo con voz cortante mientras se abrochaba el cinturón.

Tina seguía llamándola cuando se alejaron. Phoebe ni siquiera la miró. No quería que la otra se diera cuenta de lo dolida que estaba.

13

Drake no paró de protestar durante el trayecto hasta el museo, pero Phoebe estaba tan disgustada que no le escuchaba. Sacó las llaves de su coche, lo abrió y trasladó sus pertenencias en medio de un tenso silencio.

—¡Esto es de locos! —bufó Drake, agitando los brazos—. Se está haciendo de noche. ¡Y va a nevar! No puedes quedarte allí sola habiendo un asesino suelto. ¡Ya ha matado a dos personas, Phoebe!

—Me enseñaste a disparar —repuso ella—. Puedo defenderme.

—Pues yo no —replicó él—. Cortez me arrancará la piel a tiras si te pasa algo. Y Tina no me sobrevivirá ni cinco minutos.

—Entre Tina y él está pasando algo —dijo ella con frialdad—. Y está claro que Tina está celosa —añadió—. No pueden ser parientes cercanos, o no estaría tan ansiosa por librarse de mí. Puede que él también se lo esté pensando mejor. Apenas me habla.

Drake hizo una mueca.

—Escucha, estoy de acuerdo en que aquí está pasando algo que no entendemos. Pero no merece la pena que arriesgues tu vida por eso.

Ella levantó la mirada.

—No va a pasarme nada.

Él exhaló un largo suspiro. Metió la mano en su cartera y sacó una tarjeta.

—Éste es mi número del trabajo. Si llamas, me avisarán. Mandaré a alguien a tu casa en cuestión de minutos.

Ella sonrió.

—Eres un buen chico. Lo digo en serio.

—Ten cuidado. No me gusta que estés allí sola. Podrías tomar una habitación en el motel...

—Ahora mismo no quiero estar cerca de Tina, ni de Jeremiah, gracias —replicó ella.

—Mira, quizá deberíamos llamar a Alice. Ella también sabe disparar...

—No, nada de eso. No quiero a Alice y a su microscopio en mi casa —se echó a reír—. De todos modos, espero dormir a pierna suelta. Mañana trabajo. Viene un grupo de turistas, unos jubilados de Florida de vacaciones.

—Puede que se queden atascados por la nieve en el camino.

—Hay quitanieves y camiones de arena de guardia, aunque estemos a principios de la estación —le recordó ella—. Gracias de nuevo, Drake —abrió la puerta.

—¿Qué le digo a Cortez cuando venga a buscarme con un cuchillo de desollar? —preguntó él apesadumbrado.

—Dile que te amenacé con una pistola para salir de tu coche.

Él sacudió la cabeza. Mientras la veía alejarse, tuvo un mal presentimiento. Movido por un impulso, sacó su móvil e intentó llamar a Cortez. Pero éste debía de estar en una zona sin cobertura, o tenía el teléfono apagado. No pudo hablar con él, y tampoco saltó el buzón de voz. Se montó en el coche con fastidio y se dirigió a su apartamento para cambiarse de ropa.

Pero en cuanto se puso el uniforme se fue a la oficina del sheriff a hablar con su jefe.

Phoebe paró delante de la cabaña y miró cuidadosamente alrededor antes de abrir la puerta del coche. Se preguntaba si el asesino andaría tras ella, pero incluso el peligro era preferible a aguantar los desaires de Tina.

Lo primero que hizo tras cerrar todas las puertas y comprobar las ventanas fue deshacer la cama y meter las sábanas en la lavadora. Aborrecía su habitación por los recuerdos que le traía.

Aquello era una locura. Cortez y ella habían compartido una intimidad mayor de lo que ella había soñado nunca, y, sin embargo, en cuestión de horas, se habían vuelto enemigos. Él había dicho que ella le importaba, o al menos eso la había hecho creer. Pero ¿por qué se mostraba Tina tan hostil?

Tina había estado saliendo con Drake, y Marie incluso los había visto besarse. Así que, ¿por qué de repente se sentía atraída por su primo y trataba a Drake con desprecio? ¿Tendría razón Drake? ¿Era Tina sólo una pariente lejana de Cortez y había decidido repentinamente que lo quería para sí? Aquél era un rompecabezas que Phoebe no podía resolver.

Se le estaba rompiendo el corazón. Tres años antes no había sufrido tanto porque entonces Cortez y ella no tenían una relación íntima. Los recuerdos la atormentaban. El peor de todos era el de Cortez alejándose de ella sin una sola palabra ni una mirada atrás.

Entró en el cuarto de estar y encendió la televisión justo en el momento en que sonaba el teléfono. Fue a contestar, confiando en que fuera Cortez quien llamaba para darle una explicación.

—Soy Drake —contestaron de inmediato al otro lado de la línea—. Acabo de hablar con mi jefe. Voy a dormir en tu sofá esta noche. Trabajaré mañana, de día, cuando estés en el museo —dijo con firmeza—. El sheriff y yo estamos de acuerdo en que eres la persona que corre más peligro con ese asesino suelto. Ha aceptado que cambie de turno para vigilarte.

—Eres muy amable, Drake —dijo ella sinceramente. Así no tendría que volver al motel, porque sin duda Cortez se empeñaría en que volviera. Su sentido de la responsabilidad era enorme, aunque tuviera remordimientos por haber intimado con ella.

—Ya que hemos caído en desgracia con nuestras respectivas parejas —murmuró él con sorna—, supongo que podemos cuidarnos el uno al otro.

Ella sonrió.

—Por mí, bien. Puedes usar la habitación de invitados. Gracias, Drake.

—¿Para qué están los amigos? —contestó él—. Nos veremos sobre las siete —añadió.

—Voy a prepararte la habitación de invitados.

Colgó y se puso manos a la obra.

A Cortez no le gustaba la pinta de la hermana de Bennett, ni su aparente candor. ¿Por qué le había ocultado Bennett su relación con Paso Largo? ¿Y quién había atacado a Paso Largo? ¿Había alguna otra persona implicada en los asesinatos? ¿Sabía Claudia Bennett quién era?

Había un montón de interrogantes sin respuesta. El antropólogo que había encontrado el esqueleto de Neandertal estaba muerto. Y también lo estaba aquel otro hombre sin identificar. ¿Estaba Paso Largo implicado en el robo al museo? ¿Tenía algo que ver con el alijo de la cueva? ¿O había descubierto a aquel individuo con el alijo en la cueva y alguien le había noqueado y había matado al otro? Pero ¿por qué llevar a Paso Largo a la caravana? ¿Por qué no matarlo? Sin duda sería un valioso testigo de cargo contra el asesino. Por otra parte, ¿quién era el otro hombre? ¿Cuál era su relación con las antigüedades escondidas?

Iba a costar mucho esfuerzo contestar a todas aquellas preguntas, y, entre tanto, Phoebe estaría más en peligro que nunca. Cortez ya le había pedido a la policía local que vigilara la habitación de Paso Largo para asegurarse de que no le ocurría ningún percance antes de que fuera interrogado. Mantendría a Phoebe encerrada en el motel, donde estaría a salvo.

Phoebe.

Todavía estaba furioso por su pequeño *tête-à-tête* con Drake en su casa. Parecían los dos muy acaramelados. Aquello no le gustaba ni pizca. Ni a Tina tampoco. Estaba claro que su prima estaba celosa de Phoebe por culpa de Drake.

Aquélla no iba a ser una noche agradable.

Se detuvo delante del motel. Antes de que le diera tiempo a salir del coche, Tina abrió la puerta y le hizo señas de que entrara. Cortez pensó enseguida que le había pasado algo a Joseph, pero el niño estaba sentado en una de las camas, jugando con unos muñecos.

Tina había estado llorando. Tenía los ojos hinchados y enrojecidos y parecía angustiada.

—¿Qué te pasa? —preguntó él. Paseó la mirada por la habitación—. ¿Y dónde está Phoebe?

—En su casa —contestó ella débilmente.

—¿Has dejado que se vaya? —estalló él. Sacó su teléfono móvil y empezó a marcar.

Tina abrió la boca para hablar, pero no se atrevió a contarle lo ocurrido. Se sentía culpable.

El teléfono sonó y sonó antes de que contestaran.

—¿Diga?

Cortez se quedó helado. No era Phoebe. ¡Era Drake!

—¿Qué demonios hace Phoebe ahí? ¿Y qué haces tú con ella? —preguntó con aspereza.

—Pregúntale a Tina —respondió Drake con frialdad—. En cuanto a qué hago yo aquí, voy a quedarme con Phoebe por las noches hasta que atrapemos al asesino... o asesinos.

Cortez frunció el ceño y miró a Tina, que se sonrojó.

—Voy a ir a traer a Phoebe aquí —comenzó a decir de inmediato.

—No querrá irse —dijo Drake en tono cortante—. Tina la echó de la habitación. Tiene demasiado orgullo para volver. Por mí puedes decirle a tu prima que estoy harto de competir contigo. Que se quede contigo y viceversa.

—¿Qué demonios está pasando? —preguntó Cortez.

—Ya te lo he dicho, pregúntaselo a Tina. No estoy de servicio hasta mañana por la mañana. Puedes contactar con la oficina del sheriff si necesitas ayuda.

La línea quedó inerme.

Cortez se volvió hacia Tina tras cerrar el teléfono. Tenía los ojos entornados y una mirada fría.

—Está bien —dijo en voz baja, fríamente—. Suéltalo de una vez.

Tina se mordió el labio inferior. Estaba otra vez al borde de las lágrimas.

—Drake y Phoebe estuvieron un buen rato sentados en el coche, riéndose y charlando... Perdí los nervios. Saqué todas sus cosas y le dije que necesitábamos otra habitación —su rostro se contrajo; parecía avergonzada—. Recogió sus cosas y se fue, y Drake dijo que la llevaría al museo a recoger su coche. Intenté detenerla —añadió rápidamente—. ¡Pero Drake se puso odioso!

Cortez se quedó mirándola, estupefacto.

—Tina, hay un asesino suelto —dijo despacio—. Phoebe es su principal objetivo. Drake es un buen poli, pero es joven y no tiene mucha experiencia en casos de asesinato. Con las mejores intenciones, podría costarle la vida a Phoebe.

Ella empezó a llorar otra vez.

—Lo sé. ¡Lo siento!

Cortez exhaló un largo suspiro, la estrechó entre sus brazos y la acunó.

—Maldita sea.

—Lo quiero —balbució ella—. Pero no para de hablar de Phoebe. Está enamorado de ella. Y puede que ella sienta lo mismo. Están muy unidos para ser sólo amigos. Cuando estaban sentados en el coche, él la besó. ¡Estaban abrazados como amantes!

Cortez había notado que eran muy amigos, pero un beso era otra cosa bien distinta. Se sintió herido. Aquello le resultaba más doloroso de lo que Tina podía imaginar, porque ella no sabía que había retomado su historia de amor con Phoebe. Y no podía decírselo ahora que Drake iba a quedarse bajo el mismo techo con ella. El orgullo le impedía reconocer que se había portado como un tonto.

—¿Qué vamos a hacer? —gimió ella.

—Vamos a dormir un poco —contestó él—. Luego, mañana, ya veremos.

Ella se secó los ojos.

—Si le pasa algo a Phoebe, jamás me lo perdonaré.

A Cortez le dio un vuelco el corazón.

—Drake va a quedarse con ella por las noches. Él la protegerá —contestó, aunque detestaba decirlo en voz alta.

—¿Y durante el día? —insistió Tina.
—Phoebe trabaja seis días en semana. Los domingos, hablaré con Drake y veremos cómo nos las arreglamos.

Tina lo miró entre lágrimas.

—Podrías pedirle que volviera. Prometo no causar más problemas —sus labios formaron una fina línea—. A fin de cuentas, no es culpa suya que a Drake le guste más ella que yo.

Cortez no contestó. Bastantes problemas tenía ya.

—A Phoebe no le pasará nada —dijo.

—Sí, claro —repuso ella.

Pero ninguno de los dos lo creía.

Phoebe le preparó a Drake algo de comer y estuvieron viendo la televisión casi hasta medianoche. Ninguno de los dos tenía ganas de dormir, pero la fatiga los venció al fin.

A la mañana siguiente, Phoebe se despertó con el delicioso aroma de los huevos revueltos y el beicon que preparó Drake. Sonrió mientras desayunaban, pensando en lo atento que era su nuevo compañero de casa. Luego se vistió y se fue al trabajo en coche. Entró en el aparcamiento a las ocho y media en punto. La reconfortaba saber que Drake la había seguido en su coche para asegurarse de que llegaba a salvo. Tras acompañarla personalmente al museo, él se marchó a trabajar.

A ella la había decepcionado un poco que Cortez no la llamara la noche anterior para ver cómo estaba. Aunque, de todas formas, no esperaba que lo hiciera. Se habían despedido enfadados, y sabía Dios lo que le había contado Tina sobre su discusión. Luego recordó que Drake le había dado un beso en la frente en el coche. Hizo una mueca. Quizás aquel beso había parecido mucho más ardiente de lo que había sido en realidad, y probablemente Tina se lo había contado a Cortez.

Tal vez se habían reído los dos y habían llegado a la conclusión de que estaban mejor juntos.

Phoebe cerró a cal y canto su memoria. Aquello era un episodio cerrado de su vida. Sería mejor que empezara a hacerse a la idea. Y que empezara a cubrirse las espaldas. Todavía había un asesino suelto, y ella podía identificar al falso tratante de arte.

Estaba claro que Marie se había enterado de algo, porque procuraba mostrarse animada cuando estaba con ella. Y lo mismo su ayudante, Harriett White.

El grupo de jubilados llegó a las diez en punto, y la propia Phoebe los llevó a dar una vuelta por el museo para no estar encerrada en su despacho. Aquel lugar le recordaba con demasiada viveza el beso apasionado que le había dado Cortez.

El problema era que todo le recordaba a Cortez.

Cortez se mantuvo deliberadamente alejado del museo.

Lo que Tina le había contado sobre el beso que se habían dado Drake y Phoebe había herido su orgullo. Tenía ganas de pelea, y no quería empeorar aún más las cosas.

Al levantarse fue al hospital a ver cómo estaba Paso Largo. El capataz seguía inconsciente, pero no había nadie a su lado. Quizá Bennett y su hermana lo hubieran estado velando toda la noche. Aunque eso era mucho suponer, pensó Cortez.

Le preguntó al agente que hacía guardia en la puerta, y descubrió que en la habitación de Paso Largo no había entrado nadie en toda la noche. Era curioso, pensó mientras el volvía al coche, que su familia no estuviera a su lado por las noches. Si hubiera sido Tina o Joseph, o cualquier otro miembro de su familia, él no se habría movido del hospital.

Llamó a Alice Jones desde el teléfono público del vestíbulo.

—¿Alguna novedad? —preguntó.

—Una posible identificación de las huellas dactilares de la segunda víctima —contestó ella animadamente—. Moví un par de hilos —rió al notar su sorpresa—. Se llamaba Fred Norton. Supuestamente era tratante de arte, aunque nuestros investigadores no han encontrado a nadie que reconozca haber trabajado con él. Por lo visto trabajó un par de días para un constructor llamado Paul Corland a principios de mes. Norton tenía unos antecedentes tan largos como mi pierna. De todo, desde pequeños hurtos a robo a mano armada y asalto. Y, ojo a esto, estuvo en prisión con el capataz de Bennett. He llamado a Phoebe y me ha dicho que ése era el nombre del tratante de arte que le vendió la figura del museo, ésa que la rubia le dijo que era robada.

Cortez notó que el pulso se le aceleraba. ¡Bingo!

—Ésa es la conexión. Tiene que serlo. La primera vez que lo interrogué, Bennett no me dijo que Paso Largo era su cuñado, ni que había estado en la cárcel —dijo, pensando en voz alta—. De hecho, fingió que apenas lo conocía.

—Vaya, vaya, la trama se complica —dijo Alice—. Pero eso no explica lo del pelo rubio y los polvos faciales...

—La hermana de Bennett está casada con Paso Largo —añadió él—. Y es rubia.

—¡Otra revelación!

—Apuesto a que, si analizamos el ADN de ese cabello, encajará con el de Claudia Bennett —entornó los ojos al mirar la pared de enfrente—. Supongamos —comenzó—, que Paso Largo y su mujer sabían que el tratante de arte tenía esas piezas escondidas en alguna parte y que las encontraron en la cueva. Descubrieron las piezas robadas y el tratante de arte los vio. Hubo una pelea. Y Paso Largo disparó.

—Pero ¿cómo volvió a la caravana? ¿Y cómo disparó al otro, si ya había recibido una paliza y estaba en coma? —preguntó Alice.

Él hizo una mueca.

—Deja de enredar mis teorías.

—Hacen aguas por todas partes. Supongamos que Paso Largo y su mujer querían llevarse las piezas robadas y que el ladrón los sorprendió. Paso Largo y el otro luchan, Paso Largo recibe un golpe en la cabeza, pero antes de desmayarse le pega un tiro al otro. Su mujer lo arrastra hasta el coche, lo lleva a la caravana, lo mete dentro y deja las luces encendidas para que la policía vaya a investigar.

—No está mal —murmuró él, pensativo.

—Eso convertiría a Paso Largo por lo menos en testigo presencial de un asesinato, si no en sospechoso.

—Hay un guardia vigilándolo en el hospital, pero aún no ha vuelto en sí —Cortez frunció el ceño—. Voy a hacer seguir a la hermana de Bennett, por si acaso. Tengo el presentimiento de que está metida hasta las cejas en esto. Phoebe dijo que la mujer que fue a su despacho era alta, rubia, iba bien vestida y tenía un lunar en la cara. La hermana de Bennett encaja con la descripción.

—¿Un marido, un amante y un cómplice, tal vez? —preguntó Alice.

—Tal vez.

Cortez se estrujó la memoria intentando recordar qué le había dicho Corland sobre el hombre que trabajó para él un par de días y luego se marchó. Las cosas empezaban a encajar.

–¿Qué coche conducía la víctima? –preguntó inmediatamente–. ¿Un todoterreno último modelo?

–¡No soy adivina, Cortez! –exclamó Alice–. Tienes suerte de que haya conseguido identificarlo gracias a las huellas –añadió–. Por cierto, acabo de hablar con Phoebe por teléfono. Está muy seria. ¿Os habéis peleado o algo así?

–Algo así –contestó él con crispación–. Sigue investigando, a ver si puedes relacionar a ese tipo con un todoterreno negro del modelo y la antigüedad que sea.

–Lo haré, aunque hoy están cerradas la mitad de las oficinas. Algunas personas tienen vacaciones. Claro, que a nadie le importa que yo no tenga días libres…

Cortez colgó.

Cortez regresó al motel movido por un impulso y telefoneó al Departamento de Vehículos a Motor, deteniéndose apenas para darle un beso a Joseph y hablar con Tina, que seguía angustiada y triste.

Se identificó, dio el nombre de la víctima y esperó un milagro. En vano. Norton conducía un sedán. Cortez le dio las gracias al empleado y colgó.

Constantemente se topaba con callejones sin salida. Quizá fuera buena idea apretarle un poco más las tuercas a Bennett, a ver qué sacaba en claro.

Pero, mientras tanto, él, la policía local, el departamento del sheriff y su propia unidad comenzaron a revisar la lista de propietarios de todoterrenos negros de aquella zona.

Cortez seguía echando de menos a Phoebe y quería hablar con ella, pero era prioritario resolver el caso. El tratante de arte estaba muerto, pero su asesino, fuera quien fuese, quizá tuviera aún motivos para ir tras Phoebe y atar de ese modo todos los cabos sueltos. Cortez tenía que atrapar al asesino antes de que Phoebe acabara en la línea de fuego.

De algún modo arreglaría las cosas con ella. A pesar de que Tina la había visto besarse con Drake, en el fondo no podía creer que se hubiera acostado con él estando enamorada de otro. Era absolutamente impropio de ella. Phoebe estaba chapada a la antigua. Al pensarlo, se animó un poco. Arreglaría las cosas con Phoebe. Estaba seguro.

Ahora tenía que atrapar al asesino, y pronto.

El domingo se interpuso en su camino porque todas las oficinas estatales y federales cerraron. Cortez soportó el ánimo lloroso y amargo de Tina y jugó con Joseph, pero entre tanto ansiaba poder ir a hacer las paces con Phoebe.

El lunes hizo algunas indagaciones y averiguó por fin la identidad del antropólogo muerto. Era de Oklahoma, pero estaba dando clases temporalmente en una universidad de Carolina del Norte. Al hablar con el personal de la universidad descubrió que se llamaba Dan Morgan y que enseñaba antropología en la facultad. Llevaba algún tiempo desaparecido. Pero no tenía parientes, ni ninguna hija.

Phoebe recordaba que le había dicho a quien le estaba esperando que estaba hablando con su hija. Quizá hubiera sido una artimaña para que su interlocutor no supiera con quién estaba hablando por teléfono. Luego una ayudante del profesor recordó, mientras intentaba contener las lágrimas, que Morgan había ido a Chenocetah a ver a un pariente suyo, un primo que trabajaba para un hombre llamado Bennett. El primo se apellidaba Paso Largo.

Cortez estaba eufórico. ¡Por fin una conexión! Le dio las gracias a la ayudante, le expresó sus condolencias y colgó. Luego maldijo para sus adentros, porque Paso Largo conocía a la primera víctima y había mentido al respecto. Debería haberse dado cuenta de que mentía.

—Volveré cuando pueda —le dijo a Tina tras darle un beso a Joseph y tomarle un momento en brazos—. Tengo una pista. Tengo que ir al hospital a ver a un sospechoso en coma.

—¿Has hablado con Drake? —preguntó ella con los ojos bajos. Cortez se quedó mirándola hasta que ella levantó la mirada.

—¿Por qué crees que está liada con Drake?

—Siempre se están riendo y hablando. Y Drake la admira —masculló ella—. Son tan... amigos. Y ella últimamente anda como aturdida, como si estuviera locamente enamorada —frunció el ceño—. Tiene que estar con él.

Cortez alzó una ceja.

—Está con alguien, sí, pero no con él.

Tina puso unos ojos como platos. Así pues, no se había equivocado al principio, al decirle a Phoebe en broma que estaba loca por Cortez.

—Oh, no. ¡No he podido meter la pata así!

—Estás enamorada de Drake, ¿verdad?

Ella se mordió el labio.

—Él empezó a hablar de Phoebe sin parar.

—¿Por qué?

Ella se removió.

—Bueno, yo odiaba que la halagara tanto, y empecé a hablarle de ti. Mucho. Se quedó callado y empezó a mostrarse distante, y luego dejó de llamarme y de pasarse por aquí. Supuse que era por Phoebe.

—Quizá pensó que éramos primos lejanos —murmuró él, pensando en voz alta.

Ella arqueó las cejas.
—Pero si le dije que éramos primos.
—No le dijiste que éramos primos hermanos, ¿no? —añadió él.
Ella se quedó pensando.
—Bueno, no.
Él le dio unas palmaditas en la mejilla, sonriendo.
—Todo saldrá bien. Nos hemos precipitado, pero ahora que lo pienso estoy seguro de que Phoebe no está liada con Drake.
La cara de Tina se volvió radiante.
—Entonces tengo una oportunidad... —se detuvo—. ¡Lo he echado todo a perder! Ella nunca me perdonará. Y Drake tampoco.
—Lo arreglaremos, te lo prometo. Pero ahora tengo que atrapar a un asesino. Tú quédate aquí con Joseph y cierra bien la puerta, ¿entendido?
Ella asintió con la cabeza.
—Ten cuidado —dijo—. Me he acostumbrado a ti.
Cortez sonrió.
—Estoy hecho a prueba de balas. En serio. Hasta luego.
—Hasta luego.
Salió y cerró con firmeza la puerta tras él.

Paso Largo estaba despierto. Había estado hablando con Bennett, que estaba de pie a su lado, junto a la cama. Los dos parecían agotados y compungidos. Al ver a Cortez, palidecieron.
Cortez entró y cerró la puerta. Se acercó a la cama, malhumorado, y clavó los ojos en Bennett.
—¿Dónde está su hermana? —preguntó de inmediato.
Bennett dejó escapar un áspero suspiro.
—No lo sé —dijo con voz cortante.

—Camino de la frontera, si no me equivoco —dijo Paso Largo con voz densa y sofocada. Miró fijamente a Cortez—. Lo ha descubierto todo, ¿no?

—He descubierto que están metidos hasta el cuello en un caso de doble asesinato —achicó los ojos—. ¿Por qué no se facilitan las cosas y rellenan los huecos que aún tengo en blanco? Ya saben que al final saldrá todo a la luz.

Paso Largo dejó escapar un débil suspiro y Bennett inclinó la cabeza y lo miró con amargura.

—Mi mujer me la estaba pegando con ese tratante de arte, Fred Norton, al que conocí en prisión. Norton robó en un museo de Nueva York con ayuda de Claudia y escondió el botín en una cueva, en las tierras de Yardley. Consiguió que Corland le diera trabajo para poder vigilar la cueva, pero desde lejos, para que no pareciera que estaba demasiado interesado en las obras de Yardley. Aunque luego intentó conseguir trabajo en la constructora de Yardley cuando Corland lo despidió.

—¿Estaban al corriente del robo desde el principio? —inquirió Cortez.

Paso Largo hizo una mueca y se sujetó la cabeza con las manos.

—Esta vez, no. Fred se quedó con nosotros una temporada cuando salimos de prisión. Ella empezó a salir sola, o eso se suponía, cuando Fred se mudó. Nosotros vinimos aquí cuando empezaron las obras. Ella llevaba varios años retirada, o eso creía yo.

—¿Retirada de qué? —preguntó Cortez.

Bennett y Paso Largo se miraron.

—Más vale que se lo digamos todo —dijo Bennett con resignación. Se sentó junto a la cama—. Mi hermana fue arrestada por primera vez por robo a los dieciséis años. Yo pagué al dueño de la mercancía para que retirara los cargos. Pero la cosa no acabó ahí. Claudia se llevó una figurilla y un collar de jade muy raros de una exposición de arte chino. Yo no podía permitirme pagar eso, así que Paso Largo se inculpó en su lugar, para que no tuviera que ir a prisión.

—Lo que explica sus antecedentes por robo —le dijo Cortez al otro indio.

Paso Largo asintió con la cabeza.

—Nos casamos justo antes del robo. Yo creía que me quería de verdad. Y me quería, hasta que conoció a Fred. Él se quedó con nosotros un par de meses, porque salimos de prisión al mismo tiempo.

—Entre tanto, Claudia robó otra joya en un museo —dijo Bennett—. Esa vez, la entregué yo mismo. Le dieron la libertad vigilada, pero ella arrojó vertidos tóxicos en un riachuelo cercano y se aseguró de que las autoridades fueran a por mí. A mí me pusieron bajo libertad vigilada y me condenaron a pagar una multa importante.

—Los dos nos hemos sacrificado por ella —dijo Paso Largo con tristeza—. Pero nunca era suficiente. Quería ropa de diseño, joyas caras y coches lujosos. Disfrutaba robando. Yo no podía darle lo que necesitaba. Y Fred, obviamente, sí.

—Fred le vendió una figura al museo del pueblo —dijo Cortez—. Eso debió de ser la serpiente que deshizo el paraíso. Era arriesgado vender la pieza tan pronto después del robo.

—Sobre todo cuando descubrí el alijo y llamé a mi primo para que viniera a echarle un vistazo. No le dije que creía que era robado, así que Dan creyó de veras que las piezas eran un auténtico hallazgo. Al principio pensó que el peligro venía de los promotores, que no querían que el descubrimiento parara las obras. No tenía ni idea de lo que estaba pasando... hasta que era ya demasiado tarde —añadió Paso Largo en voz baja—. Murió por mi culpa. Yo ignoraba que mi mujer estaba implicada en el robo. Estaba explorando las cuevas de las tres zonas de obras y me topé con el alijo en la cueva de las obras de Yardley. Vi allí el coche de Fred —masculló—. Sospeché que las piezas eran robadas, así que le dije a Dan que viniera a identificarlas para confirmarlo. No pensé que se metería en un lío. Está claro que estaba inspeccionando la mercancía robada cuando le descubrieron. Fred debió sorprenderlo mientras las examinaba y lo mató.

—La verdad es que creemos que Fred lo mató en su motel. Pero está claro que sabía que había visto el alijo. Mató a Dan y luego dejó el cuerpo en un camino de tierra —dijo Cortez—. Pero no sabía que estaba en territorio indio y que el FBI se haría cargo del caso. Eso debió de ser un duro golpe para él. Pero ¿cómo murió Fred? ¿Y quién le agredió a usted? —insistió Cortez.

Paso Largo le dedicó una larga y melancólica mirada.

—No sé quién me golpeó, ni cómo llegué a la caravana. Recibí una extraña llamada acerca de unas piezas arqueológicas que había en una cueva, en la propiedad de Yardley. Me dijeron que las estaban trasladando. Corrí allí, solo, para comprobarlo. Entré en la cueva con una linterna. Lo siguiente que sé es que estaba aquí. Tampoco sé quién mató a Fred.

—Pero tenemos una sospecha. Una sospecha terrible —dijo Bennett, apesadumbrado.

—Creo que fue Fred quien me dejó inconsciente cuando entré en la cueva. Sólo iba a ver si el alijo seguía allí. Luego pensaba llamar a la policía —continuó Paso Largo—. Las luces se apagaron cuando acababa de entrar en la cueva. Me desperté aquí —añadió, mirando con desgana la habitación del hospital.

—Cree que su hermana pudo matar a Fred —le dijo Cortez a Bennett.

El otro asintió lentamente.

—Es lo único que tiene sentido. Claudia hizo un comentario acerca de que los hombres no eran de fiar y dijo que, si quería que las cosas se hicieran bien, tenía que hacerlas ella misma —miró a Cortez a los ojos—. Espero que tenga vigilada a la señorita Keller —añadió—. A Claudia se le escapó que había estado en el museo y había visto allí una figura, y que le había dicho a la señorita Keller que era robada. Dice que la señorita Keller podía identificar a Fred. En aquel momento me pareció absurdo, pero ahora lo entiendo. La señorita Keller puede identificar a Fred, pero también puede identificar a Claudia como la persona que hizo esas sospechosas preguntas sobre la figura. Si ella mató a Fred, ¿qué le importa un asesinato más para librarse de los testigos que puedan relacionarla con Fred?

Cortez se sintió aturdido. Él mismo había hecho delante de la hermana de Bennett un comentario acerca de Phoebe y la figura, en la esperanza de atraer al verdadero asesino a la cabaña. ¡Pero eso había sido cuando creía que Phoebe estaba a salvo en el motel!

—Estoy dispuesto a testificar en su contra —dijo Bennett solemnemente—, si consigue detenerla antes de que haga algo aún peor.

—¿Cómo murió Fred? —preguntó Paso Largo con curiosidad.

—Le pegaron un tiro en la nuca a bocajarro —le dijo Cortez—. Yo diría que su esposa le hizo agacharse para mirar algo y luego le disparó.

Paso Largo tuvo que darle la razón.

—Claudia haría cualquier cosa por librarse de la cárcel. Le da pavor. Aunque eso nunca le ha impedido conseguir lo que quería —sacudió la cabeza e hizo una mueca de dolor—. No debí inculparme por ella la primera vez. Si hubiera tenido que encarar las consecuencias de sus actos, quizá no habría llegado hasta este extremo. Dos hombres han muerto.

—Me temo que hará falta algo más que una falsa confesión para sacarla de esto —dijo Cortez, dándose la vuelta—. Lo siento. Tengo indicios suficientes. Voy a pedir una orden de detención lo antes posible.

—Es lo único que queda por hacer —convino Bennett—. Lamento no haberle dicho todo esto antes. Es la única familia que me queda —añadió con voz crispada.

Cortez se acordó de su hermano Isaac y de sus roces con la ley hasta el último, que le costó la vida.

—Le entiendo mejor de lo que cree.

—Yo también le pido disculpas. No le conté que el profesor era mi primo cuando me enseñó su fotografía —dijo Paso Largo, compungido—. Temía que eso me incriminara, y quería indagar por mi cuenta antes de acudir a las autoridades.

Cortez asintió con la cabeza.

—Gracias por aclarármelo todo. Nos mantendremos en contacto.

Cortez acudió a las oficinas del juzgado del pueblo y habló con el juez de guardia para presentarle sus evidencias. El juez estuvo de acuerdo en que el paso más lógico era detener a la señorita Bennett. Cortez salió del tribunal con la orden de arresto y llamó a la oficina del sheriff, donde preguntó por Drake.

—No pierdas de vista a Phoebe —le dijo cuando le pusieron con él—. Acabo de conseguir una orden para la detención de la hermana de Bennett por el asesinato de Fred Norton, el presunto tratante de arte que le vendió la figura a Phoebe. Ella es la única que puede identificar a

Norton y a la señorita Bennett y relacionarlos con los asesinatos. Su vida estará en peligro hasta que Claudia Bennett esté bajo custodia policial.

—He intentando contactar contigo. Tengo novedades —dijo Drake con calma—. La señorita Bennett conduce un todoterreno negro con los neumáticos desgastados.

A Cortez le dio un vuelco el corazón.

—Phoebe está en el museo, ¿verdad?

Drake resopló.

—Por eso estaba intentando localizarte.

—¡Habla! —dijo Cortez de inmediato.

—Phoebe me dejó un mensaje hace media hora. Yo estaba lejos de la radio, atendiendo un aviso, y acabo de recibirlo. Ha salido una hora antes para trabajar un poco en su jardín. ¡Está en casa, sola!

Cortez sintió un peso en el corazón.

−¿Está sola? −repitió como si no pudiera creerlo.

−Yo voy ahora mismo para allá −le dijo Drake−. Tú ve a detener a esa tal Bennett. Confía en mí. No permitiré que le pase nada a Phoebe.

−Está bien −dijo Cortez con esfuerzo.

−Mira, Phoebe y yo somos amigos −añadió Drake en tono cortante−. Nada más. Creíamos que entre Tina y tú había algo y…

−Tina y yo somos primos hermanos −le interrumpió Cortez con amargura−. Su padre y el mío son hermanos.

Drake se sintió mal de pronto.

−Se puso odiosa con Phoebe. Hablé de ello con Phoebe. La única explicación es que Tina estaba celosa por el tiempo que pasabas con Phoebe. Empezó a hablar constantemente de ti, de lo fantástico que eras. No sabíamos que erais primos hermanos. Creíamos que Tina había decidido que te quería a ti en vez de a mí.

−¡Estaba celosa, idiota! −le espetó Cortez−. ¡Está enamorada de ti!

Se oyó una brusca inhalación.

—¿De... de veras? ¿Me quiere?

Cortez sonrió a pesar de sí mismo.

—Te vio besar a Phoebe y eso la destrozó.

—¡Vaya! —exclamó Drake, eufórico—. ¡Pero si sólo fue un beso en la frente!

Cortez se sintió mejor. Había sido todo un malentendido. Podría explicárselo todo a Phoebe y recuperarla. Pero primero tenían que asegurarse de que estaba bien.

—Vete allí y asegúrate de que está a salvo. Yo voy a ponerme a trabajar.

—¡Cuenta conmigo! —dijo Drake de inmediato.

—Y radia un aviso de alerta para localizar ese todoterreno, por si acaso —añadió—. Voy a pasarme por comisaría para que un agente venga a casa de Bennett conmigo a entregar la orden de detención. Luego iré a casa de Bennett. Su hermana y Paso Largo se alojaban con él.

—De acuerdo.

Cortez colgó, se montó en su coche y partió a toda velocidad.

Phoebe se alegraba de tener un rato para ella misma. La ruptura con Cortez, la discusión con Tina y la presión de su trabajo se habían sumado para hacerla infeliz. Tenía previsto hacer una buena poda en su rosaleda. Pero no podía ponerse manos a la obra con sus finos pantalones grises y la blusa blanca que llevaba debajo de la chaqueta del traje con unos zapatos planos de vestir. Tendría que cambiarse primero. Todavía tenía la pistola que le había prestado Drake y estaba casi segura de que el asesino o asesinos no estaban tan locos como para intentar matarla a plena luz del día.

Pero, cuando entró en su casa, tras despojarse de la

chaqueta y el bolso, oyó un chasquido al cruzar el pasillo y entrar en la cocina.

—Quieta ahí —dijo una voz de mujer detrás de ella.

A Phoebe no le hacía falta que le dijeran quién era. Reconoció la voz. Empezó a girarse.

—No lo haga —dijo la otra con voz fría y calculadora—. Ya he matado antes, puedo hacerlo otra vez. Salga por la puerta de atrás. No se pare.

Phoebe vaciló.

—Mi chaqueta —dijo.

—Donde va no la necesita —contestó la otra con sarcasmo—. Abra la puerta.

Phoebe obedeció con el corazón acelerado, intentando mantenerse alerta y aprovechar cualquier oportunidad que tuviera de escapar. Pero no podía correr más que una bala. Apretó los dientes. Quizá cuando estuvieran en marcha...

Había un todoterrreno negro aparcado tras la esquina de la casa, fuera de la vista. La mujer rubia abrió la puerta de atrás y se apartó.

—Entre —dijo, señalando con la pistola.

Phoebe notó que era un revólver del calibre 45, y que la mujer lo agarraba con pericia. Phoebe le dio la espalda para montar en el todoterreno y de pronto sintió un fuerte golpe, y todo se volvió negro.

Volvió en sí muy despacio. Sintió el vehículo frenar y detenerse. Abrió los ojos. Había árboles. Abetos. Estaban en un bosque. Había una montaña cerca.

Claudia Bennett Paso Largo abrió la puerta de atrás. Llevaba la pistola en la mano.

—Salga —dijo con voz rasposa.

A Phoebe le estallaba la cabeza. Sentía náuseas. Pero

sabía que aquella mujer iba a matarla. Tenía que pensar en un modo de salvarse a tiempo–. ¡Salga! –gritó Claudia, tirándole del pie violentamente–. Lo ha echado todo a perder, usted y su novio del FBI. Tuve que matar a Fred por su culpa, ¡maldita sea! Iba a dejarme y a llevarse el botín. Ya había matado a ese arqueólogo. Le dije que no moviera el alijo durante un año, pero le pudo la codicia y le vendió a usted una figura. Me asusté y pensé que quizá pudiera conseguir que le reconociera y le hiciera detener. Pero me salió el tiro por la culata. Fred sabía que podía identificarle y perdió los nervios. Iba a huir llevándose el botín, y a cargarme a mí el muerto. Le iba a decir a todo el mundo que yo maté al arqueólogo –bufó–. Pero yo no tenía intención de ir a la cárcel. Ahora Fred está muerto, gracias a usted, y usted es el único testigo que puede relacionarme con los demás. Así que tengo que quitarla de en medio. No voy a ir a prisión. Me voy a ir de aquí.

Phoebe intentaba pensar mientras salía del enorme todoterreno. Se apoyó contra el coche como si apenas pudieras sostenerse en pie.

–¡Muévase! –gritó Claudia, enfurecida, y la clavó la pistola en la espalda.

Si pudiera girarse y darle un manotazo a la pistola…

Pero Claudia retrocedió y ladeó el arma. Phoebe se apartó tambaleándose del coche y echó a andar por un camino de tierra.

–Por ahí, por el sendero –Claudia señaló una arboleda de robles y abetos.

Estaba oscureciendo. La nieve soplaba a su alrededor. Hacía mucho frío y el aire gélido atravesaba la blusa sin mangas de Phoebe. Se frotó los brazos y se estremeció.

–No pasará frío mucho tiempo –Claudia se echó a reír–. Siga caminando.

Phoebe intentó razonar con ella.

—¿De qué va a servirle matarme? No puede escapar.

—Usted puede identificarme. Los demás no.

—Está loca —masculló Phoebe—. A estas alturas seguramente ya la habrán relacionado con el asesinato y habrán dado con su coche. Todo ha acabado. Pero usted aún no se ha dado cuenta.

—Me iré. Estarán demasiado ocupados intentando localizarla como para buscarme a mí —dijo con gélida certeza.

—Me echarán de menos...

—No enseguida. Se ha ido a casa antes de tiempo, ¿recuerda? Llamé al museo para ver dónde estaba. Su ayudante fue de gran ayuda —añadió, riendo.

Estaban bajo un gran roble. Había una serie de pequeños riscos que descendían por una colina cuya falda parecía extenderse infinitamente, desde una terraza cubierta de hojas a otra. Había acebos, renuevos de pinos y árboles caídos por todas partes. El corazón de Phoebe latía desbocado. Tal vez si echaba a correr...

—¡Alto! —gritó Claudia de repente.

Phoebe la sintió a su espalda, muy cerca. Tenía que darse prisa. Tenía que ser precisa. No podía permitirse vacilar ni un segundo.

—De rodillas —dijo Claudia con firmeza.

Phoebe giró la cabeza hacia ella con decisión.

—¿No tiene agallas para mirarme a los ojos cuando me mate? —la increpó.

Los ojos de Claudia se oscurecieron, llenos de furia.

—¡De rodillas he dicho! —gritó mientras levantaba la pistola con cierto nerviosismo.

—Todavía puede librarse de la pena de muerte —le dijo Phoebe al tiempo que se arrodillaba. El corazón le golpeaba a toda velocidad en el pecho. Aquellos podían ser sus últimos segundos de vida. Era plenamente consciente del peligro que corría–. Si se entrega...

–Ya he matado a una persona –dijo Claudia, enfurecida–. ¿Qué más da otra? No pueden matarte dos veces, ¿no?

Phoebe jugó su última carta.

–Mire, mi novio pertenece al FBI –se sintió temblar de miedo y frío–. Si me mata, la atrapará aunque sea la última cosa que haga –mientras decía esto, se dio cuenta de que era cierto. Había sido una estúpida por creer que Cortez podía irse con otra. La quería. Ella lo quería a él. Si tuviera tiempo de decírselo una última vez...

–Me da igual –contestó Claudia con frialdad. Respiró hondo para calmarse y bajó el cañón de la pistola hasta que la cabeza de Phoebe ocupó su campo de visión.

Phoebe oyó aquel suspiro. Sabía lo que iba a pasar. Era ahora o nunca, la última oportunidad de salvarse. Si vacilaba, estaba muerta. Pensó un último instante en las consecuencias, porque era probable que acabara muerta hiciera lo que hiciese. Pero su vida no pasó en un relámpago ante sus ojos. No tenía tiempo para recordar. No tenía tiempo para nada.

Elevando al cielo en silencio una plegaria, levantó el brazo y giró el tronco al mismo tiempo con todas sus fuerzas. Golpeó violentamente el brazo de Claudia. Ésta dejó escapar un grito de sorpresa y dolor y la pistola salió volando, pasó por encima del risco y cayó sobre el montón de hojas muertas y detritus que había más abajo.

Mientras Claudia seguía enmudecida por la impresión, Phoebe echó a correr, se arrojó por encima del risco y agachó la cabeza mientras rodaba, rodaba y rodaba. Le dolía la cabeza y no veía bien. Pero al menos había escapado, de momento. Quizá, si Claudia no tenía otra pistola escondida en el todoterreno, podría escapar.

—¡No! —gritó Claudia—. ¡Zorra!

Phoebe agachó la cabeza y se pegó al suelo, intentando ignorar su dolor de cabeza y las náuseas que afloraban a su garganta. Cerró los ojos y pensó en Cortez, en el día que se conocieron, en su fuerza, en el consuelo de sus brazos. Lo querría siempre...

—¡Te atraparé! —gritó Claudia, rabiosa.

Bajó a trompicones por la primera terraza y miró a su alrededor buscando la pistola. Pateó las hojas, intentando encontrarla, pero no la vio. Las nubes eran cada vez más densas. El cielo se iba oscureciendo. Escupía nieve.

—¡Vuelve aquí! —gritó Claudia con furia.

Se detuvo, jadeante, y miró alrededor frenéticamente. Miró un poco más, pero iba vestida con tacones altos y un elegante traje gris, una indumentaria poco apropiada para el bosque.

—¡Qué demonios! —gritó—. ¡De todos modos morirás congelada! ¡Ni siquiera sabes dónde estás! ¡Que te pudras en el infierno, zorra!

Regresó corriendo al todoterreno, montó en él, encendió el motor y partió dejando tras ella una polvareda.

Phoebe sintió la tentación de levantarse enseguida y seguir al todoterreno hasta salir del bosque. Pero no estaba segura de que Claudia no fuera a volver a ver si la veía. Era probable que regresara por si acaso Phoebe cometía la imprudencia de asomar la cabeza.

Como cabía esperar, no habían pasado ni cinco minutos cuando el todoterreno bajó de nuevo rugiendo por el camino de tierra y se detuvo justo encima del lugar donde Phoebe permanecía tumbada, completamente inmóvil, sin hacer ningún ruido. El coche estuvo allí parado, con el motor en marcha, otros cinco minutos. Luego, súbitamente, dio media vuelta y se alejó.

Pero Phoebe esperó aún cinco minutos más antes de

moverse. La nieve caía con fuerza y el calor de la adrenalina había abandonado su cuerpo. Se estaba helando. No sobreviviría si tenía que pasar la noche a la intemperie. La hipotermia era mortal. No tenía nada con que cubrirse. Llevaba los brazos desnudos y sus pantalones eran muy finos. Probablemente moriría congelada.

No sabía dónde estaba. Ni lo sabía nadie más. Seguramente Cortez y Drake ya estaban buscándola, pero había pocas posibilidades de que la encontraran allí, en medio del monte.

Se sentó y aguzó el oído mientras el cielo se oscurecía lentamente. Pero el todoterreno no volvió. Esta vez, Claudia no regresó.

Ahora era cuestión de quedarse quieta o echarse a andar. Nadie sabía dónde estaba. Si se quedaba en el bosque, tal vez muriera allí. Estaba en medio del monte, eso ya lo sabía. Seguramente en el parque nacional. A aquella altitud había osos negros. Se habían visto pumas. Había linces y hasta coyotes y lobos en los sitios desiertos.

Por otro lado, la noche iba cayendo rápidamente. No tenía linterna, ni velas, ni cerillas. Y no había luna porque el cielo estaba cubierto. Su única esperanza era seguir a tientas las huellas de los neumáticos y no apartarse de la senda que había dejado el todoterreno.

Pensó en quitarse los zapatos, pero si lo hacía se le congelarían los pies. Tenía que estar helando, si nevaba. Arrancó ramas muertas de un arbolito lo bastante largas para *palpar* la altura de la vegetación a lo largo de la senda dejada por las ruedas. Cabía la posibilidad, por pequeña que fuera, de que lograra salir del bosque. Era eso o no hacer nada. Quedarse en un lugar sería fatal. Moriría congelada esperando a que alguien la encontrara. Si lograba llegar a una carretera, del tipo que fuera, tal vez pudiera conseguir ayuda. Pero también eso era improbable: poca gente viajaba por las carreteras secundarias de aquellas montañas en una noche de ventisca, a menos que vivieran allí. Pero quizás hubiera algún coche de la oficina del sheriff patrullando. Tenía que abrigar esa esperanza.

Avanzó tan rápido como pudo por la senda a través del bosque. Había tanto silencio, pensó. Nada se movía. Ni siquiera se oía cantar un pájaro. El único ruido era el crujido de las ramas de los árboles azotados por el fuerte viento mientras la nieve soplaba a su alrededor. La ventisca laceraba su rostro desnudo. Sus aguijonazos le hicieron darse cuenta de que la nieve no era su único problema. También caía aguanieve.

Ponía un pie delante de otro e intentaba con todas sus fuerzas pensar sólo en cada paso que daba. Tenía que concentrarse en salir del bosque lo antes posible.

Llegó a una bifurcación en el camino y vaciló, apretando los dientes. Pero mientras decidía qué camino tomar, oyó una extraña canción a lo lejos. Parecía cherokee. Aquel sonido procedía del camino de la derecha. Phoebe sonrió para sí misma y giró a la derecha sin vacilar. Tal vez, pensó, había una leve posibilidad de escapar.

Convencido de que Drake velaba por Phoebe, Cortez se acercó a la puerta de una elegante mansión situada casi en los límites del término de Chenocetah. El agente Parker iba con él para entregar la orden expedida por el juez local. La casa la había alquilado Paso Largo, aunque la pagaba Bennett.

Cortez llamó al timbre tres veces, pero no hubo respuesta. El agente Parker y él rodearon la casa hasta la parte de atrás. La puerta del garaje estaba abierta. El todoterreno de Claudia no estaba.

Cortez tardó sólo un segundo en relacionar el todoterreno que faltaba con la mujer desesperada cuyo primer impulso sería llegar hasta Phoebe antes de que pudiera testificar contra ella.

Sacó su teléfono y se dispuso a llamar a Drake, pero antes de que pudiera marcar el teléfono empezó a sonar.

—¿Sí? —contestó de inmediato.

—Soy Drake —contestó el otro con voz crispada—. Phoebe no está aquí.

Aquello era una pesadilla. Se le aceleró el corazón, aunque no se le notó en la cara.

—¿Has registrado la casa?

—Sí, he mirado en todas partes. Su bolso y las llaves de su coche están aquí.

Lo cual significaba, evidentemente, que se había ido sin ellos. Seguramente a punta de pistola.

—¿Tienes idea de dónde ha podido llevarla esa tal Bennett? —preguntó Cortez enseguida—. Seguramente será un sitio desierto, poco frecuentado.

—En estas montañas hay muchos sitios así —dijo Drake con pesadumbre—. He radiado una orden de busca, pero no hemos tenido noticias.

Cortez exhaló un corto suspiro.

—Voy a ver a Bennett —dijo—. Puede que él tenga alguna idea. No es gran cosa, pero es lo único que tenemos. Te llamaré en cuanto sepa algo. ¿Tenéis un helicóptero?

—Claro, está en la cueva de Batman, junto con los vehículos anfibios —masculló Drake sarcásticamente.

—Perdona —dijo Cortez, avergonzado—. Voy a llamar a la DEA. Ellos suelen tener helicópteros.

—Puede que sí, pero no van a salir de noche y con ventisca —contestó Drake—. Ningún piloto va a correr ese riesgo.

—¡Maldita sea!

—Hablaré con el sheriff —dijo Drake—. En este condado tenemos un retén a caballo. Los caballos pueden llegar donde no llegan los vehículos. Y en el pueblo hay una Agencia de Gestión de Emergencia de primera categoría. El director es un tipo genial. Voy a llamarlo.

—Gracias, Drake —dijo Cortez con voz crispada—. Volveré a llamarte.

Colgó, le explicó la situación al agente Parker y volvieron los dos a toda velocidad al pueblo.

Bennett estaba en la caravana de su empresa en la zona de obras, con un vaso de whisky en la mano.

Esa noche no trabajaba nadie. Ni siquiera él. Levantó la mirada cuando Cortez abrió bruscamente la puerta. Alzó el vaso.

—Van a acusarme de complicidad, ¿verdad? ¿Ha venido a detenerme?

Cortez se detuvo ante su mesa.

—Su hermana tiene a Phoebe —dijo de inmediato.

El otro frunció el ceño.

—¿Está seguro?

—Su todoterreno ha sido visto en su casa. La policía encontró un testigo que lo vio pasar esta tarde, justo antes de que desapareciera Phoebe. Las llaves de su coche y su permiso de conducir están todavía en su bolso, en casa, pero ella no está. No hace falta ser muy listo para encajar los hechos y llegar a una conclusión.

Bennett cerró los ojos.

—Dios mío.

Cortez se inclinó sobre la mesa, echando chispas por los ojos.

—Escúcheme, tal vez pueda ayudar a su hermana a escapar de la pena de muerte. Salta a la vista que está desequilibrada. ¡Pero tiene que ayudarme!

—¿Y qué puedo hacer? ¡No sé dónde está!

—Piense —le ordenó Cortez—. Si su hermana pensaba hacerle daño a Phoebe, es más que probable que la haya llevado a un sitio que conozca bien. Algún lugar desierto por donde no pase nadie. Pero para llegar a un sitio así tiene que conocer la zona. Buscará un lugar donde no vaya a molestarla nadie.

Bennett se quedó mirando la mesa con el ceño fruncido.

—Bueno..., hay un sitio del que me habló, el único lugar que le gustaba de por aquí. Ella odia el campo. Creo que por eso en parte se lió con Fred. Íbamos a estar aquí meses.

—Podría haber vuelto a Atlanta con usted —replicó Cortez.

—No creo. Allí no había diversión —Bennett hizo una mueca—. Hoy me negué a darle dinero a menos que se quedara aquí, con Paso Largo, mientras mi cuñado esté en el hospital. Se puso furiosa. Dijo que no le importaba que muriera. Entonces fue cuando comprendí que había hecho algo. El día que se pasó usted por el hospital sólo fue a verlo porque la amenacé. Después se puso como loca. Ni siquiera podía hablar con ella.

—¿De qué sitio le habló? ¿Cuál era el lugar que le gustaba? —insistió Cortez.

—El Parque Nacional de Yonah —respondió Bennett—. Un bosque al pie de la carretera, en el monte, donde dicen que antiguamente se encontró oro. Había cabañas en alquiler cerca de un pequeño merendero —frunció el ceño–. Puede que Fred se alojara allí. Sé que no estaba en el pueblo porque Paso Largo preguntó por él en todos los moteles cuando a Claudia se le escapó que andaba por aquí.

A Cortez le dio un vuelco el corazón. Era una zona muy grande, pero más valía aquello que intentar rastrear todo el estado.

–Gracias –le dijo a Bennett–. Haré lo que pueda por usted. Y por ella. Si Phoebe sale ilesa –añadió con frialdad.

Bennett lo miró con profundo recelo mientras se marchaba. Si Phoebe moría, jamás encontraría descanso. Cortez sería un enemigo mortal.

Phoebe oyó el aullido de un felino y se puso rígida. Aguzó el oído. No se oía nada, salvo la ventisca golpeando el suelo.

Tenía tanto frío... Siguió caminando. Movía los brazos, intentando darse calor. La hipotermia no tardaría en apoderarse de ella. Entonces caería en un profundo sueño del que jamás despertaría. Tenía que seguir moviéndose o moriría.

Seguía las huellas de neumáticos buscando a tientas la maleza con la fina varilla. No podía ir muy deprisa porque no veía dónde pisaba. Pero, irónicamente, cuando la nieve comenzó a cubrir el suelo, le fue más fácil ver los surcos de las ruedas. Una ventaja, dentro de una desventaja.

Aquello, sin embargo, le dio algunas esperanzas. Quizá pudiera salir del bosque; llegar al menos a una carretera más transitada. Si no tuviera los pies tan helados, con las medias que le llegaban hasta las rodillas y los zapatos planos... Si no temblara tanto...

Se imaginó el fuego en su chimenea, en casa, mientras sonaba una música suave. Se imaginó tendida sobre el regazo de Cortez, soñando despierta. Aguzó el oído en busca de aquellas voces cantarinas, pero ya no las oía.

Puso un pie delante del otro y siguió avanzando.

Drake contestó al teléfono en cuanto sonó.

—Stewart —dijo abruptamente.

—Soy yo —contestó Cortez—. Bennett dice que su hermana hablaba de un pequeño bosque junto a la carretera, en el Parque Nacional de Yonah, cerca de unas cabañas. ¿Sabes si hay alguna patrulla por allí?

—Sí —dijo Drake—. El servicio forestal tiene un guardia que es amigo mío, y también hay una patrulla del servicio de caza y pesca. Seguro que nos echan una mano encantados. He mandado avisar a un senderista del pueblo que conoce bien la zona. Lo organizaré todo.

—Llegaré en cuanto pueda.

—Necesitarás cadenas —dijo Drake—. Está cayendo nieve y aguanieve. No tardará en cuajar en las carreteras. No llegarás sin cadenas —Cortez dejó escapar un gruñido. ¡Otro retraso!—. Escucha —añadió Drake—, pásate por la oficina del sheriff y dile que te acompañe. Tiene un coche con tracción a las cuatro ruedas que ya lleva puestas las cadenas.

—¡Gracias, Drake! Dentro de un rato nos vemos —colgó y se dirigió a la oficina del sheriff.

Bob Steele, el sheriff del condado de Yonah, era un tipo alto y corpulento, con el pelo rizado y cano y las cejas negras. Inspiraba respeto, pese a ser muy amable. Escuchó el relato de Cortez con el ceño fruncido.

—Está nevando —dijo después—. ¿Cree que esa tal Bennett habrá dejado a la señorita Keller a la intemperie con este tiempo?

—Sí —contestó Cortez con voz tensa—, a no ser que la haya matado ya —añadió, expresando en voz alta una idea que se resistía a admitir.

El sheriff se levantó de su mesa, sacó su pistola del cajón y se la guardó en la funda del cinturón. Estaba muy serio.

—Hay que mantener la esperanza —dijo.

—Agradezco la ayuda que nos ha prestado dejando que Drake cambiara de turno para poder vigilar a Phoebe.

—¿Cómo diablos ha dado esa tal Bennett con ella? —preguntó el sheriff.

—Phoebe se marchó temprano del trabajo para podar sus malditas rosas —masculló Cortez mientras se acercaba a la puerta—. Sin decírselo a nadie.

—Menuda ocurrencia, habiendo un asesino suelto —contestó el sheriff.

—Ni que lo diga. Pero, cuando la encontremos, se la voy a restregar por las narices los próximos cincuenta años.

El sheriff se limitó a sonreír. Sabía, al igual que Cortez, que en un caso de secuestro las primeras veinticuatro horas eran cruciales. Si en ese margen de tiempo encontraban a la señorita Keller, lo más probable era que estuviera muerta, bien de un disparo, bien de hipotermia.

Abrió el todoterreno con tracción a las cuatro ruedas y montó con Cortez.

El suelo estaba blanco. Phoebe tiró el palo porque ahora veía con bastante claridad los surcos de las ruedas. Se paraba de cuando en cuando por si oía acercarse un vehículo. Quizá Claudia Bennett aún volviera en su busca con intención de matarla. No podía arriesgarse.

Tenía las manos heladas y los brazos entumecidos. Nunca había sentido tanto frío. Apenas sentía los pies. Los tenía también entumecidos, y le preocupaba que empezaran a gangrenársele. Aquello le hacía gracia, porque lo más probable era que muriera allí, así que ¿qué importaba? Se frotó los brazos enérgicamente.

Si hubiera golpeado más fuerte a Claudia Bennett, masculló para sí misma. Quizás echar a correr hubiera sido un error. Pero Bennett era más alta, y ella tenía la desventaja de que había recibido un golpe en la cabeza.

Todavía le dolía el golpe, pero las náuseas se le habían pasado un poco. El frío las mantenía a raya. Miró a su alrededor. El bosque se extendía por todas partes. No veía nada que se pareciera a una carretera. Era imposible saber en qué lugar del bosque se hallaba. Si estaba a varios kilómetros de su linde, dudaba que pudiera salir viva de allí.

Se detuvo de nuevo, prestó atención, pero no oyó nada. Había dejado de caer aguanieve. La nieve caía en gruesos y algodonosos copos que se deslizaban ante su cara y caían blandamente al suelo. Era precioso, apacible, casi irreal. Y también mortal. Si no se movía, moriría congelada.

Puso un pie delante de otro y siguió caminando.

Ya no se veían las huellas de los neumáticos del todoterreno. La nieve las había cubierto. Pero los surcos se distinguían aún porque el peso del enorme vehículo había aplastado la hierba. Los siguió con determinación, con los brazos cruzados sobre el pecho, abrazándose para conservar el poco calor que le quedaba. Maldecía la fina blusa y los pantalones. ¿Por qué no se había puesto algo de más abrigo? Si tuviera una chaqueta, una manta, algo que la mantuviera caliente...

En cierto momento creyó oír algo a lo lejos. Se detuvo y giró la cabeza hacia el lugar de donde procedía el sonido. Se quedó muy quieta, esperando. Pero aquel ruido se desvaneció rápidamente. Quizá, pensó, era un coche pasando por la carretera. Tal vez estuviera más cerca de lo que pensaba.

Se animó un poco y apretó el paso. La esperanza, pensó, era lo último que perdía una persona en peligro. Siempre quedaba la esperanza.

Recordó la última vez que vio la ancha espalda de Cortez alejándose de ella. Se preguntaba si él lamentaba aquella despedida tanto como ella. Sabía que se sentiría culpable si ella moría. Así era él.

Ella había tenido mucho tiempo para sopesar su conducta y la de Tina mientras caminaba por el monte. Por fin se había dado cuenta de que todo se debía a los celos. Ella había salido al porche a hablar con Drake. La conversación no había sido íntima, pero quizá se lo hubiera parecido a dos personas que ya dudaban de sus propios sentimientos. Sabía que a Cortez le importaba. Él le había hablado muchas veces de tener hijos. Ella lo quería. Si salía de aquel bosque, se prometió, se sentaría con él y lo obligaría a escucharla. Lo convencería (a él y también a Tina) de que entre Drake Stewart y ella no había nada. No iba a permitir que Cortez se escapara por segunda vez.

Apretó el paso.

Mientras, seguía cayendo la nieve y el sheriff y Cortez recorrían las carreteras del Parque Nacional.

—Esto es como buscar una aguja en un pajar —dijo Cortez, crispado, con la vista fija hacia delante.

El bosque es muy grande —repuso el sheriff—. Pero

tiene razón: lo más probable es que esa tal Bennett haya llevado a la señorita Keller a un sitio que conozca. Por suerte no es india. Eso estrecha un poco la búsqueda.

—Ojalá tuviéramos un helicóptero —dijo Cortez—. Sería más fácil encontrarla.

—Parece una mujer muy lista —contestó con calma el sheriff.

—Lo es —dijo Cortez—, y sabe mucho de antropología y arqueología. Está familiarizada con el monte y las carreteras secundarias —sus ojos se entornaron—. Intentará salir del bosque, si puede. Seguirá algún sendero.

—¿No cree que vaya a estarse quieta?

—Es poco probable —contestó Cortez—. Hay demasiada humedad para encender un fuego, y corre el riesgo de congelarse. Se moverá. Estoy seguro de ello.

—En cuanto amanezca mandaré que venga una avioneta —prometió el sheriff—. De un modo u otro la encontraremos.

—No estaría de más contactar con el retén a caballo por si han encontrado algún rastro.

El sheriff tenía ya el micrófono en la mano. Sonrió a Cortez.

—Eso mismo estaba pensando.

Pero el retén no sabía nada nuevo. Ni tampoco el servicio forestal.

Era difícil buscar de noche, aunque la nieve daba luz suficiente para ver. El bosque era inmenso, y una sola persona pasaba desapercibida entre los árboles.

Llamaron de la central. El sheriff contestó mientras a Cortez le daba un vuelco el corazón, lleno de esperanza.

—Hemos recibido una llamada de una de las unidades —dijo el oficial de guardia—. Uno de los ocupantes de una cabaña vio pasar un todoterreno dos veces hacia un camino sin salida que hay pasado el merendero, hará unas tres horas.

—Vamos para allá —dijo el sheriff, y se detuvo para dar media vuelta.

Cortez sonrió. ¡Por fin un respiro! Ahora sólo quedaba encontrar a Phoebe viva...

15

Phoebe empezaba a estar cansada. Gozaba de buena salud y sus piernas eran fuertes, pero la suma del cansancio, los efectos del frío y la falta de alimento empezaba a pasarle factura. Había desayunado, pero a la hora de comer no había tenido apetito y había echado mano de sus reservas de energía.

Se detuvo al llegar de pronto a un cruce donde el camino se dividía en cuatro ramas. Miró la inmensa extensión de bosque nevado que se extendía ante ella y sintió desesperación. No se veían huellas, y esta vez no oyó cántico alguno que le indicara el camino. Por primera vez desde que comenzara aquel calvario, le parecía imposible seguir caminando hasta ponerse a salvo.

Si hubiera tenido más fuerzas, si supiera dónde iba, aunque fuera sólo la dirección, quizá hubiera tenido alguna oportunidad. Pero no sabía dónde estaba, así que ignoraba qué dirección debía tomar. Si tomaba la bifurcación equivocada, moriría. Si se quedaba allí, moriría. Si se adentraba en el bosque y se cubría con hojas y ramas de pino para intentar conservar el calor, moriría de todos modos y jamás la encontrarían.

La lluvia la había empapado. Tenía el pelo mojado, los pies entumecidos y las medias caladas. Al dar otro paso, se dio cuenta de que ya no sentía los pies.

Aquello era demasiado. Ya no tenía esperanzas. Se acabó, no podía seguir caminando. Estaba tan cansada... Le parecía que llevaba andando una eternidad. Tenía frío y hambre y sus pies estaban helados. Levantó la mirada y sintió cómo le laceraba la cara la nieve. Cerró los ojos. Era el fin.

Se sentó en medio del cruce de caminos exhalando un largo suspiro, se acurrucó y cerró los ojos. Decían que la muerte por congelación no era dolorosa. Confiaba en que fuera cierto. Tenía la esperanza de que Cortez recordara lo maravillosos que habían sido los escasos momentos que habían pasado juntos, antes de que Tina y Drake complicaran las cosas. Antes de que ella lo complicara todo.

Debería haber ido a ver a Cortez y haberlo obligado a escucharla. Él tendría que vivir con la culpa de haberse alejado de ella, y eso también le dolía. Lo quería. Musitó su nombre y su aliento salió en un último y débil suspiro.

En el coche del sheriff, Cortez apretaba los dientes. Más allá de las cabañas, el camino se dividía en cuatro. Habían ido allí con intención de localizar un lugar concreto, y se habían encontrado con otro rompecabezas.

—Pare —le dijo al sheriff.

Salió del coche y se acercó al cruce. Se agachó para observar la tierra y entornó los ojos. La nieve lo había cubierto todo, pero sin duda habría marcas de neumáticos si Claudia Bennett había pasado por allí.

El sheriff salió y también se agachó. Removió suavemente unas hojas cubiertas de nieve.

—Usted caza, ¿verdad? —preguntó Cortez.

—Desde que era un chaval. Está buscando surcos de ruedas, ¿no?

—Sí. Es la única oportunidad que tenemos.

Se pusieron manos a la obra ayudándose con linternas. No les llevó mucho tiempo. En aquella época del año los caminos eran poco transitados, de modo que no había marcas antiguas que pudieran confundirles.

—¡Lo encontré! —gritó Cortez, y le hizo señas al sheriff, que se agachó a su lado.

Allí, justo debajo de la nieve, había una huella de neumático impresa en el barro. ¡Y le faltaba el surco vertical! Le explicó aquello al sheriff, que había seguido de cerca el caso.

—Menos mal que esa tal Bennett no se dio cuenta de que era tan fácil reconocer las huellas de sus neumáticos —dijo el sheriff Steele.

—Sí, desde luego. ¡Vamos! —Cortez se levantó de un salto y corrió al coche.

El sheriff se montó tras el volante, encendió el motor y enfiló el camino por el que había pasado el todoterreno. Pidió refuerzos por radio, por si acaso había más encrucijadas que inspeccionar. Teniendo en cuenta el tiempo que llevaba desaparecida, lo más probable era que Phoebe estuviera a punto de morir congelada. Un par de horas más y no importaría si la encontraban, porque no conseguirían llegar a tiempo.

Cortez lo sabía. Sabía también que cabía la posibilidad de que Claudia Bennett la hubiera matado. Quizá Phoebe estuviera tendida en la nieve, con los ojos cerrados para siempre, muerta.

Apretó tan fuerte la mandíbula que le dolieron los dientes. Mientras el coche avanzaba por la senda cubierta de nieve, rezó con toda su alma.

La senda parecía desplegarse sin cesar, siempre hacía abajo, por vueltas y revueltas, hacia un valle inferior. Seguía existiendo la posibilidad de que Claudia Bennett hubiera matado a Phoebe, igual que había matado a su cómplice. Desarmada, Phoebe no habría tenido nada que hacer. Cortez no quería pensarlo siquiera. Se había mostrado distante con ella la última vez que se habían visto. Si Phoebe moría, aquello lo atormentaría eternamente.

La nieve seguía cayendo, cada vez más densa. El sheriff frenaba en cada curva. Los dos miraban fijamente el camino, que al fin se allanaba y corría en línea recta hacia el horizonte.

Sonó la radio y el sheriff contestó. Detuvo el coche en medio del camino y escuchó con expresión de pasmo. Cortez también estaba escuchando. Pero se limitó a sonreír.

—Hemos recibido un mensaje del señor Halcón Rojo, de Oklahoma, para usted —dijo el oficial de guardia—. Dice que atañe al caso, que es importante.

—Está bien —contestó el sheriff, sorprendido por la mirada fija de Cortez—. Démelo.

—Dice que tienen que buscar una bifurcación del camino en la que hay dos enormes abetos, uno enfrente del otro, y un tronco muerto cruzado en medio del camino. Que ella está allí. También dice —vaciló y se aclaró la garganta— que la señorita está embarazada.

Cortez dejó escapar un gemido.

—¿Está viva? ¡Pregúntele si está viva! —dijo en tono imperioso.

El sheriff lo miró con curiosidad, pero repitió la pregunta. Hubo una breve pausa.

—Sí, dice que sí.

—¡Gracias a Dios! —exclamó Cortez, y apartó los ojos, que mostraban una sospechosa pátina de humedad.

El sheriff dio las gracias al oficial de guardia y le lanzó a Cortez una mirada. Él apenas lo notó. ¿Phoebe estaba embarazada? ¡No podía creerlo! Pero su padre casi nunca se equivocaba. Si esta vez daba en el clavo, quizá volviera a salvarle la vida a Phoebe.

El sheriff tenía una expresión cortés.

—No creerá usted en los poderes paranormales, espero —dijo. Justo cuando la última palabra salía de sus labios, partieron.

De pronto detuvo el coche, boquiabierto.

Allí, delante de ellos, el camino se bifurcaba. En el ramal de la izquierda había dos enormes abetos y un tronco caído en mitad del camino.

—¡Dios mío! —exclamó el sheriff—. ¿Quién es ese tal Halcón Rojo?

—Mi padre —murmuró Cortez con sorna—. Es un chamán —no añadió que entre los comanches no había un grupo organizado de curanderos, ni chamanes, sino sólo individuos que tenían visiones. El don de su padre no se debía al estatus que ocupaba en la cultura a la que pertenecía. Era tan peculiar como el propio Charles Halcón Rojo.

El sheriff lo miró.

—Me gustaría conocer a ese caballero —dijo con sinceridad, y enfiló el abrupto sendero.

Cortez se echó hacia delante todo lo que le permitía el cinturón de seguridad y fijó la mirada en el camino, entornando los ojos. «Por favor», rezaba en silencio, «por favor, no permitas que la pierda». Nada volvería a importarle si Phoebe desaparecía de la faz de la tierra.

El sheriff aminoró la marcha al doblar una curva y aceleró luego en una recta donde el bosque se aclaraba a ambos lados del camino. Había robles enormes, pinos y abetos a lo largo del camino. La nieve lo cubría todo con su manto. Por el espejo retrovisor, Cortez vio que las marcas de sus neumáticos eran cada vez más profundas.

—¡Pare! —gritó de pronto.

El sheriff pisó el freno automáticamente y se detuvo a medio metro de una figura acurrucada que había justo en medio del camino.

Cortez salió de un salto y corrió hacia Phoebe. La levantó en brazos, temiendo que fuera demasiado tarde a pesar de las palabras de su padre. La estrechó contra su pecho.

—Phoebe, cariño, ¿me oyes? —le susurró al oído. Por increíble que pareciera, tras unos segundos de angustia, sintió de pronto su aliento en la garganta—. ¡Gracias a Dios, gracias a Dios, gracias a Dios! —murmuró contra su pelo—. Phoebe, nena, ¿me oyes? ¡Phoebe! ¡Phoebe!

Ella oyó una voz. Sintió calor, unos brazos fuertes rodeándola.

¿Había muerto? Inhaló trabajosamente y tosió, estremeciéndose, mientras abría los ojos despacio. Se encontró con el amado rostro de Cortez, contraído por la angustia y el cansancio.

—Jeremiah... —murmuró. Sonrió y tendió los dedos helados hacia su cara—. ¿Estoy muerta y he ido al cielo? —susurró fervientemente.

—No, no estás muerta —respondió él con voz áspera—. Pero esto parece el cielo. ¡Gracias a Dios que te hemos encontrado! —la besó con vehemencia, con todo el ímpetu del miedo.

Ella tenía los labios fríos, pero aun así respondieron a su contacto. Cortez deseaba besarla hasta que entrara en calor, pero no había tiempo para eso. Tuvo que obligarse a parar. La abrazó y escondió la cara contra su cuello. La soltó un momento, se quitó la chaqueta y la envolvió en ella.

—Mmm, qué calorcito —musitó ella con delectación, estremeciéndose.

—¡Estás medio helada! —gruñó él mientras la abrazaba con fuerza.

Phoebe se aferró a él.

—Creía que no me encontrarías —susurró—. Tenía los pies entumecidos. No podía seguir andando. Tenía tanto miedo...

Él la acalló con un beso.

—Ahora estás a salvo. ¡Estás a salvo! No volveré a dejarte hasta el día que me muera. ¡Te lo juro! —la hizo levantarse suavemente y vaciló al ver que ella se quejaba al apoyar los pies. La giró para poder levantarla con el brazo derecho, de modo que sólo tuviera que sujetarle las piernas con el izquierdo, y la llevo al coche, ignorando la punzada de dolor que sentía en el hombro.

—Te vas a hacer daño en el hombro. No debes levantarme en brazos... —protestó ella.

—Calla —resultaba doloroso saber que, incluso en ese momento, Phoebe se preocupaba más por él que por sí misma.

Ella lo quería. Cortez lo notaba. Él también la quería con cada fibra de su cuerpo. La estrechó con fuerza.

A pesar de que sentía dolor con cada paso que daba, la llevó hasta el coche. Hizo que el sheriff le abriera la puerta desde dentro y la metió en el asiento de atrás. Le quitó los zapatos y le frotó enérgicamente los pies.

—¿Tiene una manta? —le dijo al sheriff.

—No, pero llevo un saco de dormir en el maletero —contestó el sheriff, y apretó el botón del salpicadero que abría el maletero. Fue sacarlo y se lo dio a Cortez, que envolvió rápidamente con él las piernas de Phoebe.

—Hay que llevarla al hospital inmediatamente —le dijo Cortez al sheriff.

Sólo entonces recordó qué más le había dicho su padre. Miró a Phoebe con pasmo, preguntándose si el anciano tendría razón. Tenía un alto porcentaje de aciertos. ¿Estaría embarazada? Parecía una esperanza descabellada, después del milagro que la había depositado en sus brazos, viva, tras el terror de las horas anteriores.

—No podemos ir al hospital —dijo Phoebe con voz ronca—. Sé dónde está la pistola. Tenemos que encontrarla. Estoy segura de que es el arma homicida.

—Phoebe... —protestó Cortez.

—Se la quité de un manotazo en el último momento —añadió ella—. Iba a dispararme por la espalda. Pensé que, si me giraba rápidamente y le quitaba la pistola de un golpe, tal vez pudiera escapar. Tenía mucho miedo, pero dio resultado. Ella tiene las manos pequeñas, y era una pistola automática del calibre 45.

Cortez se estremeció al pensar en lo que podía haber ocurrido si aquella mujer hubiera disparado a bocajarro con un arma de ese calibre. Todavía podía ver a la última víctima, a la que le faltaba casi toda la cara. Envolvió a Phoebe entre sus brazos, angustiado.

—Necesitas atención médica —dijo.

—Eso puede esperar. Estoy bien. Si no vamos ahora —dijo suavemente—, se me olvidará. No podemos permitir que esa mujer escape porque no encontréis el arma que podría condenarla —miró al sheriff Steele, que intentaba hacerse invisible—. Dígale que tengo razón —le suplicó.

El sheriff hizo una mueca.

—Él sabe que tiene razón —contestó.

Cortez levantó la cabeza. Sus ojos parecían cálidos y suaves a la luz interior del coche.

—Está bien, vamos a buscar la pistola. Ésa es mi chica —añadió en voz baja con orgullo. Ella sonrió y le tocó la boca con la punta de los dedos—. Echaremos un vistazo

—dijo él, y salió del coche. Cerró la puerta de Phoebe—. Vámonos —le dijo al sheriff—. Si encontramos el arma, caso cerrado.

—Puede apostar a que la encontraremos —dijo Steele, riendo.

Llegaron al lugar donde Claudia Bennett había estado a punto de matar a Phoebe. Por increíble que pareciera, Phoebe había caminado casi seis kilómetros.

—Aparque ahí —Phoebe señaló por encima de los asientos delanteros—. Estaba justo delante de ese roble grande de ahí.

El sheriff paró el coche. Phoebe, que ya había entrado en calor, salió y le devolvió a Cortez su chaqueta. Iba envuelta en el saco de dormir como si fuera un chal.

—Por aquí —dijo, y apretó los dientes al recordar el terror de su última visita a aquel lugar.

Los condujo hasta el borde del pequeño risco que caía en pendiente hasta otro, y luego hasta otro. Cerró los ojos, recordando dónde estaba ella y dónde Claudia Bennett. Por un instante se sintió enferma. Luego se sobrepuso y se irguió. Muchas cosas dependían de su memoria. No podía permitir que la asesina escapara. Miró hacia el risco.

—Salió disparada en esa dirección —señaló más allá del roble—. Pesaba mucho, así que no creo que fuera muy lejos. Ella se puso a buscarla cuando eché a correr y me escondí, pero no la encontró. Estaba nevando y empezaba a oscurecer. Supongo que pensó que podía atacarla por la espalda si se quedaba —añadió con una sonrisa cansina.

Cortez miraba a su alrededor con expresión cautelosa. Podía imaginarse a aquella mujer desesperada encañonando a Phoebe con la pistola. Si Phoebe no hubiera tenido buenos reflejos... No soportaba pensarlo.

El sheriff recogió unos cuantos palos y formó una flecha con ellos señalando en la dirección que Phoebe le indicaba.

—Excelente idea —dijo Cortez con una sonrisa—. Haré venir a mi equipo con un detector de metales. Encontraremos la pistola enseguida —le aseguró al sheriff. Se volvió hacia Phoebe—. Ahora tenemos que llevarte al hospital.

Mientras hablaba, un coche de la oficina del sheriff apareció por el camino, tras ellos, seguido de un vehículo del servicio forestal.

—Eso sí que es llegar a tiempo —el sheriff se echó a reír cuando Drake Stewart salió del coche y se acercó a ellos. Tras él iba un guardia forestal—. Drake, tienes que llevar a Phoebe a urgencias para que le echen un vistazo.

Ella se volvió hacia Cortez.

—¿Tú no vienes? —preguntó de pronto, preocupada.

Él titubeó un momento, dividido entre el deber y la preocupación.

—No hace falta ser una lumbrera para analizar la escena de un crimen —le dijo el sheriff—. Y, además, demasiados cocineros estropean la sopa. Yo me quedaré aquí con su equipo. Encontraremos la pistola y les mostraré dónde sacar moldes de las huellas de neumáticos —le aseguró a Cortez.

—Voy a llamar a Alice Jones ahora mismo para que venga con la furgoneta y el equipo —dijo Cortez.

—Yo puedo llevaros al hospital y pasarme luego por el motel de Alice para mostrarle el camino —se ofreció Drake.

—Bien pensado —dijo Steele con una sonrisa—. Adelante —miró a Cortez con seriedad—. La asesina anda suelta todavía, y ya ha intentado matar una vez a la señorita Keller. Será usted más útil en el hospital que aquí.

—Gracias —dijo Cortez.
El sheriff se encogió de hombros.
—Todos estamos en el mismo barco.
—Sí, en efecto —añadió Cortez con una sonrisa—. Nos sería de gran ayuda en la Unidad de Investigación Criminal para los Territorios Indios. Valoramos mucho a las fuerzas de policía local.
—Considéreme a bordo —le dijo Steele, sonriendo—. Será mejor que se vayan.
—Le devolveré el saco de dormir —le dijo Phoebe—. ¡Un millón de gracias!
—De nada —contestó él suavemente—. Lamento que le haya ocurrido todo esto. Pero me alegro mucho de que esté bien.
Ella sonrió y apretó con fuerza la mano de Cortez.
—Yo también.

Phoebe comenzó a reaccionar cuando estaba en la sala de urgencias esperando a que el residente de guardia la examinara. No se sentía capaz de soltar la mano de Cortez.
—¿Cómo demonios me encontraste? —preguntó—. No sabía dónde estaba, ni cómo salir del bosque. Oí un extraño canto a lo lejos y me dirigí hacia allí. Pero, cuando llegué al cruce, estaba tan cansada y entumecida que no podía seguir. ¿Cómo me encontraste?
—Mi padre me llevó hasta ti —murmuró él enigmáticamente.
Entrelazó los dedos con los de Phoebe y escudriñó con intensidad su rostro cansado. Llevaba el pelo suelto, como de costumbre cuando seguía un rastro. Ella le tendió la mano y acarició uno de sus largos mechones.
—Siempre me ha encantado tu pelo —dijo suavemente.

Él le agarró la mano y se la llevó a los labios. Cerró los ojos al sentir su olor.

—Éste ha sido el día más largo de mi vida —dijo con voz ronca.

—Para mí también —repuso ella.

—Menos mal que intentaste quitarle la pistola, o ahora estarías muerta —murmuró él.

—No quiero morir —dijo ella con sencillez. Miró sus ojos negros—. Hasta que mueras tú.

Él inclinó la cabeza solemnemente.

—Hasta que muera yo, cariño —musitó. Su mirada era tan tierna que Phoebe sintió ganas de llorar.

Entró el médico mientras todavía estaban mirándose.

—¿Qué le ocurre —preguntó educadamente. Miró sus notas y añadió—, señorita Keller?

—Una mujer me secuestró a punta de pistola con intención de matarme —dijo ella con calma—. Primero me dio un golpe en la cabeza con algo, no sé con qué. Me duele la cabeza y al principio tuve náuseas. Pero lo peor ha sido el frío. Tuve que caminar por el bosque para pedir ayuda, y no llevaba más que una blusa sin mangas, unos pantalones finos y unos zapatos bajos con medias. Estoy helada.

El residente la miraba con sorna. Cortez sacó su identificación y se la enseñó.

—No se lo está inventando —le dijo—. Hemos expedido una orden de busca y captura contra esa mujer. Ya ha matado una vez.

El residente pareció interesado.

—El tipo de la cueva, ¿no?

—Estoy impresionado —dijo Cortez con una sonrisa.

—Por eso me sonaba su nombre —le dijo él a Phoebe—. Usted es la antropóloga de la que habla todo el mundo. La directora del museo indio del pueblo.

—Sí —respondió ella.

El médico agarró el estetoscopio que llevaba alrededor del cuello, se lo puso en los oídos y le auscultó el pecho. Le hizo un examen general, buscando cuidadosamente síntomas de conmoción cerebral.

—No lo sabremos hasta que le hagamos una resonancia magnética, claro —dijo—, pero teniendo en cuenta que estuvo inconsciente unos minutos, creo que sufre conmoción cerebral. ¿Siente mareos, entumecimiento, náuseas?

—Náuseas, sólo al principio. Entumecimiento, no. Pero tengo un dolor de cabeza espantoso —añadió con una suave risa.

—Bueno, creo que debería pasar aquí la noche —dijo el residente—. Habrá que hacerle más pruebas...

—¿Pueden hacerle un análisis de sangre? Creemos que puede estar embarazada —añadió Cortez con ternura mientras miraba el rostro perplejo de Phoebe, tan intenso como una confesión de amor.

—¡Eso no lo sabes! —exclamó.

—No. Cuando llamó mi padre para decirnos dónde buscarte, dijo que estabas embarazada.

—¿Su padre es médico? —pregunto el residente con curiosidad.

Cortez se aclaró la garganta.

—Es chamán.

El residente arqueó las cejas y se acercó el portafolios al pecho.

—Déjeme adivinar. Le dijo que se metiera dos grandes monedas en el bolsillo justo antes de que la dispararan —murmuró mirando a Phoebe. Ella se echó a reír, azorada, y él asintió con la cabeza. Cortez arqueó las cejas—. Su padre se ha convertido en una especie de leyenda entre el personal médico del hospital. Teniendo en cuenta su media de aciertos, yo diría que lo del análisis de sangre es buena idea —miró a Cortez como si lo calibrara.

Cortez agarró la mano de Phoebe y sonrió.

—Es mío —dijo con orgullo—. Y vamos a casarnos la semana que viene, quiera ella o no.

El residente se echó a reír y fue a ordenar que le prepararan una habitación. Phoebe miró boquiabierta a Cortez. El corazón le latía a mil por hora.

—¿Quieres casarte conmigo? —musitó, pasmada.

—Claro —contestó él con sencillez.

—Pero nunca has dicho que... siempre hablabas de... no creía que... —balbució, incapaz de formular un solo pensamiento coherente.

Él la besó suavemente en los labios.

—Te quiero con toda mi alma —susurró—. Con todo mi corazón, con todo mi espíritu, con todo mi cuerpo. Quiero compartir mi vida contigo. Te amaré hasta la tumba, Phoebe —añadió—. Hasta que cierre los ojos para siempre. Y tu recuerdo me acompañará en las tinieblas.

Ella intentaba contener las lágrimas. Se llevó los largos dedos de Cortez a la mejilla. Sentía en los párpados el escozor de las lágrimas.

—Te he querido desde el día que nos conocimos —contestó en un susurro—. Nunca he dejado de quererte. Ni siquiera cuando creía que me habías abandonado por otra mujer más cercana a tu cultura.

—Ahora ya sabes por qué lo hice —contestó él—. Por qué tuve que hacerlo.

Ella sonrió.

—También quiero a Joseph.

—Tendremos hijos propios —dijo él—. Empezando por éste —añadió, y acarició suavemente su vientre. Sonrió—. ¡Qué alegría!

Phoebe posó la mano sobre la suya y sonrió, maravillada.

—Sí.

Se miraron a los ojos y soñaron con el futuro.

Pero la realidad irrumpió entre ellos cuando Phoebe estaba ya acomodada en una habitación privada.

El teléfono de Cortez sonó estentóreamente. Él contestó.

—Hemos encontrado la pistola y sacado moldes de las marcas de los neumáticos. Estamos siguiendo su pista —le dijo el sheriff Steele—. Todas las patrullas del condado están en la carretera, buscándola. Ha sido vista justo a las afueras del pueblo. ¿Tiene idea de dónde puede esconderse?

Cortez se quedó pensando un momento.

—¿Cuál es el último lugar donde se le ocurriría buscarla?

El sheriff hizo una pausa.

—En casa de la señorita Keller.

—Lo mismo pienso yo. Voy para allá. Nos encontraremos a la entrada del camino de Phoebe.

—Que un hombre vigile la puerta de su habitación, por si acaso —sugirió el sheriff.

—Estoy de acuerdo —contestó Cortez.

Colgó y se acercó a la cama, donde Phoebe, aunque sedada, seguía despierta y preocupada.

—No salgas a que te maten —dijo con firmeza—. Si de veras estoy embarazada, nuestro bebé va a necesitar un padre.

Él le sonrió.

—Y una madre —repuso. Se inclinó y la besó con ternura—. Voy a llamar a la policía local para que envíen un agente que se ocupe de ti mientras estoy fuera.

—Está bien.

—Tendré cuidado —prometió él—. No podemos permitir que se escape —añadió.

—No. Yo me quedo aquí. Me encanta la comida de gourmet.

Cortez le guiñó un ojo y se marchó a regañadientes.

El residente entró unos minutos después. Tenía una expresión divertida.

—Tengo dos noticias para usted —dijo. Ella levantó una mano con la palma hacia arriba—. Está embarazada.

Ella sonrió de oreja a oreja y se llevó las manos a la tripa.

—¡Vaya, qué sorpresa! —él le devolvió la sonrisa—. ¿Y la segunda noticia? —preguntó Phoebe.

—Parece que tiene usted visita.

El médico se apartó y entró un hombre alto, delgado y distinguido, con el pelo canoso y un traje gris con chaleco. Tenía los ojos negros, los pómulos altos y un leve aire español.

Phoebe se quedó de piedra. Miró con pasmo al recién llegado. El médico sonrió y salió de la habitación para acabar su ronda.

—Así que tú eres Phoebe —dijo el desconocido con voz educada. Sonrió calurosamente—. Estoy impresionado, y no sólo por tus méritos. Tienes coraje.

Ella parpadeó.

—Lo siento, no nos conocemos, ¿verdad?

Él desdeñó la pregunta con un ademán y se acercó a ella.

—Eso carece de importancia. Me alegra que estés a salvo. Me preocupaba no llegar a tiempo.

Phoebe estaba cada vez más confusa. Quizá los tranquilizantes le estaban provocando alucinaciones.

—Estaba en Atlanta. El problema ha sido conseguir un vuelo hasta aquí, con este tiempo —dijo él—. Pero, por si acaso le costaba encontrarte iba a ofrecerme voluntario para buscarte. No sé cómo voy a explicarle esto a mi jefe —añadió con fastidio.

—¿Su jefe?

—Enseño historia en la facultad de nuestra comunidad en Oklahoma. Los exámenes finales son dentro de cuatro días.

Ella se quedó boquiabierta.

—¡Es usted...!

—El padre de Jeremiah, sí —respondió él. Sonrió de oreja a oreja—. ¿Ves? Nada de sonajeros, ni de cascabeles, ni de cuentas, y además hice cursos de antropología. Imagina qué abuelo tan útil voy a ser.

Cortez fue a buscar su coche, que seguía aparcado en el motel. Tina salió corriendo de la habitación con Joseph en brazos.

—¿Está bien? ¿La has encontrado? —preguntó.

—Sí, está bien. Está en el hospital. Va a pasar la noche en observación.

—¿Está herida? —preguntó Tina, angustiada.

—No es nada grave, pero van a hacerle unas pruebas para asegurarse. Creemos que está embarazada —sonrió con picardía—. ¡Vas a ser tía otra vez!

Tina puso unos ojos como platos.

—¿Es... tuyo?

Él la miró con enojo.

—¡Claro que es mío!

—¿Cómo he podido equivocarme tanto con Drake y Phoebe? —resopló ella.

—Supongo que a veces el amor nos impulsa a hacer locuras –dijo él con suavidad–. Drake ya lo sabe todo. Está en una nube porque sabe que lo quieres.

Ella abrió mucho los ojos.

–¿Sí? ¿De verdad? –se aclaró la garganta–. Respecto a Phoebe, le pediré perdón de rodillas, te lo juro. ¿Adónde vas?

–A atrapar a la asesina. Quédate dentro con la puerta bien cerrada.

–De acuerdo. Ah, ¿recibiste la llamada?

Él se quedó parado.

–¿Qué llamada? ¿De quién?

–De tu padre –contestó ella con una sonrisa maliciosa–. ¡Va camino del hospital!

Cortez se echó a reír.

—¿Es que no se fiaba de que pudiéramos apañárnoslas solos? —preguntó.

—Ya conoces al tío Charles —dijo ella alegremente—. Ya le tiene cariño a Phoebe. Me dijo que estaba deseando verla. También dijo que quería asistir a la boda. Confiaba en llegar a tiempo.

Cortez, que estaba acostumbrado al asombroso don de su padre, se limitó a sacudir la cabeza.

—Nos casamos dentro de cinco días, sabe Dios cómo lo sabía.

—¿Yo puedo ir? —preguntó Tina con timidez.

—Claro que sí. Phoebe no es rencorosa.

—Menos mal.

Cortez le dio un beso a Joseph y otro a Tina y se montó en el coche.

—Luego nos vemos. ¡Cierra la puerta!

—¡Vale! —Tina entró corriendo, radiante de felicidad.

Cortez partió a toda velocidad hacia la casa de Phoebe. Al final del camino de entrada encontró al sheriff Steelle, a Drake y a un agente especial recién llegado de una delegación cercana del FBI, el agente especial Jack Norris.

—El mismo vecino que la vio salir de aquí ayer acaba de confirmarnos que volvió hace unos minutos —le dijo el sheriff a Cortez—. Estábamos debatiendo tácticas.

—Hay que presionarla —dijo Cortez fríamente—. No voy a arriesgarme a que se escape otra vez.

—No puede —le aseguró el sheriff—. Éste es el único camino de salida. La capa de nieve es bastante gruesa. Derrapó justo al llegar a casa de Phoebe.

—Esperar a que salga va a costar muchos hombres y tiempo —contestó Cortez—. Ella no tiene nada que perder. No le importará volver a matar. Asesinar, o incluso matarse, a estas alturas lo mismo le da.

—Podemos echar a suertes quién va primero —dijo Drake.

Cortez se acercó tranquilamente a su coche.

—No hace falta. Voy yo. Norris, cúbreme. Tú conduces. Ve despacio. Saltaré al llegar a ese viejo pozo que hay en el jardín delantero. Tú sigue y da la vuelta a la casa, pero mantén la cabeza agachada —miró al sheriff—. Cuento con vosotros para que la detengáis si llega hasta aquí —ellos asintieron con la cabeza solemnemente.

—El caso es suyo —dijo el sheriff Steele—. Buena suerte.

Cortez levantó las manos, agradecido. Norris, un joven alto y moreno, nuevo en el cuerpo, se montó tras el volante y Cortez ocupó el asiento del acompañante.

Se acercaron despacio a la casa. Cortez esperaba un tiroteo, pero nadie les disparó desde la casa.

—Cuando gires al llegar a esos pinos, al lado de la casa, frena para que salga. Los árboles me cubrirán —le dijo a Norris.

—Sí, señor. ¿Qué hago luego?

—Aparca delante de su todoterreno para que no pueda

moverse hacia delante —le dijo Cortez—. De ese modo sólo podrá dar marcha atrás, metiéndose entre los árboles. Por esa senda hay un precipicio de unos cincuenta metros. Lo comprobé una vez cuando Phoebe estaba en el trabajo. Ella ni siquiera se enteró.

—Menuda caída —dijo Norris.

—Una caída fatal, en coche. Está bien. Vamos allá. ¡Para!

Norris se detuvo, Cortez salió de un salto y sacó su revólver reglamentario. Quería atrapar a Claudia Bennett viva, pero ella ya había matado una vez. No pensaba arriesgarse.

Se acercó con sigilo al porche delantero y miró por las ventanas mientras Norris retrocedía por el camino cubierto de nieve, haciendo ruido. Aprovechando el ruido, intentó abrir una puerta y descubrió que no estaba cerrada con llave. Entró, aliviado por no llevar suelas que hicieran ruido. Esperaba que la tarima no crujiera.

Se detuvo, cerró los ojos y aguzó el oído. Norris había parado el coche y apagado el motor. No se oía nada, salvo el silbido del viento. La nieve había cesado, pero el viento no.

Oyó un leve arrastrar de pies en la cocina. Agarró con fuerza el arma con las dos manos, cruzó el cuarto de estar y se acercó a la puerta de la cocina.

Vio la placa, la nevera y el suelo de baldosas. Vio un zapato que apenas se movía. Irrumpió en la habitación con la pistola en alto y torció el gesto.

Claudia Bennett estaba tendida en el suelo. A su lado, en el suelo, estaba la pistola con la que Phoebe había aprendido a disparar. La mujer tenía una mancha roja que se iba extendiendo en la parte delantera de la falda. Miró a Cortez con ojos empañados y fríos.

Él se arrodilló a su lado y llamó a Norris a gritos. El otro agente abrió la puerta de atrás, que tampoco estaba cerrada con llave, y entró en la cocina. También había sacado su arma, pero la guardó en cuanto vio a la mujer en el suelo.

—¿Le han disparado? —le preguntó Cortez.

Ella tragó saliva.

—No duele tanto, ¿no es extraño? —tragó saliva otra vez—. Fred iba a guardar las piezas un año... antes de venderlas. El muy tonto se fue derecho al museo del pueblo... y le vendió una a esa tal... Keller —intentó respirar e hizo una mueca. La mancha se extendía cada vez más.

Cortez agarró un paño de cocina de la encimera. Lo dobló rápidamente y presionó con fuerza la herida. Ella gimió.

—Llama a emergencias —le dijo Cortez a Norris.

—No hace falta —le dijo ella a Cortez—. Llevo aquí tendida... unos minutos. Apunté al... corazón, pero me temblaron las manos y me disparé en el estómago —se echó a reír y luego se atragantó, tosió e hizo otra mueca—. Mi marido... llamó a ese arqueólogo, su primo. Me asusté. Se lo dije a Fred. Llamamos a ese hombre y le dijimos que éramos de la policía, que sabíamos lo de las piezas robadas. Nos dijo que fuéramos a buscarlo, que él nos enseñaría dónde estaban. Fuimos a su motel. Estaba hablando por teléfono. No sabíamos a quién había llamado. En cuanto colgó, Fred le disparó. Le había pegado una botella vacía de refresco de un litro a la pistola para hacer un silenciador. Nadie lo oyó. Lo metimos en el coche y lo dejamos en un camino..., fuera del pueblo. No sabíamos que era... territorio cherokee —añadió con tristeza—. No queríamos... que intervinieran los federales.

Cortez la escuchaba atentamente y rezaba porque la ambulancia llegara a tiempo mientras ella luchaba por pronunciar cada palabra.

Ella tragó saliva con dificultad antes de continuar.

—Fred decía que no pensaba volver a prisión, costara lo

que costase. Me dio miedo. Comprendí que iba a entregarme, y tengo... antecedentes. Así que me hice pasar por maestra para hablar con la señorita Keller. Fue un golpe de suerte. Encontré el nombre de una maestra de verdad en un artículo del periódico del pueblo sobre una mujer que había ganado no sé qué premio educativo. De todas formas, confiaba en que Phoebe se acordara de Fred y llamara a la policía para que le detuvieran enseguida. Pero las cosas sucedieron al revés —contuvo el aliento. Su voz era cada vez más débil—. Fred dijo que iba a llevarse el botín y a culparme a mí del asesinato. Yo no podía permitirlo. Así que engañé a Paso Largo para que fuera a la cueva y atrapara a Fred con las manos en la masa y lo entregara a las autoridades. Pero Fred era muy listo. Dejó inconsciente a Paso Largo. Iba a matarlo. Yo llevaba una pistola en el bolsillo, una calibre 45. Le dije a Fred que le registrara los bolsillos a mi marido para asegurarse de que no llevaba ningún micrófono. Yo sabía que no era así. Sólo quería que Fred se... agachara. Él se agachó y le disparé en la nuca.

—Podía haber alegado defensa propia —dijo Cortez con voz cortante mientras Norris le hacía un gesto con la cabeza para indicarle que la ambulancia y la policía iban de camino—. ¿Cómo trasladó a su marido?

—Después de matar a Fred, sólo era cuestión de tiempo que dieran conmigo. Estaba tan asustada que podría haber movido un fogón yo sola. Arrastré a Paso Largo hasta la camioneta, lo llevé a la caravana y encendí las luces. Pensé que así ganaría algún tiempo. Quizá pensarían que Paso Largo había matado a Fred y había logrado llegar de algún modo a la caravana. Pero la señorita Keller era un cabo suelto. Tenía que matarla para que no me identificara como la mujer del museo. Ella podía relacionarme con Fred.

Cortez se envaró, lleno de ira.

—Pero la señorita Keller me quitó la pistola de la mano y la perdí. No pude encontrarla y ella echó a correr por entre los árboles. No podía meterme allí con el coche. Me fui, pero antes de que me diera tiempo a hacer las maletas oí por la radio que habían encontrado a la señorita Keller. Comprendí que era el fin. Vine aquí porque pensé que estaría a salvo mientras decidía qué hacer. Ella tenía una pistola. La encontré en la mesita de noche.

A pesar del dolor que había causado Claudia, Cortez no podía evitar sentir una punzada de lástima por aquel acto final de desesperación. Le apretó la mano, urgiéndola a continuar.

Ella rió patéticamente.

—De pronto me pareció que no merecía la pena huir y esconderse. Y no podía ir a la cárcel. Paso Largo solía contarme lo horrible que era... —hizo una mueca—. Lo siento —musitó, mirando a Cortez con ojos vidriosos—. Dígale a mi hermano... y a mi marido... que los quiero y que lo siento.

—Se lo diré —contestó Cortez con calma—. Sólo una cosa más... ¿cómo se las arreglaron para robar el museo de Nueva York?

—Fred se hizo pasar por guardia de seguridad para entrar en el museo de noche. Yo lo ayudé a robar las piezas —añadió con tristeza, y cerró los ojos—. Lo hacía por diversión. Paso Largo era tan aburrido, tan normal... Yo quería aventuras, dinero..., poder —suspiró despacio y abrió los ojos una última vez—. Estaba... tan cerca... de conseguirlo. Dígale a mi marido... que debió entregarme... hace años. Dejé que se inculpara cuando robé unas joyas de un museo. Le condenaron, y nunca ha hecho nada malo..., excepto quererme. Qué... tonto... qué dulce... tonto... —cerró los ojos.

Exhaló un suspiro y quedó inmóvil. Cortez le buscó el

pulso. Estaba seguro de que había muerto de una hemorragia interna. Pero de todos modos intentó reanimarla. Todavía estaba intentándolo cuando llegó la ambulancia y los sanitarios se hicieron cargo de ella.

Cortez cerró con llave la casa para preservar el lugar de los hechos y Norris y él siguieron a la ambulancia hasta el hospital. Pero Claudia Bennett murió al llegar.

Cortez se pasó por la habitación de Paso Largo para contarle lo ocurrido. Su cuñado, Bennett, llegó unos minutos después. Cortez le repitió el relato también a él.

—Norris y yo escuchamos su confesión —le dijo Cortez al cherokee con expresión sombría—. Una confesión en el lecho de muerte vale tanto como una confesión escrita ante notario. Puede contratar a un abogado y solicitar al gobernador la exculpación del delito por el que fue condenado. Nosotros le respaldaremos —miró a Bennett—. Usted también podría borrar el asunto de los vertidos ilegales de su expediente. Si les sirve de algo, lo siento mucho. Tuve un hermano que estuvo toda su vida metido en líos con la ley —añadió—. A veces ni todo el cariño del mundo puede salvar a otra persona de la cárcel.

—Supongo que no —dijo Bennett. Le estrechó la mano a Cortez—. Gracias por no dejarla morir sin intentar salvarla. ¿Se disparó ella misma?

Él asintió con la cabeza.

—Con la pistola de Phoebe, la que le dio el ayudante del sheriff para que se defendiera.

—No se puede luchar contra el destino —dijo Paso Largo solemnemente—. Yo la quería. Pero ella no sabía lo que era el amor.

—Me pidió que les dijera que los quería, y que lo sentía —añadió Cortez. Se inclinó hacia delante y clavó los ojos en el rostro entristecido de Paso Largo—. Ella impidió que el asesino le pegara un tiro. No tenía por qué hacerlo. Ya era cómplice de asesinato. Uno más no habría importado. Pero mató a Norton para salvarlo a usted.

Paso Largo logró esbozar una sonrisa.

—Gracias.

Cortez se encogió de hombros.

—Dense tiempo —les aconsejó—. Al final, se cura.

Bennett se limitó a asentir con la cabeza.

—Será mejor que llame a la funeraria... —titubeó.

—Primero habrá que hacerle la autopsia —contestó Cortez—. Ningún forense va a aceptar mi palabra sobre cómo murió. Pero aun así pueden ordenar que la lleven a la funeraria del pueblo. El laboratorio de criminalística del estado se hará cargo de ella a partir de ahí.

Bennett hizo una mueca.

—Nunca dejaré de preguntarme si podría haberla salvado, si hubiera dejado que fuera a prisión la primera vez que cometió un delito. Me preocupaba tanto el buen nombre de mi familia... Y, ahora, esto.

—No se puede deshacer el pasado. Hay que asumirlo y seguir adelante. Nos mantendremos en contacto —añadió Cortez—. Tengo que ir a ver a Phoebe.

—¿La encontró? —preguntó Bennett bruscamente—. ¿Está viva?

—Se pondrá bien —Cortez sonrió—. Así que algo, al menos, ha salido bien.

—Gracias a Dios —dijo Bennett—. Una muerte que no llevaré sobre mi conciencia.

—Me alegro de que vaya a ponerse bien —dijo Paso Largo—. Cuídense.

—Ustedes también —dijo Cortez al salir.

Su padre estaba sentado en una silla, junto a la cama de Phoebe, con una sonrisa radiante. Levantó la mirada cuando su hijo entró en la habitación. Se saludaron en comanche y se abrazaron calurosamente.

—Apruebo tu elección —le dijo Halcón Rojo a su hijo. Miró a Phoebe con picardía—. Pero me preguntó qué le has contado de mí. Se quedó pasmada cuando me vio.

—Bueno, te esperaba con taparrabos, con tocado de guerra y montado en un caballo pinto —bromeó Cortez, y vio que Phoebe se ponía muy colorada.

—¡No es verdad! —exclamó ella.

Ellos se echaron a reír.

—Entonces, ¿me da tiempo de ser el padrino? —le preguntó a Cortez su padre—. No puedo quedarme mucho tiempo. La semana que viene tengo exámenes finales, y no va a sustituirme nadie.

—Para entonces ya estaremos de luna de miel —le aseguró Cortez. Se inclinó y besó a Phoebe con ternura, mirándola a los ojos con codicioso amor.

—¿Dónde vais a vivir? —preguntó Halcón Rojo.

—Oh, vaya —murmuró Phoebe, que con los años se había encariñado con su pueblecito.

Cortez frunció los labios.

—Bueno, yo puedo vivir donde quiera —le dijo—. Siempre y cuando haya un aeropuerto cerca. Y me gusta Chenocetah. Los cherokees no están tan mal.

A ella se le iluminó la mirada.

—¿De veras? ¿Lo dices en serio?

—Sería un buen lugar para criar a nuestros hijos —contestó él—. Además, Joseph podrá aprender a hablar el dialecto local.

—Yo puedo venir a visitaros en verano —añadió su padre con una sonrisa.

—Soy una buena cocinera —dijo Phoebe—. Le daré bien de comer.

—Debo de parecer desnutrido —le dijo él a su hijo.

—Estás un poco flaco —contestó Cortez.

—Entonces, trato hecho. ¿Qué nombre le vais a poner a mi nieto? —ellos lo miraron, pasmados—. Lo siento —dijo con una sonrisa azorada—. Supongo que no queríais saber qué era antes del parto, ¿eh?

Phoebe se aclaró la garganta.

—Me ha salvado usted la vida. Dos veces. Creo que eso le da derecho a decir lo que quiera. ¡Y gracias!

Él se echó a reír.

—Es sólo un don. Me gusta pensar que lo uso sabiamente. No hay de qué.

—¿Qué hay de esa tal Bennett? —le preguntó ella a Cortez de repente.

—Se ha suicidado —contestó él—. Hablaremos de eso luego —añadió. No quería decirle dónde había muerto Claudia Bennett. Todavía tenían que examinar el lugar de los hechos.

—Entre nosotros no debe haber secretos —repuso ella.

—Y no los habrá —le aseguró Cortez con una sonrisa—. Sólo éste. Y sólo por hoy.

—Ha llamado Tina —dijo su padre—. Quiere venir a pedirle perdón a Phoebe. ¿Os parece bien?

—Claro —dijo Phoebe de inmediato—. Yo no soy rencorosa.

—Eso está muy bien —murmuró Cortez—. Tina no ha parado de llorar.

—Los celos son lo peor del mundo —murmuró Phoebe, mirando sus ojos plácidamente. Y ella lo sabía muy bien, pensó. Había odiado a la mujer de Cortez al saber que existía.

Los ojos de Cortez se ensombrecieron.

—Sí —dijo, porque él también había tenido problemas con Drake.

—Pueden venir los dos a la boda —le dijo ella con dulzura.

Cortez se limitó a sonreír.

Se casaron a la semana siguiente. Alice Jones había vuelto a Washington con los demás miembros de la unidad. Cortez había hablado con su antiguo jefe y había hecho los preparativos para instalarse en Chenocetah y estar localizable siempre que se le necesitara. Su nueva misión consistía en enseñar al sheriff Steele, a Drake y al agente Parker los rudimentos del procedimiento de investigación en reservas indias para que pudieran formar parte de manera oficial de la Unidad de Investigación Criminal para los Territorios Indios.

Tina y Drake se reconciliaron tan públicamente en el hospital que durante una semana fueron la comidilla del pueblo. Tina le pidió perdón a Phoebe y lloró hasta que Phoebe le aseguró que no le guardaba rencor.

Phoebe se encariñaba más con Joseph cada día que pasaba, y también con su futuro suegro. La especialidad del señor Redhwak era la historia colonial norteamericana, especialmente las Guerras Francoindias de la década de 1750. En Carolina del Norte había muchos lugares relacionados con aquel periodo. Como el señor Redhwak le dijo a Phoebe, tendría mucho lugares que explorar cuando fuera a visitarlos.

Bennett, Yardley y Cortland prosiguieron con sus respectivos proyectos. Paso Largo solicitó el perdón, y Bennett fue exculpado de sus cargos.

Phoebe llevó a Jock, su perro, a casa, y Cortez y Joseph se fueron a vivir con ella. Las navidades fueron maravillosas. El personal del museo y sus respectivas familias fueron a verlos, así como Tina y Drake, y el sheriff Steele, que era soltero. También incluyeron a varios agentes de policía en las festividades.

Phoebe puso un enorme árbol en el cuarto de estar. Los indios se limitaban a sonreír ante su entusiasmo, y la ayudaron a envolver los paquetes.

En Nochebuena, Cortez le regaló una alianza de boda con un diamante rodeado de rubíes. Ella acarició las piedras, maravillada.

—Es precioso —musitó.

—Es del color del cielo justo antes de que amanezca —le dijo él con suavidad, y sonrió al inclinarse para besarla—. Es para recordarte que incluso las noches más terribles acaban al amanecer.

—La esperanza nunca muere —dijo ella. Levantó la mirada hacia él con adoración—. Todo mereció la pena, ¿sabes?

—¿El qué?

—Los años de dolor y tristeza —contestó ella—. Es cierto que hay un arco iris al final de la tormenta. Yo estoy viviendo en él.

Cortez la besó de nuevo tiernamente.

—Yo también —la estrechó entre sus brazos y cerró los ojos—. Feliz Navidad.

Phoebe se acurrucó contra él.

—Ésta es la Navidad más feliz que he vivido. Puede que vivamos muchísimas más.

Joseph entró en el cuarto de estar y sonrió al ver el árbol y a ellos dos.

—¿Santa Claus está ahí arriba? —preguntó, mirando con preocupación el fuego que ardía en la chimenea—. ¿Se ha quemado? —añadió como si estuviera a punto de echarse a llorar—. ¡No voy a tener juguetes! —gimió.

Cortez se levantó, se acercó al pequeño y lo aupó mientras Phoebe se partía de risa.

—Escucha, jovencito —le dijo él al niño—, el traje rojo de Santa Claus está hecho a prueba de fuego. Te doy mi palabra.

Joseph parpadeó y luego sonrió.

—¡Vale, papi!

—Anda, vuelve a la cama corriendo, si quieres que te traiga regalos. No bajará hasta que estés dormido.

—¡Ya voy! —gritó Joseph. Miró el rincón donde dormía enroscado Jock—. ¿Jock no le morderá? —añadió, preocupado.

—A Jock le encanta Santa Claus —le aseguró Cortez.

—¿Y no caza renos? —insistió el niño.

—A Jock le gustan muchísimo los renos —dijo Phoebe.

—Vale —Joseph besó a Cortez y luego a Phoebe y se alejó tambaleándose por el pasillo, hacia su cuarto. La puerta se cerró tras él.

—Conque a prueba de fuego, ¿eh? —dijo Phoebe, lanzándole a Cortez una mirada sagaz—. ¡Ven aquí! Vamos a comprobarlo.

Él se tumbó entre sus brazos en el sofá y la besó con ansia, dejando escapar un gemido.

Por lo visto, a fin de cuentas, él no estaba hecho a prueba de fuego.

Títulos publicados en Top Novel

Bajo sospecha — Alex Kava
La conveniencia de amar — Candace Camp
Lecciones privadas — Linda Howard
Con los brazos abiertos — Nora Roberts
Retrato de un crimen — Heather Graham
La misión mas dulce — Linda Howard
¿Por qué a Jane...? — Erica Spindler
Atrapado por sus besos — Stephanie Laurens
Corazones heridos — Diana Palmer
Sin aliento — Alex Kava
La noche del mirlo — Heather Graham
Escándalo — Candace Camp
Placeres furtivos — Linda Howard
Fruta prohibida — Erica Spindler
Escándalo y pasión — Stephanie Laurens
Juego sin nombre — Nora Roberts
Cazador de almas — Alex Kava
La huérfana — Stella Cameron
En Peligro — Carla Neggers
Un velo de misterio — Candace Camp
Emma y yo — Elizabeth Flock

www.ingramcontent.com/pod-product-compliance
Lightning Source LLC
LaVergne TN
LVHW030339070526
838199LV00067B/6348